[Y]
_와이

[Y]
_와이

Shibuya
grapefruit
Walkman
ponytail
Shimokitazawa
Jules et Jim
an agent
Office K
a safe
floppy disk
boundary
1998
Backgammon
cigarette
Criterion Collection
iris-out / iris-in
Iwanami Hall
PARCO part 3
Wednesday
platform
Truffaut, Francois
Macintosh
When you wish upon a star
an umbrella
overturn
Sweety
ballet
1980
Aerosmith
Dorothy
mother and daughter
a yellow Hat
nostalgia
a true story
rain
Kichijoji
an express
2nd carriage
hotdog
canned beers
movies
backstitch
Old dreams
telephone
Hibiscus

사토 쇼고

차례

프롤로그_

1980년, 9월 6일, 토요일.

그날 밤, 청년은 시부야 역 플랫폼에서 어떤 여인을 보고 있었다.

시간은 7시 10분이 지날 무렵.

바로 아는 척을 하지 못했던 까닭은 여인이 워크맨으로 음악을 듣고 있었기 때문이지만, 다른 한편으로는 두 달이나 되는 긴 시간이 지나서 다시 만나게 된 탓도 있었다.

이윽고 정해진 시간에 맞춰 모습을 드러낸 전철은 여인 바로 뒤를 따라 가던 청년을 퇴근하는 다른 많은 승객들과 함께 꿀꺽 삼키고 달리기 시작했다.

그것이 7시 15분의 일이었다.

비오는 밤이었다.

오후부터 내리기 시작한 비가 그 시각이 되어서도 그치질 않아 전철의 창이란 창에는 모두 빗방울들이 들러붙어 있었다. 무수한 빗방울은 마치 그레이프프루트의 투명한 과육을 창문에 흩뿌린 것처럼 보였다.

여자의 얼굴보다는 오히려, 청년은 그녀의 바른 자세를 선명하게 기억하고 있었다.

유난히도 긴 여인의 목과 항상 쭉 펴고 있는 등줄기의 실루엣은 그에게 일상 속에서는 흔히 볼 수 없는 무엇인가를 연상시켰다. 예컨대, 무리에서 떨어져 나온 고고한 새의 모습 같은 것을.

언제 어디서나 그녀의 귀는 워크맨의 헤드폰으로 막혀 있었고, 역시 언제 어디서나 그녀는 속이 꽉 찬 큰 가방을 손에서 놓는 법이 없었다. 지금은 그것을 한 손에 들고, 다른 한 손에는 우산을 쥐고 있었다.

굽 낮은 심플한 구두에 계절보다 좀 이른 긴소매 원피스를 입었다. 그녀의 특징이라고 할 수 있는 긴 목에는 목걸이 자국도, 청년이 볼 수 없었던 지난 여름 동안에 볕에 그은 흔적도 보이지 않는다. 머리 스타일은 변함없이 뒤로 모아 묶은 포니테일이었다.

청년은 여인 곁에 서서 자신을 북돋우기 위해 두 달 전의 사건을 떠올렸다. 그때 시부야 역 플랫폼에서 그녀는 딱 한 번 헤드폰을 빼고 그와 짧은 말을 나누었다.

그 일을 지금도 기억하고 있을까?

전철 문 유리창에는 그녀의 상반신이 창안에 새겨진 투명한 그림처럼 엷게 비치고 있었다. 어쨌든 이 기회를 놓쳐서는 안 된다. 지금 망설이면 이야기를 나눌 기회를 영원히 얻지 못할지도 모른다.

그녀가 기억하고 있을 거라는 쪽에 청년은 내기를 걸었다.

7시 20분에 전철이 시모키타자와 역 플랫폼으로 미끄러져 들어왔을 때, 그녀는 헤드폰을 빼서 청진기처럼 목에 두르고 청년에게 미소를 보였다.

딱히 어디로 가자고 한 게 아니고, 그저 적당한 곳에 함께 내려 어딘가 조용한 장소에서 이야기를 나누고 싶다는 청년의 바람에 여자는 시원스럽게 고개를 끄덕여 보였다.

전철이 멈추고 문이 열렸을 때, 앞서 플랫폼에 내려선 것은 청년이었다. 뒤따라 그녀가 내렸다. 그때, 그들은 두 목소리를 들었다.

앞쪽인 플랫폼에서 나온 목소리와 뒤쪽인 전철 안에서 튀어나온 두 목소리를.

거기에서 둘의 운명은 크게 갈라졌다. 청년은 앞에서 나온 목소리에, 여자는 뒤에서 나온 목소리에 반응했다. 고작 그 차이였다.

청년은 플랫폼의 인파 속에서 이내 목소리의 주인공을 찾아냈다.

발차벨이 울렸다.

그 소리에 정신을 차린 청년이 뒤돌아보았을 때, 틀림없이 전철에서 내렸어야 할 여자의 모습은 플랫폼에 없었다. 그가 본 것은 다시 전철 안으로 돌아가 거기에 서 있는 그녀의 모습이었다.

전철이 다음 역을 향해 달리려 하고 있었다.

만일 그 문이 닫혀버리기 전에 그녀가 다시 플랫폼으로 내려설 수만 있었다면 (어디까지나 가정이지만) 청년의 바람은 이뤄졌을 것이다. 그날 밤 두 사람은 어딘가 조용한 곳에서 처음으로 두 사람만의 긴 이야기를 나눌 수 있었으리라.

그리하여 청년은 상대가 보기와 전혀 다르게 사교적이고 수다스런 아가씨임을 알게 되었을지도 모른다.

예컨대, 워크맨의 건전지가 떨어질 때를 대비해서 평소에는 예비 건전지를 가지고 다니는데 그날은 깜박 화장품이 든 백을 통째로 집에 놔두고 오는 통에 전철 안에서도 헤드폰을 끼고는 있었지만 음악을 듣고 있었던 게 아니라는 어이없는 사실. 그리고 그녀가 매일 아침 반 개의 그레이프프루트를 숟가락으로 떠먹는 습관이 있다는 사실. 그 과일의 단면이 떠올라서 전철 창문의 빗방울이 마치 과육 한 알 한 알처럼 보였다는 비유. 오늘 밤 내리는 비가, 만일 오늘 밤만이라도 진짜로 그레이프프루트 과육이 호도독호도독 떨어지듯이 내리는 비라면 좋을 텐데 하는, 20세 아가씨치고는 실없는 공상마저 듣게 되었을지 모른다.

그러나 전철 문이 닫혀버리기 전에 그녀는 다시 플랫폼으로 내려설 수 없었다.

그것이 현실이었다. 아마도 청년은 앞으로 두 번 다시 그녀의 이야기를, 어쩌면 그 목소리조차 듣지 못할 것이었다.

왜냐하면, 지금 그녀가 다시 올라탄 그 전철이 곧바로 불행하고 처참한 사고를 만나게 될 터이기 때문이다.

다음 역을 향해 발차하려는 급행 전철은 그 비오는 밤 절대로 다음 역에 도착하지 못할 것이다.

문이 닫혔다.

전철이 다음 역을 향해 움직이기 시작했다.

그때 전철 안에 남겨진 그녀는 플랫폼에 서 있는, 아직 이름조차 모르는 청년과 문 유리창 너머로 눈짓을 (아마도 마지막이 될 눈짓을) 나누었다.

1980년 9월 6일 토요일, 시모키타자와 역 플랫폼.

전철이 도착하고, 승객이 엇갈리고, 발차벨이 울리고, 문이 닫히고,

다시 전철이 움직이기 시작한다.

이것은 실로 그 찰나의 시간을 둘러싼 이야기다.

그 찰나의 시간이라도 이 손으로 되돌릴 수 있다면 – 그날 그 시각에 일어나 버린 과거의 사실을 다른 모양으로 바꿀 수 있다면, 긴 인생 가운데에서 누구나 한 번쯤은 바랐을 기적을 진심으로 바라왔던 남자의 이야기다.

친구_

8월, 어느 비 내리는 밤에 그 전화가 걸려왔다.

전화를 걸어온 사내는 먼저 이름을 밝히고 고등학교 동창이라고 덧붙였다.

하지만 나는 그 이름에 떠오르는 게 없었다.

사내는 한 마디 한 마디 여유 있게, 어딘가 콘트라베이스를 연상시키는 듯한 듣기 좋은 저음으로 말했다.

예의에 어긋난 말투도 아니었다. 밀어붙이는 느낌도 없었고 위협적인 분위기도 없어서 장난 전화의 불쾌함과는 사뭇 거리가 있는 느낌이었다.

하지만 나는 그 목소리도 기억에 없었다.

"혹시, 괜찮다면……."

사내는 마지막으로 제안했다.

만일 동창이었다는 사실을 믿을 수 없다면 시험 삼아 고등학교 졸업 앨범에서 자신의 존재를 확인해보면 어떻겠냐고 말했다.

"그걸 보면 내 얼굴과 이름 정도는 기억해낼 수 있을지도 모르네."

나는 수화기를 향해 한숨을 쉬었다.

분명히 장난 전화는 아닐지도 모른다.

그러나 제대로 상대를 해주자면 길어질 것 같았다. 그게 싫다면(이름조차 잊은 동창과 길게 전화하는 게 귀찮다면), 지금 바로 전화를 끊어버리는 것이 현명한 처사임에 틀림없었다.

사실 출장에서 막 돌아온 나는 아직 넥타이도 풀지 못했다. 식탁 의자에 걸터앉아 무선전화기로 대꾸하고 있었다.

식탁 가운데에는 아내가 써놓은 편지가 흰 봉투에 담겨 놓여 있었다. 귀가하면 제일 먼저 이것부터 읽어, 라고 말하는 듯이.

그 봉투 앞에는 냉장고에서 막 꺼낸 캔맥주가 버티고 있었다. 맥주라도 한 모금 마시고 나서 편지봉투를 뜯을까 아니면 그 반대로 할까, 망설이고 있을 때 전화벨이 울렸던 것이다.

한숨 뒤, 상대도 잠자코 있었기에 나는 할 수 없이 이렇게 말했다.

"고등학교를 졸업한 게 벌써 25년 전이지 않나. 그 이후로 지금까지 몇 번이나 이사를 했으니 이사 도중에 앨범을 잃어버렸을지도 모르네. 잃어버리지 않았다고 해도 지금 그게 어디에 박혀 있는지 알 수도 없고……. 무엇보다도 여태껏 졸업앨범 따윈 꺼내 볼 생각조차 해본 적이 없어."

"그거 유감이군."

사내는 중얼거렸지만, 결코 빈정대는 말투는 아니었다.

나는 이어 말했다.

"고등학교 때의 동창 이름 역시 지금으로선 아주 먼 옛날의 기억이네. 특별히 자네를 의심하는 게 아니라 단지 기억에 없다는 얘기야. 미안하네만, 동창회가 있다는 연락을 돌리려고 전화한 건가?"

"아니. 그건 아냐."

"그럼 뭐지?"

"난 지금 유라쿠초에 있네."

사내가 말했다.

"좀 만날 수 없겠나? 만나서 하고 싶은 얘기가 있네. 한 시간, 아니 30분이라도 좋아. 자네가 편한 곳으로 갈 수도 있어."

"여긴 지바 현이야."

나는 대답하고 한 손으로 캔맥주를 따려고 했다.

손톱을 너무 짧게 자른 탓에 잘 따지지 않아서 목을 비틀어 전화수화기를 어깨에 붙였다.

"게다가 밖에는 비가 억수같이 쏟아지고 있어. 난 역에서 겨우 택시를 잡아타고 막 돌아온 참이야. 저녁도 아직 안 먹었단 말이네. 이 전화로 뭘 좀 시켜 먹을까 하니 이제 좀 끊었으면……."

"부인은?" 당돌하게 사내가 물었다. "오늘 밤엔 어디 갔나?"

나는 주방 싱크대를 등지고 의자에 걸터앉아 있었다.

빗소리가 등 뒤 창 너머에서 전해져왔다. 캔맥주의 고리가 걸려 올라오지 않았다. 이런 질문에 대꾸할 이유가 없다고 짜증을 내면서 손가락 끝에 힘을 주었다.

"오늘 밤엔 혼자인가?"

"오늘 밤엔 공교롭게도 그러네." 고리가 올라왔다. "아내한테 볼일이 있다면 나중에 다시 걸어주게."

"괜찮다면 내가 그쪽으로 갈까? 간단하게 저녁을 같이 해도 좋고. 어쨌거나 얼굴을 보면서 얘기하고 싶네."

한 모금 가득 맥주를 들이켰다.

출장지의 호텔에서 너무 바싹 손톱을 깎아버린 검지를 멍하니 보고 있자니, "여보세요?" 하고 재촉하는 소리가 들렸다.

"여기 주소를 아나?" 나는 손톱을 바라보며 물었다.

"아, 주소라면 알고 있지." 사내가 대답했다.

"얘기를 하고 싶다니, 대체 뭘 팔겠다는 건가? 건강식품을 파나? 아니면 부동산 매물이라도 나온 거야?"

사내의 저음에 웃음소리가 섞였다.

"그런 얘기로 만나자는 게 아냐."

"그럼 둘이서 무슨 얘기를 하자는 건가, 서로 모르는 사이에."

"모르는 사이가 아니라 우린 고등학교 동창이네. 게다가 우린 예전에 친한 사이였어."

"……친한 사이?"

"그래, 친구였네."

나는 다시 한숨을 쉬었다.

"미안하지만, 난 자네 이름도 기억나지 않아."

"난 자넬 잘 기억하고 있어. 내 얘기를 들어만 줘. 무리인 줄 알면서 부탁하는 거네. 어쨌든 한 번만 만나 주지 않겠나?"

"미안하지만, 안 되겠네."

만날 생각이 없음을 확실히 밝힌 다음에 나는 덧붙였다.

"특별히 자넬 의심해서가 아냐. 뭘 팔려는 게 아니라는 말도 믿네. 친구였다고 하니, 분명 친구였을지도 모르지. 그렇지만 자네와 만나 옛날 얘기를 하고 싶지는 않아. 이제 와서 기억을 떠올려봤자 손톱이 분홍색으로 빛나던 청년 시절로 되돌아갈 수 있는 것도 아니잖나."

"손톱? 손톱이 어쨌다고?"

"아니, 손톱 얘기는 됐네. 고교 시절이란 아주 오랜 옛날이야기라는 말일세. 25년 전이야. 그 이후 얼마나 오랜 시간이 지났는지는 자네도 동창이라니까 잘 알겠지? 봄 여름 가을 겨울이 25번씩이나 왔다 간 거네. 벌써 잊어버린 일도 많고, 게다가 지금은 지금대로 바쁜 삶이 있어. 자네 얘기를 들어봤자 아무 기억도 안 날 것 같네. 굳이 기억해내고 싶은 것도 없고 말이야. 옛날 얘기라면 다른 동창을 만나게."

상대는 곧바로 대답하지 않았다.

전화가 더 길어질지도 모른다.

그것이 싫다면 지금 이 기회에 내가 끊어버려야 한다.

그러나 나는 생각을 고쳐먹고 다시 맥주를 한 모금 마신 뒤 식탁 가운데 놓인 흰 봉투를 집어 들었다. 받는 사람의 이름은 쓰여 있지 않았다. 아내의 이름도 적혀 있지 않았다.

이윽고 전화에서 목소리가 들려왔다.

"자네가 아니면 안 돼. 난 자네를 만나 얘길 하고 싶었네. 하지만 만나봤자 별 수 없을지도 모르겠군."

나는 다시 고개를 옆으로 기울여 수화기를 어깨에 붙이고 양손으로 흰 봉투 입구를 찢었다.

"너무 늦은 시간에 전화를 걸은 거네. 한 24년쯤 늦은 것 같군."

"그립군." 사내의 목소리가 다시 희미한 웃음을 머금었다. "지금 그 목소리는 자네가 언짢을 때 내는 소리지. 언짢을 때의 자네 말투엔 야유가 섞여."

봉투에서 아내가 쓴 편지를 꺼내 읽었다. 3초도 걸리지 않았다. 그
동안에도 사내는 얘기를 계속했기 때문에 나는 수화기를 다시 고쳐 들
고 물었다.

"말소리가 멀어서 잘 못 들었네. 다시 한 번 말해주지 않겠나?"

"실은 자네가 읽어줬으면 하는 게 있어."

"읽어줬으면 하는 게 있다고?"

"느닷없이 이런 전화가 와서 당황스러울 거라는 건 잘 아네. 만일 입
장이 바뀌어서 나한테 갑자기 이런 전화가 걸려왔다면, 이 전화를 자
네한테 걸기 전에 상상해본 거지만, 나는 더 차갑게 대했을지도 모르
지. 벌써 전화를 끊어버렸을지도 몰라. 누군지도 모르는 동창 따위를
만나줄 생각은 들지 않았을 테지. 충분히 이해하네.

그러니까 그건 됐네. 만나는 건 이제 포기하지. 설사 자네와 만난다
고 해도 자넨 날 기억 못할 거야. 사실 자네 말이 맞아. 새삼 둘이 만나
서 내가 일방적으로 추억담을 늘어놓아봤자 무슨 소용이 있겠나. 이
렇게 자네와 얘기를 나누고, 자네의 그리운 목소릴 들을 수 있는 것만
으로 만족하겠네. 다만, 마지막으로 소원 딱 하나만 들어주게. 실은
자네가 읽어주었으면 하는 게 있어."

나는 잠시 생각을 하고서 이렇게 대답했다.

"미안하지만, 그것도 거절하겠네. 주소와 전화번호에 회사까지 알
고 있단 말이군. 아마 자네가 오해하고 있는 것 같은데, 난 남의 원고
를 읽고 추천할 수 있을 만한 위치가 아냐."

"알고 있어. 자넨 출판사 영업부지."

"거기까지 조사했나? 그럼, 출판사 영업사원은 원고 검토 같은 건

하지 않는다는 것도 알아줬으면 좋겠군."

"오해하고 있는 건 자네야. 원고를 읽어보고 출판해달라는 게 아니라 그저 자네가 개인적으로 읽어주었으면 하는 거네."

"개인적으로, 뭘?"

"그건 읽어보면 알 거야."

"편지인가?"

"글쎄, 긴 편지라고 할 수 있을지도 모르겠군. 하지만 정확히 말하자면 이건 이야기네. 즉, 내 인생에 일어났던 불가사의한 사건을 정리한 얘기지."

나는 마음속으로 혀를 찼다.

이 인간은 도대체 내 말을 듣고 있는 것일까?

"자넨 역시 오해하고 있는 것 같군. 이 세상엔 불가사의한 사건이 얼마든지 있네. 그런 체험을 정리해서 출판하고 싶어 하는 사람도 많을 테지. 어쩌면 그런 책이 나와서 잘 팔릴지도 모르지. 하지만 그런 생각은 잘못된 거네.

설사 자네가 엄청나게 신기한 체험을 했다고 믿고 있다 하더라도, 그 비슷한 체험을 한 사람은 얼마든지 있다고 생각하는 게 바람직해. 불가사의한 사건 따윈 이 세상에 하나도 없어. 가령, 자네가 실제로 불가사의한 체험을 하고 글을 썼다고 치세. 그리고 그걸 내가 읽는다고 치자고. 그러나 난 거기에 쓰인 걸 믿지 않을 거야. 자네도 증명할 수 없을 테고. 그러니까 달라지는 건 없네. 틀림없이 아무도 상대해주지 않을 거야. 체험담을 책으로 내려는 따위의 안이한 생각은 버리는 게 좋아. 적어도 난 그런 일에 대해 얘기하고 싶지 않아."

"자네, 언제부터 그렇게 차가워졌나?"

목소리에는 분명 실망한 기색이 담겨 있었다.

"내가 말하지 않았나, 난 출판 같은 거 바라지 않네. 다만 내 얘기를, 내 인생에 일어났던 일을 자네가 알아주었으면 할 뿐이라고."

"출판할 생각이 없다면서 왜 나보고 읽으라는 건가?"

"말했잖나? 예전에 우린 친한 사이였네."

"또 그 얘기인가? 미안하지만, 다시 한 번 이름을 말해주겠나?"

"기타가와 다케시."

"3학년 때 같은 반이었다고?

"그래."

"아무리 생각해봐도 친구였던 기억이 안 나."

"고등학교 때 친구였다고 하지는 않았네. 친구가 된 건 나중 일이지. 우린 그 '쥴과 짐' 처럼 사이가 좋았어."

"……뭐?"

"그래, 더 이상 얘기를 계속해봤자 자넬 혼란스럽게 할 뿐이네. 모든 건 글을 읽어보면 풀릴 거야. 그러니까 읽어주어야만 하네. 자넨 읽어줄 거야, 읽어줄 거라고 믿어. 내가 말하고 싶은 건 이게 다야. 갑자기 이렇게 전화를 걸어 미안하네."

"잠깐만."

"중간에 끊지 않아줘서 고마워. 자네와 얘기할 수 있어서 정말 반가웠어."

"잠깐, 잠깐만."

그러나 전화는 끊어졌다.

상대는 나와는 달리 질질 늘어질 듯한 기미를, 먼저 끊어버릴 수 있는 타이밍을 놓치지 않았다. 나는 혀 차는 소리를 내고 수화기를 놓았다.

넥타이를 풀고 옆에 있는 의자에 등을 대고는 눈을 감고 왼손 엄지와 중지를 벌려서 관자놀이를 눌렀다. 눈꺼풀 안에 황록색 도넛 모양의 빛이 나타났다가 배경인 검정에 서서히 녹아들어가듯 사라졌다.

그렇게 마음을 진정시킨 나는 이 질 나쁜 장난 전화를, 게임을 하다가 중간에 내팽개치는 것처럼 비겁한 마무리를 보인 전화를, 혹은 사내의 무의미한 발언을 잊으려고 애썼다.

(고등학교 때 친구였다고 하지는 않았네. 친구가 된 건 나중 일이지)

동창이었다는 기억조차 나지 않는 사람인데 나중에 친한 친구가 된다는 게 가능할 리 없지 않은가.

그러면서도, 그와 동시에 나는 깨달았다. 나는 그 사람의 무의미한 말들을 잊으려 애쓰고 있는 게 아니다. 마음에 걸리는 말을 주워들고 그 속에서 의미를 찾아내려 하고 있었던 것이다.

(자네, 언제부터 그렇게 차가워졌나?)

마치 애인에게서 일방적으로 전화를 끊긴 청년처럼 두근거리는 가슴으로 말이다.

그때 나는 이상한 예감에 사로잡혀 있었다.

예감이라기보다 오히려 기시감旣視感 같은 것이었는지도 모른다.

(자넨 읽어줄 거야, 읽어줄 거라고 믿어)

그래, 나는 그걸 읽을 것이다. 읽을 것이 틀림없다. 왠지 모르게 나는 그것을 읽고 있는 자신을 상상할 수 있었다. 몇 번이나 몇 번이나 다시 읽는 자신의 모습을 또렷하게, 마치 전에 본 적이 있는 영화 속 장면처럼 그려볼 수 있었다.

관자놀이 마사지를 마치자 나는 눈을 뜨고 현실을 직시했다.

아내의 편지를 다시 읽어 보고 봉투 속에 도로 집어넣었다.

그것은 편지지 한 장에 쓰인 짧은 편지였다.

"당신이 출장에서 돌아올 때까지 기다릴까도 생각했지만, 날씨가 걱정되어서 예정대로 오늘 이사합니다."

그리고 새 주소가 덧붙여져 있을 뿐인, 간략한 메모 같은 편지였다.

나는 식탁 의자에 그대로 앉아 남은 맥주를 마셨다. 그리고 등 뒤 창문 너머로 전해오는 빗소리에 귀를 기울이면서, 이 엄청난 빗속에서 기꺼이 배달을 와줄 음식점이 있을까 하고 잠시 생각했다.

그것이 8월 하순, 비 내리던 밤의 일이다.

무언가 관계가 있는 척해 보이고 싶은 생각은 조금도 없지만 사실은 사실이니까 한마디 덧붙여두어야 할 것 같다.

25년 전의 동창, 기타가와 다케시라는 사람에게서 전화가 걸려온 것은 아내가 딸과 함께 집을 나간 날 밤이었다.

그가 읽어주길 바란다던 이야기를 나는 그로부터 사흘 뒤에 손에 넣었다.

대리인_

여자는 갑자기 뒤에서 내 이름을 불렀다.

"아키마 씨죠? 오전에 전화 드렸던 가토입니다."

여름 정장을 입은 여자는 전화 속의 말투에서 예상했던 것보다 훨씬 젊었다.

그녀가 부르기 직전까지 나는 오른쪽 바로 옆에 앉은 30대 후반의 반소매 블라우스를 입은 여성에게 정신을 빼앗기고 있었다.

그 블라우스와 똑같은 색깔과 무늬의 옷을 이번 여름에 아내가 입고 있는 모습을 몇 번 본 기억이 있다.

그것이 구체적으로 언제 어느 때였는지, 한참 기억을 더듬고 있었던 중이어서 뒤에서 부르는 소리에 더욱 깜짝 놀라고 말았다.

그녀가 내민 명함을 보니, '가토 유리'라는 이름 위에 회사 이름과 직함, 왼쪽 아래에는 회사 주소와 전화번호, 그리고 휴대폰 번호까지 찍혀 있었다.

나는 고개를 들어 그녀와 시선을 맞췄다.

상대는 미소를 지어 보였다. 미소 짓는 얼굴이 아름다운 여자였다. 미소 짓는 얼굴의 아름다움에 자신이 있는 여자인지도 모른다. 명함을 와이셔츠 왼쪽 주머니에 넣으면서 28, 9세쯤 되겠구나 하고 짐작해보았다.

내 명함은 건네지 않았다. 내가 누구인지 상대는 이미 조사해두었을 것이다. 등 뒤로 다가오면서도 내 특징을 확인할 수 있을 정도로.

우리는 스키야바시 교차로의 횡단보도 앞에 서 있었다. 여름방학이 막바지에 이른 때여서 10대들의 요란한 차림새에서 눈을 피할 수가 없었다. 대각선 맞은편에 가토 유리가 만나자고 했던 카페가 있을 터였다.

오전에 회사로 전화를 건 그녀는 자신이 기타가와 다케시의 대리인이라고 했다.

그 말투는 처음부터 끝까지 사무적이었다. 사무적인 용건을 척척 정확하게 전달할 수 있는 능력이 일의 성격상 몸에 배어 있는, 되물으면 똑같은 말을 정확하게 다시 말해줄 것 같은 그런 느낌의 말투였다.

덕분에 처음에 전화를 받아 바꿔준 동료의 시선을 크게 의식하지 않고, 마치 거래처에서 책 주문 전화를 받는 것처럼 시종 사무적으로 전화를 받을 수 있었다.

"점심은 드셨습니까?"

점심 걱정을 해주는 그녀에게 나는 고개를 끄덕여 보이고서 손목시계를 쳐다보았다.

1시 5분 전. 만나기로 한 시각은 1시. 신호가 녹색으로 바뀌고 교차로에는 사람이 넘쳐나기 시작했다.

나만 그 자리에서 움직이지 않았다.

만나기로 한 시각 5분 전에 약속 장소 부근 횡단보도 앞에서 두 사람이 우연히 신호를 기다린다. 신기하지도 않고 우연이라고 부를 만한 일도 아니다.

그렇지만 나는 등 뒤에서 말을 걸어온 게 적잖이 거슬렸다.

"그럼, 여기서 되돌아가시죠."

가토 유리가 말했다.

"길을 건넜다가 다시 이쪽으로 건너오는 것도 번거롭고, 게다가 카페에서 맛없는 커피를 마시는 시간도 절약할 수 있습니다. 조금 걸으면서 말씀드려도 좋을까요?"

되돌아간다, 그 표현에 반응해서 나는 왔던 길을 돌아보았다.

"200미터 쯤 걸으면 은행이 있습니다. 그 첫 모퉁이를 돌면 바로 간판이 보입니다. 거기까지 걸으려고 하는데 괜찮으시겠습니까?"

횡단보도를 건너 온 세 명의 젊은이들 중 한 사람이 내 어깨에 부딪치며 지나갔다.

비틀한 나는 걷기 시작했다. 걸으면서 가방을 왼쪽 손으로 옮겨 들고, 손수건으로 이마와 콧등의 땀을 눌러 닦았다.

"귀찮게 해드려 죄송합니다."

옆에서 나란히 걸으면서 가토 유리가 사과했다.

굽 높은 구두를 신고 있었기 때문에 키는 나하고 별 차이가 없었다.

"이런 일은 바로 은행에서 만나 처리하는 게 나았을지도 모르겠군요."

말투와 마찬가지로 걸음걸이도 또박또박했다. 노면을 두드리는 하이힐 소리가 귀에 거슬릴 정도로 울려 퍼졌다. 짧은 머리에, 몸매는 다이어트할 필요성을 느끼게 하지 않았고, 마 소재의 정장 옷매무새도 좋았다. 학창 시절에는 육상 선수였고 지금은 취미로 테니스나 스쿠버다이빙을 하고 있다, 필시 그런 사람이리라. 나하고 맞지 않는 타입이었다.

"저 모퉁이를 돌면 바로입니다. 차를 탈 정도의 거리는 아니어서요."

"전화로 말하지 않았던가요?"

"예?"

"이 주변은 제 담당 구역입니다. 어느 모퉁이를 돌면 뭐가 있는지 쯤은 머릿속에 들어 있어요. 게다가 만일 내 다리를 염려해서 그러는 거면 그럴 필요 없습니다. 난 영업이 일입니다. 서점 돌기라고 해서, 이 부근 서점을 한 집 한 집 걸어서 방문하는 게 내 일이란 말입니다. 오늘도 예정대로라면 벌써 세 곳 정도……."

가토 유리의 가방 안에서 휴대전화 벨소리가 울렸다. 익숙한 몸놀림으로 전화를 꺼내면서 그녀가 말했다.

"업무 중이라는 건 잘 알고 있습니다. 하지만 30분 정도면 끝날 겁니다. 은행에 가서 대여금고에 맡겨져 있는 걸 아키마 씨께 건네기만 하면 되니까요."

"그걸 당신이 찾아서 그 교차로에서 내게 건네는 방법이 더 나은 거 아니오?"

야유가 통했다는 표시로 잠깐 미소를 머금어 보이고서 가토 유리는 전화를 받았다.

말투로 추측해보건대 상대는 여성 부하 직원인 듯했다. 용건은 걸으면서 불과 몇 초 만에 정리되었다.

"아키마 씨의 입회하에 금고를 열라는 말씀이 있었습니다. 기타가와 씨에게서요."

전화를 끊은 뒤에 그녀는 말을 이었다. 그리고 다시 미소를 지어 보였다.

"대여금고 속에 뭐가 들어 있는지 묻지 않으시는군요."

나는 먼저 모퉁이를 왼쪽으로 돌아 은행 간판에 눈길을 주었다.

금고의 내용물을 묻지 않은 까닭은 그것이 저번 그 글이리라고 예상할 수 있었기 때문이다. 하지만 그런 대답 대신에 나는 되물었다.

"기타가와라고 하는 사람과 당신은 어떻게 됩니까?"

"전화로 말씀드린 대로" 그녀는 대답했다. "저는 기타가와 다케시 씨의 대리인입니다. 대여금고 계약 시에도 대리인으로 등록해 놓았습니다. 그래서 이렇게……."

"지금 물은 건, 그런 의미가 아닙니다."

"그럼 무슨 의미인가요?"

나는 약간 초조해졌다.

"기타가와가 당신에게 나에 대해 뭐라고 설명했죠?"

"고등학교 동창이자 친한 친구라고 했습니다."

"그리고?"

"금고에 맡겨 놓은 걸 건네주라고 했습니다."

"왜 본인이 나오지 않는 거요?"

"그건 모르겠습니다."

곧 은행 앞에 다다랐다.

가토 유리가 입구 쪽으로 손을 내밀어 먼저 들어가라고 했다. 나는 한숨을 쉬었다.

"언제 말할까 망설였는데, 이런 연극 같은 짓을 해봤자 헛수고일 거요."

"헛수고요?"

"모두 헛수고란 말이오."

"무슨 뜻인지 모르겠습니다."

"실은 기타가와라는 사람에 대해 난 아무 것도 몰라요. 친한 친구라는 건 그의 거짓말이오."

"그럼, 왜 여기까지 오신 건가요?"

나는 대답할 말을 잃었다.

"그가 어떤 거짓말을 하는지는 모르겠습니다. 저는 다만 대리인으로서 금고 안에 있는 물건을 아키마 씨에게 건네라는 지시에 따르고 있을 뿐입니다."

거기에서 가토 유리는 내 마음을 꿰뚫어 본 것처럼 고개를 한 번 끄덕이고는 이렇게 덧붙였다.

"그건 대단히 중요한 물건이라고 합니다."

"중요한 물건이라, 그건 그 사람하고 나, 어느 쪽한테 중요하단 거요?"

"서로에게 중요하다는 의미로 들렸습니다만."

"그런 물건이 이 세계에 존재할 것 같지 않은데."

"어쩌면 잃어버리신 물건인지도 모르지요."

"아니, 서로에게 중요한 물건이 하나라도 있을 리가 없어요. 설사 25년 전에는 고등학교 동창이었다고 한들 지금 그와 나는 모르는 사이요. 당신은 아직 젊으니까 긴 시간의 흐름이라는 걸 이해하기 어려울지도 모르지만."

"말씀하시는 의미는 알겠습니다. 금고 내용물이 무엇인지 알고 계시죠?"

알고 있소, 나는 대답했다.

그건 기타가와 다케시가 겪은 불가사의한 체험을 엮은 이야기 (혹은 불가사의한 체험을 겪었다고 믿고 있는 이야기)일 것임을 그 시점의 나는 알고 있었다.

동시에 그것을 은행 대여금고에 보관하고, 찾는 데 대리인을 내세우는 등의 요란스런 형태로 일이 흘러가는 것이 적잖이 당황스럽기도 했다.

그러나 결과적으로 말하자면, 가토 유리와 둘이 은행까지 가는 사이에 느꼈던 당혹감은 시작에 불과했다.

은행 응접실로 안내받은 나는 그곳에서 몇 분을 기다렸다.

그 사이에 쟁반에 보리차가 든 컵을 여자 은행원이 가져오더니 아무 말 없이 실내 에어컨 온도를 조정하고 나갔다.

그 후 다시 문이 열리더니 가토 유리가 담당 은행원과 함께 들어왔다. 나와 거의 동갑으로 보이는, 또한 나하고 아주 똑같은 차림(반소매 와이셔츠에 넥타이에 감색 바지)을 한 은행원은 납작한 금고를 들고 있었다.

마치 책상 서랍을 빼내 온 듯한 모양과 크기의 금고였다. 그것이 내 눈 앞 테이블에 놓였다.

담당 은행원이 눈인사를 하고 사라지자 맞은편 소파에 앉은 가토 유리가 열쇠를 꺼내어 금고 뚜껑 쪽 열쇠구멍에 꽂았다.

소리도 없이 열쇠가 돌아갔다.

"혼자 보시겠습니까?" 그녀가 물었다.

"아니, 있어도 상관없어요."

고개를 끄덕인 가토 유리가 금고를 반쯤 회전시켜 내 쪽으로 돌려놓았다.

나는 마시다 만 보리차를 쟁반 째 테이블 끝으로 밀어놓았다. 그리고 금고 뚜껑을 들어올렸다.

맨 처음에 눈에 뜨인 것은 사방 10센티미터의 투명한 플라스틱 케이스였다. 그 안에는 하얀 플로피 디스크 한 장.

그러나 그것 이외에도 금고 바닥에는 딱 46판형 책이 한 권 들어갈 크기의 봉투가 놓여 있었다.

손가락으로 만져보니 상당한 두께였다. 그 두께 탓에 풀로 붙일 부분이 완전히 열린 채, 다시 말해 봉할 의도도 없이 그냥 아무렇게나 거기에 놓여 있었다.

어쩌면 이게 이야기가 담긴 원고일지도 모른다. 나는 일단 그것을 들어 안을 들여다보았다. 한눈에 내용물을 짐작할 수 있었다.

나는 얼굴을 들어 가토 유리와 잠시 눈을 마주쳤다.

"왜 그러시죠?" 그녀가 물었다.

대답할 기분도 들지 않아 그 두꺼운 봉투를 한쪽에 놔두었다.

그러고 나서 금고에 남은 플라스틱 케이스를 꺼내 오프 화이트의 플로피 디스크를 살펴보았다.

생각한 대로 매킨토시 컴퓨터용으로 시판되고 있는 플로피 디스크

였다. 나도 회사나 집에서 같은 것을 쓰고 있었다. 이 안에 이야기가 담겨 있다면 별 문제없이 읽을 수 있을 것이다.

제목을 적는 종이 부분에는 타이틀도 없이, 손으로 쓴 '北川健'(기타가와 다케시 - 옮긴이)라는 서명만 거의 한가운데에 파란 잉크로 쓰여 있었다. 독특한 필체의 글씨였는데, 나란히 쓰인 그 세 개의 한자를 보아도 아무런 기억이 되살아나지 않았다.

나는 플로피 디스크를 케이스에 도로 넣고서, 가지고 가겠다는 의사 표시로 소파에 놓았던 내 가방 위에 얹었다. 그러고 나서 테이블 위에 남아 있는 텅 빈 금고와 두꺼운 봉투를 차례대로 보고는 마지막으로 가토 유리에게로 시선을 옮겼다.

"왜 그러시죠?" 똑같은 질문이 되풀이되었다.

"이 봉투에 든 건 나와는 관계가 없는 것 같군요."

"그럴 리가 없습니다." 그녀가 대답했다. "금고 안에 있는 건 모두 아키마 씨께 전해드리라고 기타가와 씨로부터 다짐을 받았습니다."

나는 고개를 저었다.

"이런 건 받을 수 없어요."

"이런 거라니요?"

"이건 돈이오. 봉투 속에 지폐가 들어 있어요."

"……하지만 어쨌거나 내용물을 확인해주셔야."

"당신 손으로 확인해 주겠소?"

"그 봉투 안에 든 게 뭐든 간에 그건 아키마 씨께 전해드려야 할 것입니다. 직접 확인해주십시오."

우리는 잠시 서로의 눈을 쳐다보았다. 내가 먼저 꺾였다.

"이런 걸 받을 이유가 없어요."

"저로서도 이해하기 어렵습니다만, 기타가와 씨께는 뭔가 이유가 있었을 거라고 생각합니다."

"당신도 잘 보고 확인해 주시오. 만 엔짜리 다발이 다섯 개요."

나는 하나씩 테이블 위에 꺼내 보였다.

띠로 묶인 만 엔권 다발이 다섯 개, 현금 500만 엔이다.

그런데 왼손에 쥔 봉투 속에 또 다른 무언가가 남아 있는 것을 깨달았다.

나는 그 무언가를 꺼냈다. 무엇인지 명백했다. 비닐 케이스에 담긴 예금통장과 도장. 통장을 꺼내 보니 명의는 여자 이름으로 되어 있었다.

니시자토 마키 – 분명히 본 기억이 있는 이름이었다.

"왜 그러시죠?"

세 번째의 같은 질문이었지만, 나는 대답할 수 없었다. 통장을 펼쳐 예금 잔고가 찍힌 곳을 찾고 있었기 때문이다.

돈을 찾은 적은 한 번도 없었지만 반대로 입금은 몇 년에 걸쳐 수없이 많은 듯했다. 돈을 넣은 사람은 모두 같은 이름으로, '오피스 K'라고 기록되어 있었다.

내가 고개를 들자, 기다리고 있던 가토 유리의 눈이 네 번째의 같은 질문을 담고 있었다.

"기타가와라고 하는 사람은 대체 뭐 하는 사람이요?"

그녀가 입을 열기 전에 나는 그렇게 물었다.

그녀는 가지런히 붙인 무릎 위에 양손을 포개고 있었다. 그 손에 시선을 떨어뜨리고 대답을 망설이는 표정을 보였다.

나는 대답을 기다리지 않고 앞서 물었다.

"그에게 연락을 하려면 어떻게 하면 됩니까?"

"모릅니다."

"모른다?"

"연락을 기다리는 건 가능합니다만, 이쪽에서 연락을 하려면 어떻게 하면 될지 저도 모릅니다."

"말귀를 못 알아들은 모양이군. 당신은 기타가와 다케시의 대리인 아닌가."

나는 아홉 자리 숫자가 기록된 예금통장을 그녀 쪽으로 밀었다.

"기타가와라고 하는 사람은 아마 부자 자선가로, 어지간히 연극 같은 못된 장난질을 좋아하는 인간인 것 같군. 이건 받을 수 없어요. 이 현금도 받을 수 없고. 적어도 본인이 여기에 나타나서 뭐라 설명해주기 전엔."

"그건 무리입니다."

그녀는 통장을 쳐다보기만 할 뿐 손은 대지 않았다.

"본인은 여기엔 나타나지 않을 겁니다. 몇 번이나 말씀드렸듯이, 기타가와 씨의 대리인으로서 제가 아키마 씨를 만나 뵙고 있는 거니까요."

"그렇다면 그 통장에 얼마만한 금액이 들어 있는지 당신은 알고 있는 거요? 당신 눈으로 확인해보는 게 어떻겠소?"

하지만 가토 유리는 내 지시에 따르지 않았다.

대신에 한쪽에 놓인 가방에 손을 뻗었다.

새침을 떠는 그녀의 옆얼굴에 질문을 던졌다.

"오피스 K라는 건 뭐 하는 회사요?"

"그 회사는 존재하지 않습니다."

가토 유리가 가방에서 꺼낸 것을 예금통장과 함께 내 앞에 놓았다. 하얀 우편봉투였다.

"이 봉투는 뭐요?" 나는 못마땅한 표정으로 물었다. "하나라도 좋으니까 이해할 만한 대답을 해주겠소?"

"그것은 기타가와 씨의 뜻입니다." 그녀가 냉정하게 대답했다. "아키마 씨가 받기를 꺼리시는 것 같으면 그 편지를 건네 드리라고 해서 갖고 왔습니다."

나는 통장 위에 얹힌 편지를 들어 봉투를 뜯었다.

안에는 네 번 접은 편지지 한 장이 들어 있었다.

가토 유리의 목소리가 이어졌다.

"오피스 K는 기타가와 다케시 씨가 대표로 있던 회사입니다."

"하지만 존재하지 않는다?"

"이제는 존재하지 않는 회사입니다. 요번 여름에 해산했으니까요. 그리고 동시에 기타가와 다케시 씨는 모습을 감추었습니다. 그러니까 그의 연락을 기다릴 수는 있어도 이쪽에서 연락을 취할 방법은 현재로선 없습니다."

나는 기타가와 다케시의 편지를 펴서 읽었다.

짧은 편지였다.

독특한 버릇이 있는, 오른쪽 위가 올라간 글씨는 선명한 청색 잉크로 다음과 같이 쓰여 있었다.

아키마 후미오 앞.

디스켓 안에 내 이야기가 기록되어 있네.

출판할 생각 따윈 없으니까 인쇄할 필요는 없어. 내게 복사본도 없네. 그저 자네가 봐준다면 그걸로 족해.

통장과 현금에 대해서도 지금은 아무것도 묻지 말고 그냥 받아주길 바래.

모든 건 이야기를 읽어주면 풀릴 거야.

그 다음 일은 자네 판단에 맡기겠네.

기타가와 다케시.

플로피 디스크_

내가 지금부터 할 얘기는 어떤 종류의 영화에 붙이는 '광고 문구' 식으로 말하자면 트루 스토리, 즉 실화야.

나에게 일어났던, 조금도 거짓이 없는 일을 자네에게 얘기하려 하네.

나는 누군가에게, 이 시대를 함께 살고 있는 불특정의 누군가에게 내게 일어났던 사건을 설명하려는 게 아냐.

이 시대에는 이 시대의 위대한 상식이 군림하고, 사람들은 그것을 우러러 받들면서 바람 잘 날 없는 길고 긴 인생을 보내고 있지. 시계바늘은 오른쪽으로 도네. 쉬지 않고 돌지. 한 번 저지른 잘못은 두 번 다시 되돌릴 수가 없어. 자네가 과거에 버리고 떠난 것은 더 이상 되찾을 수가 없지.

그러나 나는 그런 경계를 넘은 사람이야.

이 시대를 상식의 왕국에 비유한다면, 나는 그 영토 밖에서 국경을 넘어 온 거지. 위대한 상식이 한순간에 뒤집히는 것을 보고 만 인간인 거야. 나는 이 몸으로 깨달았어. 언젠가 시계바늘이 거꾸로 돌아가고, 계절은 겨울에서 가을로, 가을에서 여름으로, 여름에서 봄으로 흐를지도 몰라. 이미 과거에 버려두었던 것을 이 손으로 다시 붙잡을 수 있을지도 모른단 말이야.

이제까지 나는 아무에게도 이 얘기를 하지 않았어. 내 체험은 사람들이 신봉하고 있는 상식을 뒤흔들 위험으로 가득 차 있어서, 설령 어떤 열변을 토한다 한들 필시 누군가가 꾸며낸 얘기일 거라고, 오락 영화 속에서나 일어날 일이라고 단정해 버릴 테니까 말이야. 그렇게 내 말을 잘라 버리고서 위대한 상식이 지배하는 바람 잘 날 없는 기나긴 인생의 후반을 보낼 테지.

헛수고인 거야.

이야기를 꺼내기도 전에 결과가 눈에 보여. 신기한 것은 모두 위대한 상식의 영토 안에 있을 때에만 인정받을 수 있는 거지. 나는 경계를 넘은 자로서, 이 헛수고라고 하는 말을 몇 년이나 되씹으면서 살아왔어. 그리고 이제는 더 이상 이 세계, 이 시대 사람들의 상식을 뒤흔들어 주고 싶다는 열의도 가지고 있지 않아.

나는 개인적으로 자네에게 전해 두고 싶을 따름이야. 자네는 예전에 나의 유일한 벗이었어. 우리는 마치 트뤼포의 영화 '줄 앤 짐'에 나오는 줄과 짐처럼 마음이 맞아 오랜 세월 우정을 이어왔지.

이제부터 나는 나에게 일어났던, 단연코 거짓 없는 사건을 자네에게, 자네 한 사람에게 얘기하겠네.

자네의 상식을 뒤엎을 목적으로, 다시 말해 헛수고를 각오하고 하는 얘기가 아니야. 믿어주든 믿어주지 않든 그건 아무래도 좋아. 서로 마음을 터놓고 지내던 유일한 친구가 내 얘기에 귀를 기울여준다, 그 누구에게도 털어 놓을 수 없었던 나의 불가사의한 체험에 귀를 기울여준다. 그렇게 생각하는 것만으로도 지금은 작은 위로가 되니까.

거듭 말하지만, 우리는 예전에 친한 친구였어.

여기에서 내가 말하는 '예전에'라는 시대에는 색채가 없어. 그것을 염두에 두고 이야기를 들어주기를 바래.

영화로 말하자면 흑백으로 삽입된 회상 장면 같은 거지.

1998년 여름에 첫 징조가 찾아왔어.

그때 난 43세로, 도쿄의 광고대행사에 근무하는 극히 평범한 중년이었지.

결혼한 지 10년 된 아내, 초등학생 아들과 유치원에 다니는 딸, 거기에 어머니를 더한 다섯 가족. 우리 다섯은 평온하게 에후쿠초에 있는 본가에서 살고 있었어.

이렇게 얘기하는 게 좀 부자연스럽게 느껴질지도 모르겠군. 자네가 이 문장을 읽기 시작할 1998년 여름, 그러니까 자네에게 있어서는 현재일 것을 나는 그때라고 표현하고 있으니 틀림없이 부자연스러울 테지.

하지만 난 이런 식으로 말할 수밖에, 달리 방법이 없어.

그날 밤, 저녁 식탁에는 생일 케이크가 준비되어 있었어. 딸아이의 생일 축하를 위해 아내가 직접 구운 케이크였지. 초콜릿을 씌운 표면에는 아이의 이름이 생크림으로 쓰여 있었고 둘레에는 색색의 자그마한 양초 다섯 개가 꽂혀 있었어.

가족이 테이블에 모이자 먼저 아내가 성냥을 그어 다섯 개의 양초에 불을 붙였어.

그러고 나서 딸아이와 함께 생일축하 노래를 부르기 시작했고, 조금 뒤에 아들과 내 어머니의 목소리도 더해졌지.

짧은 합창이 끝나자 딸아이는 다섯 번 숨을 들이마시며 색색의 양초 다섯 개의 불꽃을 껐어. 그 마지막 한 개가 꺼진 직후, 나의 의식 속에 짧은 어둠이 찾아왔던 거야.

불과 한순간이었지.

비유하자면 조금 긴 눈 깜박임 같은 정도였어.

어둠은 곧 걷혔어. 그리고 정신이 들자 내 눈 앞에서 양초 불꽃 다섯 개가 조금씩 흔들리고 있었지. 그러니까 불 켜진 양초 다섯 개가 꽂혀 있는 초콜릿 케이크가 여전히 테이블에 있었던 거야.

그리고서 아내가 아이와 함께 생일축하 노래를 부르기 시작했고, 조금 뒤에 아들과 어머니의 목소리도 더해졌어. 짧은 합창이 끝나자 딸아이가 다섯 번 숨을 들이마시며 색색의 양초 다섯 개를 불어서 껐지. 테이블 주위에서 박수가 일어났어.

"아빠!" 하고 딸아이가 불렀어.

"여보?" 아내가 물었지. "눈에 먼지라도 들어갔어요?"

"그런가봐."

대답하고 나는 화장실로 갔어.

차가운 물로 세수를 하고, 거울에 비친 내 얼굴을 물끄러미 쳐다보았어. 물론 내 얼굴에는 아무 변화도 보이지 않았지.

하지만 그때 희미한 두근거림과 동시에 내 의식 속에 뭔가 불가사의한 일이 일어나고 있음을 확신할 수 있었던 까닭은, 그 징조 - 영화용어로 말하자면, 순간적으로 일어나는 페이드 아웃과 페이드 인을 경험한 게 처음이 아니었기 때문이야. 그리고 또 한 가지, 내가 그 불가사의한 전조를 마음 밑바닥에서부터 간절히 바라고 있었기 때문이기도 하지.

그래, 난 그것이 오기를 바라고 있었어.

고백하자면 욕실 거울에 비친, 평소와 다름없는 내 얼굴을 응시하면서 한 번 더, 지금 당장 와줘! 하고 바랐던 거야.

다음 날 아침, 나는 평소대로 출근했어. 에후쿠초에서 전철에 올라 시부야에서 지하철로 갈아타고 긴자에서 하차하는, 평상시 출근길 그대로였어.

평소와 다른 게 있다면 아침 플랫폼에서나 출퇴근 도중의 차안, 그리고 출근한 뒤까지도, 다시 말해 하루 종일 문제의 징조에 대해 어제보다 더욱 신경을 쓰게 되었다는 점이었지. 나는 주위 사람들과 사물, 경치 등에 대해 주의가 흐트러지지 않게 계속 집중했어.

플랫폼에서 팩에 든 우유를 마시고 있는 남자 옆을 지나갔어. 그리고 늘 타던 승차 위치까지 걸어갔더니, 또 팩에 든 우유를 마시고 있는 남자가 보였어. 나는 일부러 몸을 돌려 회색 양복을 입은 두 남자가 똑같이 빨대로 우유를 마시고 있는 것일 뿐이지 동일인물의 옆을 두 번 지나친 것이 아님을 확인해두지 않으면 마음을 놓을 수 없었지.

전철이 시모키타자와 역으로 들어서고, 나는 손잡이를 잡은 채 창 너머로 금융회사의 빨간 간판을 보았어. 그것이 방금 전 메이지대학 역 플랫폼에서 보았던, 똑같은 디자인의 간판과는 다른 것이라고 기억을 확인해야 했지. 시계바늘은 착착 오른쪽으로 돌고 있었어. 내 옆에 선 젊은 여자는 두 정거장 전까지는 오른팔을 들어 손잡이를 잡고 있었는데, 지금은 손목시계를 찬 왼손으로 손잡이를 바꿔 쥐고 있었어.

지하철 출구에서 회사로 들어가는 빌딩까지 걷는 동안에도 나는 세심한 주의를 기울였지.

예를 들어, 밖으로 올라와 걷기 시작하는 시각을 확인해 두고 평소보다

1분이라도 더 걸리지 않았는지, 중간 중간에 몇 군데의 포인트를 설정해서 구간별로 계측했어.

그러니까 건너는 횡단보도의 수와 보이는 가로수의 수가 평소보다 많지는 않은가, 다시 말해, 어떤 구간을 두 번 반복해서 걷고 있는 것 같은 감각이 들지는 않는지, 집요하게 나 자신에게 묻고 있었던 거야.

신호를 기다리느라 옆으로 나란히 선 인물이 두 번이나 아주 똑같은 하품을 한다든지, 아니면 똑같은 동작으로 손수건을 꺼내 콧등의 땀을 닦는 광경이 보이지 않을까?

혹은 보행자용 신호등이 녹색으로 깜박이다가 빨강으로 바뀌는 게 아니라, 거꾸로 녹색으로 바뀌는 식으로 시간의 흐름을 거스르는 현상이 일어나지는 않을까?

하지만 그런 일은 일어나지 않았어.

모든 것은 평소와 다름없는 아침 출근 풍경이었어. 나는 평소처럼 7분이 약간 못 걸려 빌딩에 도착했고, 출근하는 사람들에 섞여 입구를 지나 1층에서 통조림 같은 엘리베이터를 타고 8층 사무실로 올라갔어.

그리하여 저녁놀을 맞으며 하루의 업무를 정리할 무렵에는 다시 어제 이전처럼 평범한, 요컨대 그 시대의 상식적인 중년남자로 돌아갔지.

예의 그 징조는 ─ 어젯밤부터 오늘 아침에 걸쳐 조만간 닥쳐올 것에 대한 징조라고 굳게 믿고 있었던 그것은 ─ 한마디로 말해 '착각'에 지나지 않았을지도 몰라. 조만간 올 것이라고 지나치게 고대하던 나머지 내 의식이 자그마한 백일몽을 꾸고 싶어 했을 따름인지도 모르지.

그 금요일 밤, 나는 사무실에 혼자 남게 되었어. 젊은 사원들은 지나가는 여름을 아쉬워하며 맥주집에라도 몰려간 모양이었고, 내 나이대의 사원들에게도 그 나름대로의 주말이 기다리고 있었을 테지. 계절이 여름 끝자락이든 뭐든 간에 금요일 밤에 야근을 하고 싶어 할 사람이 있을 리 없으니까.

시각은 7시를 지나고 있었어. 한 부하 직원 책상에서 전화벨이 울렸어. 벨소리는 열 번 가까이 울리다가 뚝 끊어졌어.

나는 그 소리와 그 소리가 끊긴 순간의 정적을 창가에 서서 밤의 불빛들을 바라보면서 듣고 있었지.

내가 그 소리에서 까닭 없이 연상한 것은 어떤 여자의 죽음을 알리는 전화였어. 그렇지만 실제로는 그것도 '착각'의 하나에 지나지 않았어. 그녀가 죽은 건 이미 10년이 지난 얘기고, 당시 나는 그 소식을 누군가의 전화가 아니라 친척이 보내 온 의례적인 엽서를 통해 알았던 거니까.

아무도 없는 사무실 한구석에서 그때 나는 '속죄'라는 단어를 떠올렸어. 그건 10여 년 동안 마음속에서 - 그녀의 죽음과 함께 그 말이 의미를 잃은 뒤에도 - 몇 번이고 중얼거려 온 단어였지. 나는 아직도 그 사고의 기억에서 도망치지 못하고 있었던 거야. 한 부하 직원 책상에서 전화벨이 울렸어. 벨소리는 열 번 가까이 울리다가 뚝 끊어졌지.

나는 그 소리와 그 소리가 끊긴 순간의 정적을 창가에 서서 밤의 불빛들을 바라보면서 듣고 있었어.

이것도 '착각'임에 틀림없다고 생각했어. 그녀를 향한 '속죄'를 절실하게 바라기 때문에, 이토록 바라마지 않고 있기 때문에 나의 의식이 잠깐의 백일몽을 꾸고 싶어 하는 것임에 틀림없다. 이 소리는 내 귀가 똑같은 벨소리를 두 번 반복해서 들은 것이 아니라 누군가가 똑같은 수만큼 벨소리를 울리며 두 번 전화를 건 것이다.

그리고 나는 또 생각했어. 여름이 시작될 무렵에 작은 이변을 깨닫는 계기가 되었던 담배 사건, 그리고 손톱을 깎다가 눈살을 찌푸렸던 기억, TV에서 똑같은 상품의 광고를 두 번 연속해 보았다고 믿었던 일, 그것들은 어떤 징조 같은 게 아니었다. 그때마다 고개를 흔들고 '내가 왜 이러지?' 하고 정신을 되돌렸던 것처럼, 그 하나하나는 그저 '착각'의 축적에 지나지 않는다. 나는 그것들을 언젠가 올 기적에 대한 작은 징조들로 보고 싶은 것이다. 적어도 그렇게 믿는 척하며 살고 싶을 따름이다.

창가에서 떨어져 책상으로 돌아온 나는 웃옷과 가방을 집어 들었어. 출입구가 있는 곳에 가서 사무실 불을 끄기 위해 스위치 세 개를 눌렀어. 그런데 문을 열고 나가려는 순간에 전화가 울리기 시작했지.

어둠 속에서 소리가 들려오는 방향을 힐끗 돌아보았어. 역시 그랬던 거야. 누군가 세 번이나 전화를 건 거다. 누군가가 약속시간에 늦은 상대를 찾고 있는 것이다.

8층 엘리베이터 앞까지 걸어가 아래로 내려가는 버튼을 눌렀어. 두 대의 엘리베이터 중 왼쪽에 있는 것을 탈 때 누르는 버튼이었지. 7층에서 그 승강기가 올라왔어. 문이 열리고, 아무도 없는 엘리베이터에 탄 나는 1층으로 내려갔지.

1층 홀에는 평소처럼 아직 불이 켜져 있었어. 그렇지만 다른 사람들은 거의 없었고, 파란 제복을 입은 경비원 한 사람만이 긴 원통형 재떨이 옆에 서서 담배를 피우고 있는 모습이 보일 뿐이었어. 경비원은 나를 못 본 척 등을 돌렸어.

8시 반쯤에는 집에 도착할 수 있겠지. 그렇게 생각하면서 정문에 손을 댔어. 아내와 아이들은 이미 저녁 식사를 마치고 어젯밤 먹고 남은 생일 케이크를 한 조각씩 먹고 있을지도 모를 일이었어.

그때 1층 로비의 조명이 전부 꺼졌어.

느닷없이 찾아온 어둠 속에서 나는 눈을 깜박이며 몸을 돌려 경비원의 모습을 찾았어.

그가 조명 전원을 끈 게 틀림없다. 순간적으로 그렇게 판단하긴 했지만, 등 뒤로 아무 인기척도 느낄 수가 없었어.

내가 느낀 것은 전혀 다른 기색이었어.

지금 내 자신이 있을 터인 1층 로비와는 다른 종류의 정적.

이윽고 나는 책상 위에서 한 대의 전화가 계속해서 울리고 있음을 깨달았어.

전화벨 소리가 그칠 때까지, 나는 한동안 그 자리에 서 있었어. 오른손으로 문을, 1층의 현관이 아닌 8층 사무실 문을 반쯤 민 자세 그대로.

이것도 '착각'일까?

나는 어둠 속에서 다시 내 자신에게 물어보았어. 방금 전 엘리베이터로 8층에서 1층으로 내려간 것은, 분명 내려갔을 터인데, 그게 환각이었단 말인가?

사무실 안의 조명을 3분의 1만 켜고 손목시계를 보니 바늘은 7시 17분 부근을 가리키고 있었어. 억누를 수 없는 한숨이 새어나왔어. 내 왼손은 가방과 여름 상의를 꼭 쥐고 있었어. 1층으로 내려가 밖으로 나가는 문을 열기 전에 분명히 걸쳤던 웃옷을 말이야.

지금, 이 순간에 1층 로비에서는 경비원이 긴 원통형 재떨이 앞에 서서 담배에 불을 붙이려 하고 있다. 나는 그렇게 생각했어.

아니 생각한다기보다 그렇게 믿으며, 3분의 1만 밝혀 놓은 사무실에서 가장 가까운 책상으로 다가가 전화에 손을 뻗었어.

외우고 있던 번호를 누르자 세 번째 신호에 상대가 나왔지.

"나, 기타가와야. 할 얘기가 있어." 나는 말했어. "지금 바로 그쪽으로 가도 될까?"

"진정해." 상대는 대답했어. "숨도 안 쉬고 달려온 것 같은 목소리인 걸."

"꼭 들어주었으면 하는 얘기가 있어."

"그렇게 급한 얘기야?"

"실은 어젯밤부터……." 말을 하려다 말고 나는 침을 삼켰어. 이게 정말로 급한 얘기일까? 혼동 내지 착각에 지나지 않는다고 코웃음을 치며 끝낼 얘기는 아닐까?

"왜 그래?" 상대가 물었어.

"시계 바늘이 거꾸로 돌아가고 있어."

"시계 바늘이……, 거꾸로 돌아……?"

"그래, 그 얘긴 언젠가 둘이서 한 적이 있지? 그런 소설이 있다면서 자네가 가르쳐줬잖아. 기억나?"

"……어, 어."

"그게 현실로 나한테 일어나고 있어."

한순간보다 조금 더 긴 틈이 놓였지만, 상대는 웃지 않았어.

"현실로?"라고 되물었을 뿐이었지.

주말 밤인데 불쑥 미안하지만, 아무래도 얘길 나누고 싶다며 나는 부탁했어. 만일 오늘밤 누군가와 함께 지낼 예정이 있다면 방해하지 않을 테니까 딱 30분만이라도 시간을 내서 내 얘기를 들어주었으면 좋겠다고.

그 누군가와 지금 주말 밤을 보낼 참이었다는 것이 돌아온 대답이었지.
하지만 손님은 돌려보낼 테니 지금 바로 이쪽으로 와.
"환영이야." 그렇게 자네는 말했어.

그녀에 대한 '속죄'를 주제로 우린 종종 이야기를 나누곤 했어.
아니, 이야기를 나누었다기보다는 사실 자네가 내 종잡을 수 없는 얘기를 들어주는 역할을 참을성 있게 맡아주었던 거지.
그 사고가 일어난 지 몇 년이 흐르는 동안에, 그리고 그 후유증으로 괴로워하던 그녀가 스스로 죽음을 선택하여 이미 '속죄'라는 말이 현실적인 의미를 잃은 뒤에도 나는 오직 자네에게, 자네를 앞에 두고서만 그녀하고 얽힌 이야기를 계속하고 있었어.
내 얘기를 들을 때 자네는 결코 쓸데없는 참견을 하지 않았지. 일시적인 위안이나 위로의 말도 하지 않았어. 어지간히 하고 잊어버리라면서 성급하게 질책하는 법도 없었고, 흔히 그러는 것처럼 '어떤 잘못도 시간이 해결해준다'는 식의 충고로 적당히 자리를 넘기는 법도 없었지.
"얘기해봐."
만날 때마다 자네는 꼭 그렇게 말하고서 얘기 들어주는 역할을 싫증내지도 않고 맡아주었어.
둘이 만나는 장소나 시간대에 따라서 커피를 마시기도 하고 버번을 마시기도 했고, 때로는 백가몬(서양식 주사위 게임 - 옮긴이) 주사위를 흔들어대기도 하긴 했지.
어쩌면 그건 자네의 일 때문에 몸에 밴 태도였을지도 몰라. 나한테서 캐낼 수 있을 만큼 캐내어, 다음 작업 - 소설이나 영화로 살리고 싶다는 계산이 얼마쯤은 자네 머리 한 귀퉁이에서 움직이고 있었던 건지도 몰라.

하지만 자넨 한 번도 그런 기색을 보인 적이 없었고, 실제로도 우리가 알고 지낸 십여 년 동안 그 사고에 관해서는 물론이고 그녀와 나 사이의 관계를 소재로 삼은 것으로 짐작할 만한 자네의 작품은 한 편도 나오지 않았어.

이제야 상상해 보네. 그때의 내 얘기, 아니, 우리가 나누었던 모든 것을, 소설을 쓰고 영화를 찍는 사람으로서 자네가 몰래 노트에 써놓지 않았을 리가 없다고. 그러면서도 자넨 그 노트를 한 번도 일에 이용하지 않았고 - 나라는 인간이 이 세상에 존재하는 한 - 책상서랍 깊숙한 곳에 잠재워둘 결심을 하고 있었을 거라고. 그게 아마도 자네 나름대로의 나를 향한 우정의 표현 방식이 아니었을까 하고 말이야.

1998년 늦여름으로 이야기를 돌리지.

그날 밤, 난 록본기에 있는 자네 집까지 택시를 타고 갔어.

7층짜리 그 건물은 아파트가 아니라 사무실 등이 들어가 있는 빌딩이었지. 자네는 영화제작 사무실 겸 소설을 쓰는 작업실 겸 주거지 삼아 그곳 한 층을 빌려 쓰고 있었어.

5층까지 엘리베이터를 타고 올라가 자네 방 앞에서 손목시계를 보니 택시를 탄지 정확히 20분이 지나 있었어. 그때까지 시계 바늘이 자연스럽게 오른쪽으로 돌아 20분이 지났다는 뜻이지.

초인종 소리를 듣고 문을 열어 준 건 자네가 아니라 돌아갈 채비를 하던 여자 손님이었어. 초면이어서 우린 문 옆에서 가벼운 인사를 하고 지나쳤지.

남자처럼 옆으로 가른 짧은 머리모양으로 보나 편하게 입은 옷차림으로 보나 나이는 20대 정도로밖에 보이지 않았지만, 키가 크고 탄력있는 몸매에 특히 호리호리한 긴 목이 인상적인 여자였어.

　흰 운동화에 물 빠진 청바지, 짧은 데님 재킷, 오른쪽 어깨에 배낭을 멘 뒷모습의 그녀를 잠깐 보고 있자니 자넨 다가와 영화 쪽 스크립터를 맡고 있는 아가씨라고 가르쳐주었어. 그 이상의 설명은 없었지.

　"발레라도 하는 것 같은 몸매로군."

　내가 작은 소리로 말해보았지. 그건 내가 잘 아는 다른 여자가 서 있던 모습 - 이미 이 세상에 없는, 불행한 사고를 당하기 전의 젊고 발랄했던 무렵의 모습이 연상되었기 때문이었어.

　"다음에 다시 보게되면 소개해줄 테니 직접 물어봐."

　자넨 대충 얼버무리고는 문손잡이를 잡은 채 들어오라고 턱으로 방 안을 가리켰어.

　넓은 원룸에 들어가 오른편 벽 쪽에 놓인 유난스럽게 큰 소파 겸 침대에 털썩 앉는 것과 동시에 두 개의 캔맥주가 눈앞에 있는 작은 테이블 위에 놓였지.

　"자, 얘기해봐."

　자넨 언제나처럼 말하고 은색 캔맥주 하나를 집어 회전식 의자에 앉았어. 그리고 언제나처럼 일하는 데 쓰는 컴퓨터가 놓인 넓은 책상에 등을 돌린 자세로 나와 마주 앉았지.

　등받이를 일으키면 소파로도 사용할 수 있는 침대 위에서 난 일단 차가운 맥주를 한 모금 마셨어. 다음에 '세븐스타' 한 개비를 뽑아 라이터로 불을 붙였지.

"처음엔 담배였어."

말하고서 난 시선을 다른 곳으로 돌렸어.

창가에 놓인 서랍이 양쪽에 달린 그 책상과는 대각선으로 맞은편에 놓인 32인치 텔레비전은 최대한 소리를 줄인 채 오래된 흑백 영화를 띄우고 있었지. 그날 밤 자네가 LD플레이어로 틀어놓은 것은 프랑수와 트뤼포의 '400번의 구타' 였어. 레이저디스크 영상에 집착을 가진 사람들 사이에서 일반적으로 '크라이테리언 버전' 으로 불리는 명작 컬렉션 중 한 장이었지.

"담배? 담배가 왜?"

"먼저 담배가 이상하다는 걸 알았어. 초여름, 그때가 처음이었지."

영화는 마침 가출한 소년 앙투안에게 밤거리에서 처음 보는 부인이 도망친 강아지를 찾아달라는 부탁을 하는 장면에 접어들고 있었어.

트뤼포의 첫 번째 장편영화를 축복하며 쟌느모로가 우정 출연한 즉흥적인 장면이지. 그걸 가르쳐준 건 다른 사람이 아니라 트뤼포의 모든 작품을 꿰고 있는 자네지만.

"정신 사나우면 끌까?"

"아니, 놔둬도 돼."

앙투안이 어영부영 학교 친구인 르네 집에 들어가서 함께 침대 위에서 담배를 피우면서 주사위 놀이를 하던 장면이 이보다 앞이었던가 뒤였던가, 그런 생각을 하면서 난 얘기를 이어갔지.

"어느 날 밤, 난 우리집 거실에 혼자 있었어. 꼭 지금 이런 식으로 소파에 앉아 석간신문을 펼쳤지. 시간은 7시를 조금 지난 무렵이었어. 곁에 아이들이 없는 걸 확인하고 - 아이들 앞에서 담배 피우는 걸 아내가 싫어

했거든 - 바로 이때다 하고 세븐스타 한 개비를 입에 물고 라이터로 불을 붙였지.

그런데 그 뒤에 기묘한 공백이 있었어. 있었던 것 같은 느낌이 들었던 거지. 그리고 그 공백 뒤에 난 신문의 날짜를 뚫어지게 바라봤어. 잊으려야 잊을 수가 없는 그 날짜, 8월 6일이었거든. 내가 그 사고에 대해 생각하고 있었던 모양이야. 18년 전 그날로부터 한 달 뒤에 일어난 그 사고 말이야. 정신을 차리니 목욕을 마친 딸을 데리고 온 아내가 옆에 서 있었는데, 그 담배에 불을 붙일 생각이라면 주방 환풍기를 돌리라고 하더군. 그 말을 듣고 입에 물려져 있는 담배를 봤더니 분명히 붙였을 불이 꺼져 있었어."

거기까지 얘기를 들은 자네는 주방으로 가 재떨이를 가지고 돌아왔어. 막 닦은 크리스털 재떨이였지. 그걸 작은 테이블 위에 둔 자네는 내가 그렇게 말하리라 예상하던 그대로 얘기했어.

"붙였던 담뱃불이 꺼지는 건 흔한 일이야."

"나도 그렇게 생각했어. 흔히 있는 일이다. 그런데 그때 입에 물고 있던 담배가 하얀 게, 한 번도 불을 붙인 흔적이 없었단 말이야. 하지만 그것도 기분 탓이라고 여겼지. 불을 붙이려고 하긴 했는데 실제론 불이 붙지 않았던 거라고 말야."

"그래서?"

"똑같은 일이 일주일 뒤에 다시 일어났어. 근데……."

"붙였던 담뱃불이 꺼지는 건 흔한 일이잖아."

"그래 그렇게밖에 생각할 수가 없겠지. 일단 불을 붙였던 담배가 다시 새하얀 상태로 돌아간다는 건 있을 수 없으니까. 그 이후에 난 담배 필 때

신경을 써서 불을 붙이게 되었어. 불을 붙이면 반드시 연기가 나는 걸, 빨간 불씨가 붙어 있는 걸 확인하지 않으면 직성이 풀리질 않았지."

"그래도 똑같은 일이 일어났다?"

"아니, 다음에 깨달은 건 TV 광고였어. 금융회사 광고 말이야. 그걸 보고 있는데, 너무 지루하다는 느낌이 들었어. 똑같은 대사가 반복되고 똑같은 카피가 화면에 반복해서 나오는 거였지. 근데 그게 아니었어. 실은 난 똑같은 15초짜리 광고를 두 번 반복해서 보고 있었던 거야."

"똑같은 회사 광고가 두 번 연속 나오는 경우도 없지 않잖아."

"그거야 나도 알아. 하지만 15초짜리 똑같은 광고가 두 번 연달아 나오는 일은 거의 없어. 그런데 난 봤어, 분명 본 것 같았어. 함께 텔레비전을 보고 있던 아내에게도 이런 얘긴 하지 않았고 방송국에 확인 전화를 해본 것도 아니야. 이건 나 혼자만 느낀 걸 거다. 내가 어딘가 이상해진 모양이다. 그렇게 생각하는 수밖에 없었지.

하지만 그로부터 며칠이 지나 또다시 이상한 일이 일어났어. 이번에는 발톱이었지. 그날 밤 난 발톱을 자르고 있었어. 오른쪽 엄지발톱부터 시작해서 새끼발톱까지 다 자르고 왼쪽 발톱으로 옮겨갔지. 펼친 석간신문 위에 잘라낸 오른쪽 발톱들이 흩어져 있는 걸 본 직후에 다시 그 공백이 왔어. 공백이라기보다 짧은 어둠이지. 순간적으로 시야가 작은 점으로 빨려 들어가듯 사라져버렸다가 다음 순간에 되돌아왔어. 그날 밤, 시야가 되돌아오자 눈앞에는, 활짝 펼쳐진 신문지 위에는 발톱이 자란 내 오른발이 얹혀 있었어. 막 오른쪽 엄지발톱을 자르려고 손톱깎이를 대려는 참이었던 거야.

분명 이것도 착각이다. 정말 내가 어딘가 이상해졌나 보다. 불을 붙인 줄 알고 담배를 물고 멍하니 있질 않나, 똑같은 광고를 연속해서 봤다고 착각하질 않나. 이번엔 아직 자르지도 않은 발톱을 다 잘랐다고 믿고서 잘린 발톱의 환상까지 보다니. 모두 다 절대로 있을 수 없는 일이다. 아마 올해도 그 사고가 있었던 날이 다가오는 탓에 정신상태가 나도 모르는 사이에 이상해져 버린 걸 거다. 아니, 어쩌면 한발만 삐끗하면 정상 궤도를 벗어날 지점까지 벌써 와 있는 건지도 모른다.

할 수만 있다면 18년 전의 그날로 돌아가서 내가 저지른 잘못을 싹 지워버리고 싶다는 후회 끝에, 그 후회가 오랜 세월 쌓이고 쌓인 나머지 몇 초든 몇 십초든 몇 분이든 간에 과거로 거슬러 올라간다는 환각에 매달리게 되어버린 건지도 모른다. 이런 생각을 하는 것 자체가 이미 정상을 벗어나 있다는 증거라고 할 수 있을 것이다.

난 이런 황당무계한 생각에 사로잡혀서 일주일을 보냈어. 그게 어제까지의 일이야."

그리고 저녁 때, 딸아이의 생일 축하 자리에서 다시 체험한 이상한 현상을 자네에게 말했어. 이어서 오늘 밤, 바로 방금 전에 회사 빌딩에서 나한테 일어났던, 이제는 환각이 아니라 실제로 시간이 몇 분 과거로 되돌아갔다고 밖에 설명할 수 없는 현상에 대해서도.

얘기가 끝나자 맥주를 다 마신 자네는 알루미늄 캔을 한 손으로 찌그러뜨리고는,

"그게 전부인가?"라고 물었어.

"현재로선." 난 대답했지. "이상한 현상은 현재로선 이게 전부야."

"위스키 마실래?"

"아니, 아직 맥주가 남았어."

자넨 다시 주방으로 가서 얼음과 버본 위스키가 든 잔을 가지고 회전의자에 다시 앉았어. 그러는 동안에 무슨 말을 어떻게 꺼낼까 하고 궁리했던 거겠지.

"실제로 시간이 거꾸로 가고 있다." 자넨 말했어. "그렇다고 가정해보자. 그렇게 가정하고 자네 얘기를 정리해보지. 맨 처음엔 담배. 붙였던 담뱃불이 꺼져 있었다. 즉, 분명 라이터로 담배에 불을 붙였는데, 잠시 후에 보니 그 담배가 불을 붙이기 전 상태로 되돌아와 있었다. 시간이 그만큼 과거로 돌아갔다. 그럼 그건 불과 몇 초일 거야. 5초 정도 될까?"

"아마 그 정도겠지."

"요컨대 자네가 5초 전으로 돌아가 인생을 5초 동안 다시 살았다. 그런 얘긴가?"

"그런 표현도 가능하겠지." 난 고개를 끄덕였어.

"다음엔 텔레비전 광고였어. 15초짜리 금융회사 광고. 이 CF 한 편을 다 보고 다시 한 번 처음부터 다시 봤다면 이번에는 시간이 15초만큼 과거로 돌아간 셈이군. 그 15초 동안 다시 살게 된 인생을 자넨 똑같은 광고를 보며 쓸데없이 흘려보냈다. 이런 표현도 가능하지. 그리고 다음은 발톱. 오른쪽 발톱을 다 자르는데 시간이 얼마나 걸릴까?"

"1분이나 2분?"

"발톱 하나를 자르는 데 5초라고 계산해봤자 오른발 전부해서 25초야. 그러니까 기껏해야 30초면 끝나. 생일 케이크 양초에 자네 집사람이 불을 붙이고 가족이 생일축하 노래를 합창하고, 딸아이가 한 개씩 양초의 불을 불어서 끈다, 이건 그러니까 대략 1분 정도겠지?"

"오늘 밤, 사무실이 있는 층에서 엘리베이터를 타고 1층으로 내려와 손목시계를 봤을 땐 7시 20분이었어. 그게 다음 순간에 내가 다시 위에 돌아가 있는 걸 깨닫고 손목시계를 보니 7시 17분……."

"그러니까 이번엔 3분 전 과거로 돌아갔군."

자넨 위스키를 한입 머금고 나서 지적했지.

"맨 처음에 5초, 다음이 15초, 그 다음이 30초, 그리고 1분, 마지막으로 오늘 밤엔 3분."

"그래, 맞아."

내가 수긍하자 자네가 미소 지었어.

"기타가와, 과거로 돌아가는 시간의 폭이 조금씩 길어지고 있는 모양이로군."

그래, 맞아. 난 다시 한 번 마음속으로 중얼거려 보았지. 내가 과거로 돌아가는 시간의 폭은 조금씩 길어지고 있다. 만일 이게 이대로 계속 된다면, 어느 날엔가는 마음 밑바닥에서부터 간절히 바라고 있던 '기적'에 손이 닿을지도 모른다. 그랬기 때문에, 난 요 한 달 동안 일어난 몇 번의 불가사의한 현상을 결코 착각 따위가 아니라 위대한 상식이 뒤집히고 '기적'이 일어날 날의 징조로 받아들이고 싶은 거다.

"이대로 간다면 자넨 좀 더 옛날로 돌아갈 수 있겠군." 하고 자네가 말했어. "가능성은 있어. 18년 전의 그 사고가 난 날로도 돌아갈 수 있을지 모르지."

"만일 그렇게 된다면." 난 반쯤 혼잣말로 중얼거렸어. "그게 가능하다면……."

"물론 그녀를 사고에서 구할 수 있겠지."

"그럴 것 같나?"

"그럴 것 같아."

자네는 대답한 뒤에 위스키 잔을 비우고 눈을 돌렸지.

'400번의 구타'의 주인공이 소년원으로 보내져 여성 담당자와 1 대 1로 마주 앉아 카운슬링을 받는 장면이 나오는 중이었어. 모습이 비치지 않는 카운슬러의 목소리가 소년 앙투안에게 여자를 아느냐는 뜻의 질문을 던졌지.

"단, 이건 어디까지나 가정이야."

이쪽으로 다시 눈을 돌리고 자네가 말을 이었어.

"자네가 말하는 불가사의한 현상이 현실에서 일어나고 있다고 가정했을 때의 얘기란 말이지. 기타가와, 분명히 전에 내가 시간이 거꾸로 돌아가는 얘기를 한 적이 있을 거야. 하지만 그건 미국인 작가가 쓴 소설의 줄거리였어. 자네도 읽은 적 있을 거야. 주인공은 43세 때 갑자기 심장발작으로 죽고 결국 한 인생이 거기에서 끝나지. 그런데 죽은 남자가 다시 살아나 눈을 뜨니 죽기 전 인생의 중간인 18세의 청년 시절로 돌아가 있었고, 의식만 그 이후의 25년 동안을 산 중년인 채였던 거야.

그렇게 해서 남자는 청년의 육체를 가진 중년으로서 그 후의 25년을 다시 살게 되지. 당연히 전과는 완전히 다른 인생을 말이야. 결과를 이미 알고 있는 경마나 주식에서 돈을 벌고 다른 여자와 결혼해서 아이를 낳고, 전혀 다른 인생을 살아. 그런데 그 인생에서도 다시 43세가 되자 심장발작을 일으키지. 죽어서 다시 눈을 뜨니 또다시 18세로 돌아가 있고, 그렇게 남자는 세 번이나 그 이후의 25년을 산다는 얘기였어.

소설로서는 재미있지. 가능하면 인생을 다시 살고 싶다는 생각은 누구나 하잖아. 어느 날로 돌아가 그 장면부터 다시 산다면 자신의 인생이 좀 더 나아졌을지도 모른다. 누구든 그렇게 생각할 때가 있을 거야. 하지만 그런 생각은 현실에선 이루어질 수 없어. 어차피 소설은 소설일뿐이란 말이야. 자네 얘기, 그 소설과 좀 비슷하지 않아? 25년이란 시간을 단숨에 뛰어넘는 게 아니라 몇 초, 몇 분에 불과하지만 과거의 자신으로 돌아간다. 얘기의 골격은 비슷해. 자네의 불가사의한 체험은 소설과 너무 비슷하다고. 시간적으로 축소된 복사판이라고 해도 될 정도야."

"하지만 내 경우엔 심장발작을 일으켜 과거로 돌아간 게 아냐. 난 아직 한 번도 죽지 않았어."

"아니, 그 소설식으로 말하자면, 자네도 죽었을 가능성은 있어. 그러니까 담배에 불을 붙인 순간 자넨 한 번 죽은 거야. 죽은 뒤에 5초 전의, 아직 담배에 불을 붙이지 않은 상태인 과거의 자신으로 돌아간 것이지. 그 시점에서 자네의 인생은 둘로 나뉘어졌어. 그림으로 표현하자면 딱 알파벳 Y처럼. Y라는 글자 윗부분의 좌우로 비스듬히 나뉜 선이 자네의 두 인생인 거야. 한 쪽 인생에선 담배를 입에 문 채 죽었고, 또 다른 한 인생에선 5초 전의 시간에서부터 다시 살아간다. 소설의 이치를 적용한다면 그런 식이 되지.

그 이후에도 자넨 과거로 돌아갈 때마다 죽었어. 오늘 밤 자넨 회사 빌딩을 나서려던 참에 갑자기 죽은 거야. 그리고 3분 전, 아직 사무실에 있을 시점의 과거에 부활했어. 거기에서 다시 둘로 나뉜 인생이 발생한다. 또 하나의 Y지. 오른쪽 가지의 인생에선 경비원이 자네의 돌연사를 발견하고서는 사원증을 보고 가족에게 연락을 취한다. 지금쯤 난 자네의 상가에서 밤을 새우고 있을 테지. 그러나 왼쪽으로 나뉜 인생 속의 자네는 3분 전으로 되돌아가 내게 전화를 걸어 여기까지 택시를 타고 왔어. 그리하여 지금 이렇게 마시면서 떠들고 있는 거지. 자네 얘긴 전부 그 소설의 이치로 설명이 돼."

"아니, 전부는 아냐. 난 심장발작을 일으킨 기억이 없어. 그 소설의 주인공은 과거로 돌아갔을 때 그 전 인생에서 죽기 직전까지의 모든 기억을 갖고 있잖아. 그런데 난 심장이든 어디든 통증을 느낀 기억이 없다고."

"그저, 눈앞이 어두워졌다?"

"그래, 그것도 한순간."

"어떤 식인지 다시 한 번 설명해봐."

"시야가 좁아지는 거야. 가장자리부터 검은 색이 퍼져 들어오면서 빨려 들어가듯이 시야가 좁아져. 그리고 마지막에는 바늘구멍처럼 작아져서 전체가 어두워지지. 그리고 순간적으로 이번엔……."

"이번엔 그와 반대로 빛의 바늘구멍이 가운데 생겼다가 그게 주위로 퍼져간다. 그렇게 어둠이 완전히 걷히고 시야가 원래로 돌아온다?"

"맞아, 어둠이 걷혔을 때 난 과거로 돌아가 있어."

"아이리스 아웃과 아이리스 인이군." 하고 자넨 말했지.

"뭐?"

"그건 영화 기법으로 설명이 된다는 얘기야. 페이드 아웃, 페이드 인의 일종이지. 트뤼포 영화에서 본 적이 있을걸."

자넨 LD플레이어 옆으로 가서 정지 버튼을 눌렀어.

소년원에서 축구 시합 중에 볼을 드로잉한 앙투안이 그대로 운동장의 친구들에게 등을 보이며 경계선인 철망의 찢어진 틈으로 밖을 향해 달리기 시작하는 모습이 화면에서 사라졌지.

그 영화 대신에 자네가 다시 건 레이저 디스크는 나에게는 특별히 애틋

한 다른 트뤼포 작품을 비추기 시작했어.

'녹색의 방'이었어. 트뤼포 자신도 출연했던 그 영화를 난 1980년 봄에 이와나미 홀에서 보았지.

"잘 봐, 이 부분이야."

자넨 한 장면 앞에서 화면을 일시 정지시켰다가 다시 재생해 보였어. 잠시 뒤에 극히 평범한 페이드 아웃이 시작되었지.

극히 평범한 페이드 아웃이 끝나서 화면 전체가 완전히 어두워졌나 싶었을 때 이윽고 한 가운데에 작은 원형의 빛이 나타났어. 그것이 주위를 향해 점차 커지고 성장하면서 넓어져서 화면을 덮고 있던 어둠이 완전히 개었지.

분명히 내가 본 영화였어. 그리고 잘 기억하고 있었지.

1980년 3월. 도쿄 진보초에 있는 이와나미 홀.

그날 영화를 다 보고 나오던 나는 안으로 들어오는 사람들 속에서 자네의 얼굴을 발견했지. 그건 고등학교 졸업 이래 꼬박 6년 만의 재회였어. 그땐 그저 인사만하고 헤어졌지만, 만일 그때 내가 부르는 소리에 자네가 뒤돌아보지 않았다면 같은 해 9월 시모키타자와 역에서 두 번째로 만난 이후 이렇게 친한 사이로 발전하는 일은 없었을지도 모르지.

"기타가와, 본 기억이 있지?"

이쪽으로 얼굴을 돌리며 자네가 큰 화면 옆에서 불렀어.

"자네가 말하는 짧은 어둠이 이런 식으로 밝아졌다는 거 아냐?"

나는 천천히 고개를 끄덕여 보였지.

그때 전화가 울리기 시작했어.

"지금 건 아이리스 인이야."

자네도 고개를 끄덕여 보이고는 책상 위에 있는 전화로 다가가 수화기를 들었지.

자네 말투를 듣고 상대방이 조금 전 이 방을 나간 스크립터라는 여성일 거라고 짐작할 수 있었어.

"끊지 말고 기다려. 지금 확인해볼게."

그렇게 그녀에게 말한 자네는 매킨토시의 전원을 켰어. 그리고서 회전의자를 끌고 다가와 컴퓨터가 가동되는 시간을 이용해서,

"그리고 그 반대가 아이리스 아웃이야."라며 영화용어 해설을 계속했어.

'녹색의 방'에서는 보통 페이드 아웃에 아이리스 인을 조합해 쓰지만 아이리스 아웃에서 아이리스 인으로 연결되는 경우도 있다.

즉, 화면이 외곽에서부터 중심을 향해 점차로 원이 작아지면서 사라진다. 마지막에 화면 전체가 어두워지면 이번에는 반대로 중심부에서 외곽을 향해 점점 원이 커져 가면서 빛 부분이 넓어진다. 그리고 다음 장면이 연결된다.

"아니, 아무것도 아니야. 지금 건 이쪽 얘기야."

도중에 전화 상대에게 양해를 구한 자네는 컴퓨터 화면 쪽으로 다시 몸을 돌렸어.

분명, 자네 말이 맞아. 난 마음속으로 인정했지. 내가 지각했던 순간의 어둠이란 것을 말로 설명하자면 그 순서 그대로, 그 형태 그대로 불쑥 찾아왔다가 다시 불쑥 밝아지는 것이었어.

자넨 모니터에 뜬 문서를 쭉 보더니,

"그렇군."

수화기를 상대로 말하기 시작했어.

"불행하게도 시나리오 복사본은 여기 그냥 있군. 틀린 디스켓을 가지고 갔어. ……물론이지, 틀린 디스켓을 건넨 건 나야. 잘못은 내게 있는걸. 귀찮다고 디스크에 제목 붙여두는 걸 깜빡 한 내가 나쁘지. 응, 오늘밤 안으로 보낼게. 그때까지 자네가 가지고 간 소설을 읽어봐 줘. 쓰다만 거지만, 마음이 내키면 뒤를 이어 써줘도 좋아."

재치 있게 전화를 마무리한 자네는 입술 끝에 웃음을 남긴 채 나를 보았어.

내 마음속 병의 원인을 규명하고, 그걸 날려버리는 데 성공했다. 마치 그렇게 굳게 믿고 있는 것 같은 조용한 어조로, "이제 됐지?"라고 말했어.

"아이리스 아웃, 그리고 아이리스 인. 이게 마법을 푸는 주문이야. 기타가와, 자넨 꿈을 꾸고 싶은 거야. 영화를 보는 것처럼 이 현실을 보고 싶어 하는 거라고."

나는 깊은 한숨으로 대답했지.

니시자토 마키_

퇴근하자마자 그 길로 진보초 역에서 오가와마치까지, 거기에서 지하철로 갈아타고 마바시에 있는 집으로 바로 돌아간다.

도중에 들르는 곳도 없다. 직장 동료들과 함께 역 근처 술집에서 한잔 하는 일도 없거니와 혼자 밖에서 마실 생각도 없다. 아내가 집을 나가기 전이나 나간 후나 그 점은 변함이 없었다. 틀에 박힌 평일 습관이었다.

예외는 한 달에 딱 이틀뿐.

'수요 모임'이라고 이름 붙여진 영화 동호회 모임에서 상영회를 개최하는 둘째, 넷째 수요일, 그 이틀뿐이었다.

8월 마지막 주 수요일, 나는 니시자토 마키를 시부야에서 만나기로 했다.

6시 15분에 늘 만나는 카페에서 만나 가볍게 배를 채우고, 7시에는 쇼핑몰인 '파르코 파트 3' 안에 있는 'SPACE PART 3'라는 극장에 함께 들어갔다. 이것도 최근 몇 달 동안 거듭하고 있는 습관이라면 습관이었다.

그날 밤, '수요 모임' 상영에 걸린 것은 프랑수와 트뤼포의 초기 단편영화 '동경'과 장편영화 중 첫 작품인 '400번의 구타'였다. 지난번에는 클로드 샤브롤의 '사촌들', 다음 번 예정은 장 뤽 고다르의 '네 멋대로 해라'로, 결국 올 여름은 프랑스 누벨바그 영화 특집으로 짜여 있었다.

원래는 컴퓨터통신의 영화 동호회가 바탕이 된 모임으로서, 이른바 '오프라인 미팅'이라는 의미도 가지고 있었기 때문에 상영이 끝나면 회원들은 몇 개의 소모임으로 나뉘어 동호회 본래의 목적인 의견 교환을 위한 장소로 이동했다.

1998년의 도쿄 시부야가 아니라 트뤼포와 고다르가 아직 젊었던 1940년대 후반의 파리였다면 아마도 그들의 모임은 야심에 불타는 10대 청년들을 중심으로 활동하면서 이름 또한 '시네 클럽'이라고 했으리라.

그러나 나는 이미 중년이었고 니시자토 마키도 30대 후반, 나머지 회원들을 살펴보아도 20세 전후의 젊은이는 손에 꼽을 정도로 적었다. 게다가 상영이 끝난 뒤에 따로 모이는 어떤 소모임에도 속하지 않은 회원, 요컨대, '수요 모임'을 평소에는 비디오나 LD로 밖에 볼 수 없는 옛 영화를 스크린으로 접할 기회라고 단순하게 생각하는 회원들이 대부분을 차지하고 있었다. 나나 니시자토 마키도 그중 하나였다.

적어도 내 눈에는 그렇게 비춰졌다. 실제로 나는 컴퓨터통신을 그저 조금 아는 정도이지만 니시자토 마키는 태어나서 한 번도 마우스조차 만진 적이 없는 사람이었다.

7시 5분이 지나서 시작된 두 편의 영화 상영은 정각 9시에 끝났다.

소모임 중 하나에 속해 있는 한 중년 부인이,

"함께 하시는 게 어때요?"

하고 니시자토 마키와 함께 참가를 권했지만 평소대로 사양했다.

다시 재작년 사건으로 돌아가야겠다. 당시에는 나도 딱 한 번 출석한 적 밖에 없었던 그 모임은 근처 제과점에서 홍차를 마시면서 영화에 대해 이야기 나누는 것이 보통인 모양이었다.

그 지루하고 어색한 자리에서, 나와 마찬가지로 적극적인 발언을 한 번도 하지 않았던 니시자토 마키를 우연히 만났다. 얼굴 생김새나 차림새와 어울리는 수수한 성격의, 그다지 밖에 나가는 데 익숙하지 않은 가정주부 아닐까 했는데 사실은 그렇지 않았다. 단 둘이 되자 그녀는 나보다 얘기도 잘 했고, 38세가 된 지금까지 결혼하지 않은 독신이었다.

'400번의 구타'를 지금까지 몇 번 보았느냐는 이야기를 그날 밤 나누었다.

상영회가 끝나고, 수요일 밤마다 가게 되어 단골이 된 초밥집에 들렀다가 나온 우리는 밤 언덕길을 둘이서 걸었다.

세 번이라고 니시자토 마키는 말했다. 대여점에서 빌린 비디오로 한 번, NHK교육방송에서 한 번, 그리고 오늘 밤.

나는 셀 수가 없었다. 고등학교 때 아테네프랑세 문화센터에서 본 것이 제일 처음인데, 그 이후에도 비디오나 영화관, TV 등을 통해서 본 것이 어림잡아 봐도 20번은 넘을 것이다.

게다가 나는 책도 몇 권 읽었다. 영화평론가 야마다 고이치가 트뤼포에 대해 쓴 책, 야마다 고이치가 번역한 트뤼포의 책 등, 덕분에 난 이 작품의 상당히 세세한 점까지 알고 있었다.

가출한 주인공인 앙투안이 어찌어찌 하다가 친구 집에 들어가 살게 되어 침대 위에서 담배를 피우며 주사위 놀이를 하는 극히 짧은 장면이 있는데, 그 게임은 아무리 영화를 다시 보아도 백가몬처럼 보인다.

다시 다른 장면에서는 밤길을 걷고 있는 앙투안이 우연히 만나게 된 처음 보는 부인에게서 도망친 강아지를 찾아달라는 부탁을 받는데, 얼굴도 잘 보이지 않는 그 부인역은 트뤼포의 첫 장편영화를 축하하는 뜻에서 잔느모로가 즉흥적으로 연기를 한 것이었다.

이야기가 자연스럽게 흘러, 그런 종류의 미니 지식을 펴 보이다가 대화가 툭 끊기자 나는 침대 머리맡에 놓아둔 담배를 찾아 손으로 더듬었다. 시간은 이미 10시를 지났고 우리는 마루야마초의 한 호텔 방에 있었다.

담배를 찾을 수가 없어서 침대 곁의 조명을 켰다.

"걱정거리가 있는 거죠?" 옆에서 니시자토 마키가 하이라이트 담뱃갑을 만지작거리면서 말했다.

"담배 피우겠냐고 물었는데 못 들었나 봐요?"

나는 그녀의 손 안에 있는 담뱃갑에서 한 개비를 뽑아 입에 물었다. 그녀가 라이터로 불을 붙여주었다.

무슨 얘기부터 어떻게 꺼내야 할지, 아니면 이 얘기를 니시자토 마키 본인에게 하지 않는 편이 좋을지, 나는 정하지 못하고 있었다.

2주일 만에 만나 평소와 다름없는 그녀의 얼굴을 보았을 때부터 나는 평소와 다름없는 시간을 보내는 중에도 내내 망설이고 있었다.

"수요일마다니까," 니시자토 마키가 넌지시 넘겨짚었다. "내가 아키마 씨 부인이라고 해도 틀림없이 이상하다고 눈치 챘을 거에요."

"그게 아냐." 나는 고개를 저었다. "집사람 생각하고 있었던 건 아 냐."

"정말이요?"

재떨이를 내민 여자를 향해 나는 고개를 끄덕여 보였다.

지난 주, 아내가 딸을 데리고 나가 버린 일은 아직 그녀에게 말해주 지 말아야겠다고 생각하고 있었다. 그런 얘기는 쓸데없는 혼란을 불 러올 뿐이다. 그 얘기와 이 얘기는 별개의 것이다.

"그럼 무슨 생각이죠?" 니시자토 마키가 물었다. "왜 오늘 밤엔 그 런 얼굴인 거죠?"

"어떤 얼굴?"

"불안해 보이는 얼굴, 말하고 싶은 게 있는데 말을 꺼낼 용기가 없 는 얼굴이요."

나는 시트로 몸을 가린 그녀의 몸 너머 침대 옆의 벽으로 얼굴을 돌 렸다. 벽 한 면을 차지한 커다란 거울에 비친 내 얼굴을 응시했다.

이윽고 그녀가 상체를 일으켜 내게 기대고, 거울 속의 얼굴을 내 얼 굴 옆으로 나란히 해 보였다.

"봐요, 그런 얼굴이죠?"

"지난 주, 집에 전화가 걸려왔어."

나는 거울 속의 니시자토 마키를 향해 말했다.

"그 사람은 고등학교 때 같은 반으로 기타가와라고 하더군."

"아키마 씨의 동창?"

"그래. 그러니까 나이는 나하고 같지. 그 나이의 기타가와라는 남 자, 짐작 가는 데 있어?"

"아뇨." 그녀의 얼굴이 옆으로 흔들렸다. "왜 나한테 묻죠?"

"그 사람은 당신을 알고 있는 모양이야."

거울 속 니시자토 마키가 생각하는 표정을 지었다. 3초 정도 생각하고는 이쪽을 다시 보았다.

"몰라요, 아는 사람 중에 기타가와라는 이름을 가진 이는 없어요."

"그래?"

"당신이 무슨 말을 하고 싶은 건지도 모르겠고요."

나도 내가 그녀에게 무엇을 말하고 싶은 건지 잘 몰랐다. 그녀가 나에게 거짓말을 하고 있는 건지 정직하게 말하고 있는 건지조차 판단이 되지 않았다.

니시자토 마키는 원래 감정을 직접적으로 얼굴 표정에 드러내는 타입의 여자가 아니었다. 입가에 띠운 수수한 미소로, 마치 우리 회사에서 출판한 불상 사진집에서 흔히 볼 수 있는 미소로 특별한 밤의 특별한 기쁨을 표현하는 듯한 여자다.

그 사실을 나는 요 몇 달이라는 시간 동안 서서히 깨달았다. 재작년에 우연히 처음 만난 뒤부터 한 색깔씩 엷은 색채로 겹쳐 칠해졌던 그녀의 이미지를 지난 몇 달 동안에 다시 조금씩 바꿔 칠하지 않으면 안 되었다. 예를 들어, 그녀는 표정이 부족한 수수한 얼굴에, 입가에 희미하게 웃음을 띤 채 남자인 나를 움찔하게 만들 대담한 행동을 하고 또한 그런 말을 입에 담기도 했다.

올해 2월에 두 사람만의 특별한 밤을 맞게 되었을 때, 이렇게 되기를 기다리고 있었다고 그녀는 고백했다. 당신에게 좀 더 용기가 있었다면 좀 더 일찍 이렇게 되었을 거다, 당신이 날 원하고 있음을 알고 있었고 나도 당신을 원하고 있었으니까.

"상당한 시간을 허비한 거라고요."

그녀는 예의 웃음과 함께 말했다. 역시 사진집 속의 불상을 연상시키는, 가느다란 눈매를 더욱 가늘게 하면서 한겨울 밤의 거리를 앞서 걸어갔다. 나는 그녀의 말을 믿고 뒤를 따랐다.

그러나 한편으로, 내가 니시자토 마키에 대해 알고 있는 것은 그 정도뿐이었다. 나는 그녀가 살고 있다는 오자키의 아파트에 초대받은 적도 없었다. 일하는 곳이 신바시에 있는 호텔이고, 거기에서 연회에 관련된 일을 하고 있다는 말은 들었지만, 그 이상의 구체적인 것은 몰랐다. 나는 그녀의 회사에 전화를 건 적도 없거니와 집 전화번호도 물어보지 않았다.

그녀와는 그저 한 달에 두 번, 수요일 밤에 만나서 처음 만난 이후 둘이서 허비한 시간을 만회하기 위해 마루야마초의 호텔을 이용할 따름이었다.

그렇기 때문에 만일 그녀가 기타가와라는 남자와 무슨 연줄이 있다고 한들 나로선 알 도리가 없다. 그 부분에 대해 그녀가 거짓말을 해도 나로선 알아차릴 방법이 없다.

"특별히 당신한테 할 말이 있었던 건 아냐." 그렇게 대답하는 수밖에 없었다. "그냥 확인해보고 싶었을 뿐이야."

"하지만 이상하네요. 난 기타가와라는 남자를 모르는데, 그쪽은 날 알고 있다니. 대체 어떻게?"

"그건 나도 몰라. 그리고 당신 이름뿐이야."

"이름뿐?"

"그 사람의 입에서 당신 이름이 나왔어." 나는 얼렁뚱땅 거짓말을 했다.

그녀가 먼저 침대에서 내려와 옷을 입기 시작했다. 기분이 상한 건지도 모르고, 이 화제를 피하고 싶었던 건지도 모른다.

"내가 잘못 들었을지도 모르지."

말을 걸어보았지만 대답은 없었다.

손목시계로 마지막 전철까지는 충분히 시간이 남아 있음을 확인하고 나도 침대에서 내려왔다.

"아키마 씨." 남빛을 띤 푸른 원피스를 입고 하얀 벨트를 허리에 두르면서 그녀가 말했다. "다음 수요일에 만날 수 없을까요? '수요 모임'하고는 별도로."

"다음 주?"

"예, 난 휴가를 낼 수 있으니까 아키마 씨 일이 끝나면 같이 식사하고 영화 보고 싶어요."

"보고 싶은 영화가 있나?"

"아뇨. 그건 아니지만, 영화는 아무 거나 좋아요. 둘이서 영화관에 가서 될 수 있는 한 뒷자리에 앉아요. 수요일 밤이니까 비어 있을지도 모르잖아요? 텅 비었으면 언젠가 아키마 씨가 했던 얘기, 확인할 수 있을지도 몰라요."

"무슨 얘기?"

"있잖아요, 영화가 끝난 뒤에 의자들 밑에 여자 속옷이 몇 개나 떨어져 있었다고……. 잊었어요? 나치가 점령하고 있었던 파리 말예요."

나는 어두침침한 가운데에서 숨을 삼키고, 니시자토 마키를 돌아보았다.

미소를 머금은 그녀가 다가와 내가 미처 채우지 못한 와이셔츠 단추를 채워주었다.

"수요일은 안 돼요?"

"……괜찮을 것 같아."

"6시 15분에 늘 만나던 곳에서요."

"알았어."

"하라주쿠로 나가서 갈아타나요?"

"아니, 아직 시간이 있으니까 니시닛포리까지 가서 야마노테 선을 타고 갈 거야."

"그럼 둘이서 오자키까지, 눈에 안 띄게 해야겠네요."

"뭐 그렇게까지……."

누가 보든 나는 전혀 상관없다, 라고 하려다가 주저했다.

이미 그녀는 등을 돌리고 있었고, 이내 욕실과 그 안의 세면대 쪽으로 모습을 감추었다.

오자키 역에서 이렇다 할 이별의 몸짓이나 표정 없이 (그러니까 평소와 다름없이) 니시자토 마키가 내리자 나는 눈을 감고 생각에 잠겨 니시닛포리까지 전철에 몸을 맡겼다.

그 다음에 지요다 선으로 갈아타 전철이 기타마쓰도를 지나 마바시에 다가갈 때까지 다시 눈을 감았다.

목구멍까지 올라왔던 말이지만 결국 당사자에게는 말하지 않았던, 니시자토 마키 명의로 된 거액의 예금통장 건을 생각해보았다. 그러나 아무리 생각해봐도 통장에 담긴 (담겨 있을 터인) 의미를 나로서는 짐작할 수 없었다.

다음으로, 그 예금통장을 내게 맡긴 고교 동창, 기타가와 다케시라는 인물에 대해 조금이라도 남아 있는 (남아 있을 터인) 기억의 조각들을 주워 모으려고 노력해보았다. 요 며칠 동안 몇 번이고 시도해본 일이었지만 역시 별다른 성과는 없었다.

마지막으로 기타가와 다케시가 '트루 스토리'라고 주장하는, 지금 내가 읽는 중인 그의 이야기로 생각을 돌렸다.

어젯밤, 나는 이야기의 앞부분을 예전에 딸아이가 쓰던 방의 바닥에 앉아 읽었다.

딸아이가 딱 하나 이삿짐으로 빼지 않고 남겨둔 물건인 매킨토시는 16인치 모니터와 프린터와 함께 완전히 텅 빈 딸의 방에 그대로 방치되어 있었다.

그 컴퓨터는 5년쯤 전에 내 용돈을 모아 사서 서재 책상에 놓고 사용했던 것인데, 작년에 고등학교에 입학해서 인터넷에 흥미를 보이던 딸을 위해 '내가 필요로 할 땐 바로 돌려준다'는 조건을 붙여 빌려주었던 것이다. 하지만 그 이후 일이든 사적인 것이든 집에 있는 컴퓨터를 써야 할 일은 한 번도 찾아오지 않았다.

그러한 연유로 내 매킨토시는 이미 1년 이상 딸의 방에 있는 상태였다. 이사할 때 딸아이가 그것을 두고 간 것은 당연하자면 당연한 일로, 어젯밤의 나는 갑자기 필요해진 매킨토시를 서재로 옮기려다가 다시 연결하는 작업도 귀찮을 것 같아 일단 그 자리에서 가동시켜 플로피 디스크를 넣어보기로 했던 것이다.

냉동식품과 냉장고에 남아 있던 야채절임과 캔맥주로 저녁을 때우고 목욕물을 데워 온종일 피로가 쌓인 왼쪽 다리를 마사지하면서 욕조에 몸을 담갔다. 목욕 후에 캔맥주 하나를 더 비우니 그 다음엔 달리 아무것도 할 일이 없는 평일 밤이 되었다.

책상과 침대, 화장대, 옷장, 오디오세트, 벽에 붙였던 포스터 한 장까지 남김없이 가지고 가버려서 이제는 고교 2학년인 딸아이가 살고 있었다는 기운조차 느낄 수 없게 된 텅 빈 방.

꼼꼼하게 걸레질을 한 흔적이 있는 바닥에 책상다리를 하고 앉은 나는 모니터에 뜬 작은 글씨를 응시했다.

그렇게 1시간 정도 불편한 자세로 읽다가 느껴진 것은, 역시 플로피 디스크에 담긴 내용은 기타가와 다케시의 체험담이라기보다는 오히려 '소설에 가깝다'는 인상이었다.

주인공 '나'가 '자네'에게 말을 거는 형식을 취한 소설. 현실에 싫증난 '나'가 우연한 순간에 과거로 시간을 거슬러 올라가버린다는, 줄거리로서는 특별히 신선할 것도 없는 환타지.

그런 인상을 받은 순간, 더 읽어나갈 의욕이 사그라졌다. 난 분명 그렇게 느꼈다. 어쩌면 기타가와는 원고를 다 읽었을 무렵을 잘 계산하고 있다가 다시 전화를 걸어와 '출판을 다시 한 번 생각해주지 않겠나?'라고 말을 꺼낼 속셈인지도 모른다.

그럴 가능성은 남아 있다. 아직까지도 남아 있을 것이다. 설사 그렇다고 해도, 그러면 이야기 외에 나에게 맡겨진 것 – 은행 금고에 플로피 디스크와 함께 보관되어 있던 현금과 통장에 담긴 (담겨 있을 터인) 의미는 대체 무엇이란 말인가?

다람쥐 쳇바퀴 돌기다. 나는 전철 의자에서 눈을 감고 앉아 왼쪽 손 엄지와 중지를 펼쳐 관자놀이를 꼭 눌렀다. 눈꺼풀 안쪽에 초록빛을 띤 노란 도넛 모양의 빛이 나타날 때까지 누르고 있다가 처음부터 다시 생각을 해보았다.

기타가와 다케시의 이야기는 실제로 어느 누가 읽더라도 소설처럼 쓰여 있다.

예를 들어, '나'의 인생에 있어서 중요한 위치를 차지하는 여자는 이야기의 서두에서부터 이 세상에 없는 것으로 되어 있다. 그녀는 18년 전 사고로 사망했다. 그런데 그녀의 이름도, 그것이 어떤 사고였는지도 밝히지 않고 있다. 정보를 밝히지 않는 것. 궁금하게 만들어서 뒤를 읽게 하는 것. 그러한 의도 자체가 소설 같다는 인상을 준다.

그러면서도 마음에 걸리는 사실이 있다.

1998년, 지금부터 계산하면 18년 전. 그러니까 1980년 여름에 일어났다는 사고 말이다. 아마도 그것은 나 개인에게도 의미를 지닌 그 사고를 가리킨 말 같다. 바꿔 말해, 나는 사실로서 그 여름에 일어난 사고를 알고 있다.

그러니까 기타가와 다케시는 나를 염두에 두고 그 이야기를 썼다고 할 수 있다. 처음부터 그렇게 생각해야 얘기가 맞는 것이다.

무엇보다도 이야기 가운데에서 '나'가 '자네'라고 부르는 친구는 다름 아닌 나 자신을 모델로 하고 있는 것 같다. 그렇게 밖에는 해석할 수가 없다. 결국 이야기는 다음과 같은 설정으로 씌어져 있다.

나 = 기타가와 다케시 = 이야기를 쓴 사람

자네 = 나 (아키마 후미오) = 이야기를 읽는 (단 한 사람의) 독자

물론 나는 이야기 속에 나오는 '자네'와 같은 직업을 가진 사람이
아니다.

과거든 1998년인 현재든 간에 나는 록본기에 사무실 같은 걸 가진
적이 없고, 영화감독도 하지 않았거니와 소설을 쓴 적도 없다. 그렇지
만 나는 '자네'와 똑같이 옛날부터 트뤼포의 영화를 보고 있다.

트뤼포의 영화에 대해서는 보통 사람들보다 잘 알고 있다. 당연히
'아이리스 아웃, 아이리스 인'이라고 불리는 기법에 대해서도 알고 있
다. '자네'와 같은 수준으로 다른 사람에게 그 기법에 대해 설명할 수
도 있다.

또한 나는 이야기에 쓰여 있는 대로 1980년 3월, 이와나미 홀에서
상영하던 트뤼포 감독 작품 '녹색의 방'을 본 기억이 있다. 이것은 틀
림없는 사실이다.

그해 4월에 나는 25세가 되었고, 9월에 아내와 우연히 만나 바로 동
거를 시작했다. 그것은 틀림없는 사실로, '녹색의 방'을 본 것은 그해
3월이었다.

그때 이와나미 홀 입구에서 고등학교 동창과 마주쳤는지 어땠는지
는 기억나지 않는다. 하지만 기억으로 따지자면, 언제 어디에서 '녹색
의 방'을 보았는가 하는 사실 말고 18년 전의 일 따위는 아무 것도 기
억나지 않는다.

내 기억에 있는 것은 1980년 3월에 근무지인 출판사에서 그다지 멀
지 않은 곳에서 트뤼포의 최신작을 보았다는 그 사실뿐이다. 나머지

세세한 기억은 전부 지워져버렸다. 한 대의 컴퓨터를 제외한 딸아이의 모든 흔적이 깨끗이 지워진 이 방처럼 실오라기 같은 기억 하나 남은 것이 없다. 확신이 있는 건 트뤼포에 얽힌 기억뿐이다.

그러니까 어쩌면, 그날 이와나미 홀 입구에서 고교시절 동창과 마주쳤을지도 모른다. 영화를 막 보려고 들어가는 내게 영화를 다 본 기타가와 다케시가 말을 걸었다, 그것이 사실이었을지도 모른다.

그럴 가능성은 있다. 작지만 있을 터이다. 그렇다고 한다면, 이야기 속에서 그 직후에 일어난 일 – 같은 해 9월에 기타가와 다케시(글 속의 '나')와 내(글 속의 '자네')가 시모키타자와 역에서 다시 만났다는 부분은 어떻게 생각하면 좋은 걸까?

분명 그 당시의 나는 시모키타자와 역을 자주 이용하고 있었다. 전철을 기다리는 플랫폼에서 동창과 다시 만났다고 해도 신기한 일이 아닐 것이다. 어쩌면 실제로 내가 동창인 누군가를 보거나, 동창인 누군가가 나를 발견하여 말을 건 일이 있었을지도 모른다. 그런 일이라면 기억에서 빠져버린 사실이라고 인정할 수도 있다.

그렇지만 그 재회가 계기가 되어 누군가와 새롭게 사귀게 된 기억은 없다. 기타가와 다케시뿐 아니라 동창 누구와도 졸업 후에 친하게 지낸 기억이 내게는 없다.

그런데 '자네와 난 예전에 친구였어'라고, 기타가와 다케시는 묘한 말을 했다. 그렇게 말하고서 나에게 이 이야기를 맡겼다. 대체 기타가와 다케시는 그 알 수 없는 말과 이 글을 통해 내게 무엇을 전하려 하는 것일까?

이 사람은 내게 (출판일 말고 다른) 어떤 것을 바라고 있는 것일까?

1980년 9월, 시모키타자와 역.

이 키워드들은 그 사고와 직결되어 있다. 아마도 기타가와 다케시가 글에서 언급하고 있는 사고와 내가 사실로서 알고 있는 사고는 동일한 것일 터이다.

그렇다면…….

거기까지 생각했을 때, 전철이 곧 마바시에 도착한다는 방송이 나왔다. 브레이크가 걸리며 심하게 삐걱거리는 소리와 함께 차량이 흔들렸다.

눈을 뜨기 직전, 갑자기 기억 속의 영상이 되살아났다.

눈꺼풀 안쪽에서 연속적으로 플래시백이 일어나는 것처럼 난 그것들을 보았다.

밤.

비.

우산.

여름옷.

플랫폼의 조명.

젖은 우산을 손에 들고 줄지어 선 사람들.

건너편 왼쪽 방향에서 들어오는 전철.

그렇다면…….

만일 그것이 그 전철 사고를 말한다면 글 속에 사고 내용과 '그녀'의 이름이 밝혀져 있지 않은 것은 소설식 장치에 불과한 것이 아니라 오히려 전혀 다른 의미를 가지게 된다.

전철이 무사히 마바시 역에 도착하고, 나는 플랫폼에 내려서면서 생각하고 있었다.

　밝히지 않고 있다는 것은 이미 내가 알고 있으리라는 전제하에 이야기를 써나갔다는 뜻이다.

　그렇다, 기타가와 다케시가 그 죽음에 책임을 느끼고 있는 여자. 이야기에 등장하는 '그녀'는 나도 잘 알고 있는 사람이라고 생각했음이 틀림없다.

플로피 디스크_

'아이리스 아웃 그리고 아이리스 인.'

그것과 똑같은 현상이 내 눈을 통해 일어나고 있어.

분명히 자네가 지적한 대로야. 자네는 나중에 '아이리스 = 사람 눈의 홍채'라고 그 의미에 대해서도 가르쳐주었지.

하지만 지적해준 자네의 의도와는 정반대로, 그 두 단어를 안 뒤에 오히려 내가 앞으로 더듬어 가야 할 운명의 도달점을 보다 잘 의식하게 되었던 것 같아.

내게 있어서 그때까지는 알 수 없는 혼란에 지나지 않았던 것에 대해 어떤 의미에서는 명쾌한 이름이 붙은 거지. 설사 그것이 영화적 기법이든 뭐든 간에 '아이리스'라고 하는, 실로 우리 인간의 '눈동자'에서 비롯된 이름이 말이야.

영화의 흐름 속에서 아이리스 아웃과 아이리스 인이 일어나지. 하나의 장면과 시간적 공간적으로 거리를 둔 또 하나의 장면을 연결하기 위해서 말이야.

내 의식의 흐름 속에서 아이리스 아웃과 아이리스 인이 일어나고 있어. 현재의 이 장소와 과거의 다른 장소를 연결하기 위해서.

설명할 수 없는 어떤 이유에 의해 필름 위에서 과학적으로 처리되는 현상이 살아 있는 인간의 눈을 통해 발생하고 있는 거야. 어쩌면 환각이란 말로 시원하게 설명할 수 있을지도 몰라. 내 뇌가 희귀한 병에 걸린 건지도 모르지. 어쨌든 난 그것을 보고 느낄 수가 있어.

마치 나 자신의 눈동자가 그 모양 그대로 축소되고, 그래서 마지막에는 시야가 어둠으로 칠해지듯 내 눈동자를 통해 아이리스 아웃과 똑같은 현상이 발생하고, 다시 거의 때를 같이 해서, 마치 어둠 속에 하얀 핀 포인트가 생기고 확대되면서 나 자신의 눈동자가 본래의 모양을 되찾는 것처럼 아이리스 인이 생겨.

그러면 난 과거로 날아가지. 내 의식은 과거의 내 육체로 이동하는 거야. 틀림없는 일이야. 자네가 상식을 내세워 아무리 설명을 덧붙이려 해도 내겐 현실로 일어나고 있다고 밖에 생각할 수가 없어.

그리고 실제로, 내 눈동자를 통한 '아이리스 아웃, 그리고 아이리스 인'은 그 이후에도 계속 일어났어.

그렇지만 그 현상은 자네가 말한 대로 차츰 시간의 폭을 넓혀가는 식으로 일어난 건 아냐. 그건 역시 몇 초, 몇십 초, 몇 분이라는 짧은 폭 그대로 일어났지.

잠깐이라도 방심하면 난 한 번 붙인 담배에 또 불을 붙여야 했어. 한 번 신은 신을 다시 신어야만 했지. 열었던 문을 다시 여는 처지가 된 경우는 헤아릴 수도 없고, 다 먹은 점심을 중간부터 다시 먹은 적도 있어.

그렇지만 난 이제 혼란스럽지 않아. 왜냐면 나 스스로 그것을 바라고 있었거든. 그 무렵의 난 이미 명확한 도달점을 정해두고 있었어. 짧은 시간이라도 과거로 돌아간다. 몇 번이고 거듭 과거로 돌아가 인생을 다시 산다. 이런 짧은 시간의 재생이 반복되는 것은 분명히 내가 그토록 기다리던 기적의 징조 중 하나라고 받아들이고 있었던 거야.

기적이라는 것은 물론 18년 전으로 돌아가는 거지. 18년 전으로 돌아가 그 사고에서 그녀를 구해내는 것. 구해낸 뒤의 18년을, 말하자면 원래 인생의 18년을 그녀를 위해 되찾는 거야. 하지만 자네가 내 체험에서 추측해낸 것처럼 되감기와 재생되는 시간의 폭은 시계추 흔들리듯 점차 폭을 넓혀가다가 이윽고 18년 전 여름에 다다르는, 그러한 이미지의 기적은 아니었어.

기적으로의 대도약은 어느 날, 말 그대로 눈 깜짝할 사이에 단숨에 일어날 것이다. 난 그렇게 느끼고 있었어. 기적의 큰 비가 내릴 징조로 한 방울, 또 한 방울, 빗방울이 떨어지기 시작한 것이다. 그것은 이제 곧 다가온다. 몇 번이고 빗맞다가 끝내는 홈런이 터진다. 중심을 정확히 잡아내는 순간이 반드시 온다.

1998년 9월 6일.

그 일요일, 난 아내와 둘이 그 사고로 목숨을 잃은 아홉 명의 영혼을 위로하는 합동 위령제에 참석했어. 합동 위령제 뒤에는 그 길로 장인 장모의 묘를 찾아뵈었지.

18년 전 어느 날 밤, 장인 장모는 사고를 일으킨 전철의 맨 앞 차량에 타고 있었어. 전철은 세 번째 칸까지 탈선했는데, 사망자는 모두 완전 전복된 첫 번째 칸 승객들로, 사인은 대부분 연기에 휩싸여 불에 타 죽은 거였지.

사고가 일어났던 날 밤, 부상자가 이송된 병원에서 나는 처음으로 아내와 우연히 만났어. 우리 둘 모두 사고 소식을 듣고 급히 달려온 것이었을 뿐, 탈선된 전철에는 타고 있지 않았지만 말이야.

대합실에서 본 아내는 생사의 갈림길을 헤매고 있는 부모를 위해 기도하고 있었어. 비유가 아니라 정말로 두 손을 꼭 마주 잡고 기도하는 자세 그대로 긴 의자의 내 바로 옆 자리에 앉아 있었지.

나는 나대로 사고 차량의 두 번째 칸에 타고 있었을 다른 여자, 다시 말해 그녀의 부상이 걱정되어 애를 태우면서 내가 저지른 실수를 크게 후회하고 있던 참이었어. 만일 그녀가 돌이킬 수 없는 중상을 입게 된다면 그 책임은 모두 나의 부주의 탓이라고 말이야.

그래서 사고 당일 밤에는 아내와 난 제대로 말 한 번 나누지 못했지.

그러고서 시간이 흘러 7년 뒤 - 그것은 그녀가 스스로 목숨을 끊은 해이기도 해 - 우리는 합동 위령제 장소로 마련된 사찰에서 다시 마주치게 되었어.

난 아내의 얼굴을 기억하고 있었지. 그리고 아내는 7년 전의 친절에 대한 감사의 인사를 마치 지난주에 사고를 겪은 것 같은 말투로 내게 말했지. 그 슬픈 밤에 아내는 부모님의 죽음을 직장상사에게 전화로 알리려고 했는데, 마침 잔돈을 갖고 있지 않아서 곤란해 하고 있었거든. 그래서 내가 잔돈을 빌려줬지. 눈물을 닦을 손수건과 함께 말이야. 아내의 눈물은 옆에서 보기에도 여자들 손수건 한 장으로는 아무리 닦아도 다 닦을 수 없을 것처럼 보였거든. 자기는 평생 흘릴 눈물을 그날 하룻밤에 다 흘렸다고, 나중에 본인이 말한 그대로였어.

다음 해, 사고가 난 지 8년째 열린 위령제에도 우리는 함께 참석했어.

그 전에 우리는 결혼하기로 마음먹고 있었어. 충분히 교제한 뒤에 함께 도달한 결론이었지.

아내는 부모님 묘 앞에서 나와의 결혼을 알렸고, 난 기도하는 아내 옆에 서서 죽은 그녀와 얽힌 추억은 앞으로 아무리 시간이 걸리더라도 서서히 잊어가겠다고 결심했지. 그렇게 해야 했고, 적어도 그때는 그것이 불가능하지 않을 것 같았어.

물론 아내에게는 그녀에 대해 자세히 말하지 않았어. 아내는 아내 나름대로 어느 정도 눈치 채고 있었을지도 몰라. 그래봤자 어차피 이미 죽은 여자 얘기니까 말이야. 부모를 잃은 슬픔을 차츰 먼 곳으로 보내듯이, 시간과 함께 나와 그녀와의 복잡한 사정 따위도 아내는 기억 어딘가의 적당한 서랍에 처박아버렸음에 틀림없어.

1998년 9월 6일, 18년째 위령제가 열린 그 일요일 밤에 아내는 목욕을 마친 상쾌한 얼굴로 저녁 반주를 함께 하면서,

"행복."

이라는 말을 입에 담았지.

아내의 그런 기분을 나는 충분히 이해할 수 있었어.

원래 아내는 피붙이가 없는 여자야. 형제도 자매도 없고 일가친척도 없지. 유일한 혈육인 부모님을 한꺼번에 잃은 여자가 18년 후에 남편과 아이 둘, 그리고 시어머니까지 있는 집에 살게 되었어. 이렇다 할 가정불화 거리도 없었지. 혈육의 죽음에 대한 슬픔에서 18년 만에 완전히 다시 일어선 거야.

식탁에서 남편이 따라 주는 한 잔의 맥주를 맛보면서 자신은 평생 흘릴 눈물을 하룻밤에 다 흘렸다고, 새삼스럽게 그 사고를 먼 추억으로 되돌아볼 수 있었던 거야. 그 상태를 행복 이외에 달리 어떤 말로 표현할 수 있겠어?

그날 밤, 난 아내에게 말없이 고개를 끄덕여 보였어. 당신이 무슨 말을 하고 싶은지 다 안다는 의미를 담아서. 내가 끄덕인 것으로 아내는 안심했던 것 같아. 나도 그 말에 동감한다고, 이 가정의 행복을 스스로 인정한 것처럼 아내의 눈에는 비췄을지도 몰라.

하지만 사실대로 말하자면 그건 아니었어.

난 아내의 말에 묘한 위화감을 느꼈던 거야. 식탁 위에 놓인 간장병, 낯익은 무늬의 아내의 목욕타월, 그리고 지금 내가 쥐고 있는 젓가락과 똑같은 물건을 다른 집에서 보았을 때 느낌직한 생소함을 느꼈어. 이해한다는 것과 나도 그렇다는 것은 같은 의미가 아니지.

내게 있어서 행복이라는 말이 딱 들어맞는 장소는 여기가 아니다. 비슷하지만 여긴 아니다.

단순히 여기가 아닌 어딘가 다른 장소라는 의미가 아니다. 그건 분명, 이 세계와는 완전히 다른 시공 가운데 존재하는 어딘가이다. 18년 전 내게 분명히 가능성으로서 존재했던, 지금과는 다른 또 하나의 인생의 흐름 속에 있는 그곳……

그런 생각을 하고 있을 때, 시야가 검게 빨려 들어가듯이 작은 점이 되어 소멸……

……그런 생각을 하고 있을 때, 시야가 검게 빨려 들어가듯이 작은 점이 되어 소멸했다가 곧바로 회복되고 보니 나는 우리집 주방에서 다른 장소로 이동해 있었어.

창밖으로 가로등불이 흘러가더군.

시간은 밤 7시 30분을 지났을 무렵, 택시 대시보드 위에 붙은 달력에 의

하면 날짜는 8월 28일, 금요일.

운전기사에게 확인할 것도 없이 택시는 록본기에 있는 자네 아파트로 향하는 중이었어. 난 출퇴근용 여름 양복을 입고 있었고 손에는 물론 애용하는 검은 가방도 있었지.

이윽고 택시는 낯익은 길 한 모퉁이에 정차했어.

7층짜리 빌딩 앞.

지하 1층에서 영업하고 있는 바의 녹색 간판이 나와 있었지. 틀림없다. 난 그날 밤과 똑같이 행동하고 똑같은 것을 보고 있다. 앞으로 9월 6일까지, 그러니까 나는 앞으로 9일 동안 새로운 인생을 다시 살게 된 것이다.

5층까지 엘리베이터로 올라가 자네 방 앞에서 손목시계를 보니 택시를 탄 지 정확히 20분이 경과해 있었어. 아니, 아마 그랬을 테지.

초인종을 듣고 문을 열어준 것은 자네가 아니라 돌아갈 채비를 하던 젊은 여성이었어. 나로서는 두 번째 만남이지만, 우린 문 옆에서 가벼운 인사를 나누고 지나쳤어.

긴 목이 인상적인 여자였지. 바닥 두툼한 운동화에 청바지, 짧은 재킷의 오른쪽 어깨에는 배낭. 그 배낭 안에는 발레를 위한 토슈즈가 들어있을 거라는 상상이 하고 싶어졌어. 난 새삼 그녀의 몸매를 떠올렸지. 불행한 사고를 당하기 전의 젊고 발랄했던 무렵에 당당하게 서 있던 모습 말이야.

자네가 옆에 서서 영화 쪽 스크립터를 맡고 있는 아가씨라고 가르쳐주었어. 나는 이미 알고 있었지. 자네가 그 이상은 설명하지 않으리란 것도.

"둘이서 트뤼포 영화를 보고 있었나?"

난 참지 못하고 말했지.

그러자 자넨 방을 힐끗 뒤돌아보고는 별로 놀랍다는 표정도 없이 이렇게 대답했어.

　"집에 있는 LD는 거의 트뤼포 거니까. 그녀가 보고 싶어 했거든."

　"'400번의 구타'?"

　"응."

　"보는 도중에 와서 미안해."

　"상관없어. 그녀 역시 처음 보는 영화는 아니니까."

　자넨 먼저 방 안으로 들어가다가 작은 의문을 품었지.

　"어떻게 '400번의 구타'를 보고 있었다는 걸 알았지?"

　"알 수 있지."

　"그러니까 어떻게?"

　"어쨌거나 방으로 들어가자고." 나는 말했어. "그 얘기를 하러 온 거니까."

　넓은 원룸에 들어가 오른편 벽 쪽에 놓인 유난스럽게 큰 소파 겸 침대에 털썩 앉는 것과 동시에 두 개의 캔맥주가 눈앞에 있는 작은 테이블 위에 놓였지.

　"자, 얘기해봐."

　자넨 언제나처럼 말하고 은색 캔맥주 하나를 집어 회전식 의자에 앉았어. 그리고 언제나처럼 일하는 데 쓰는 컴퓨터가 놓인 넓은 책상에 등을 돌린 자세로 나와 마주 앉았지.

　등받이를 일으킨 모양의 소파 겸 침대 위에서 난 일단 차가운 맥주를 한 모금 마셨어. 다음에 세븐스타 한 개비를 뽑아 라이터로 불을 붙였지.

　"처음엔 담배였어."

말하고서 난 시선을 다른 곳으로 돌렸어.

거기에 놓인 32인치 텔레비전은 일부러 볼 것도 없이 '400번의 구타'를 띄우고 있었지. 시선을 오른쪽 옆으로 돌려 주방 근처를 바라보았어. 아마 싱크대에 막 닦은 크리스털 재떨이가 엎어져 있을 터였으니까.

"담배? 담배가 왜?" 하고 자네가 물었지.

불을 붙였던 담배가 새 것인 상태로 되돌아가 있더라는 얘기를 했어. 전과 거의 똑같은 말투로.

다만 마지막에 딱 한마디 덧붙였지.

"주방에서 재떨이 좀 갖다 줄래? 그 여자가 닦아 놓은 크리스털 재떨이가 있지?"

그 말을 들은 자네는 주방으로 가서 재떨이를 가지고 왔어. 역시 전에 본 그대로, 막 닦은 재떨이였지. 유리 밑바닥에는 아직 물이 남아 빛을 반사하고 있었어.

자네는 그것을 작은 테이블 위에 놓은 뒤에, 이렇게 말할 거라고 내가 상상하고 있던 것과 좀 다른 말을 내뱉었어.

"이거 말고 다른 마술이 또 있으면 다 보여줘봐."

"마술?"

"마술이 아니면, 투시술인가?"

"붙였던 담뱃불이 꺼지는 건 흔한 일이다. 자네 이렇게 말하려고 했지?"

"맞아. 지금 얘길 들으면 누구라도 그렇게 말하고 싶어질걸."

난 고개를 끄덕이고 다음 얘기로 옮겼네.

아주 똑같은 텔레비전 광고를 연속 두 번 본 얘기.

다 자른 발톱이 자르기 전 상태로 돌아와 있었던 얘기.

그리고 어제 - 하지만 내 의식에 따르자면 이미 열흘 전 - 딸아이 생일 축하 자리에서 있었던 케이크 양초의 불꽃과 생일 축하 합창에 관한 얘기.

또 오늘 밤 - 마찬가지로 내 의식상으로는 이미 9일 전이지만 - 방금 전에 회사 빌딩에서 체험한, 거의 3분간에 걸친 시간의 되감기와 재생 얘기.

얘기를 모두 들은 자네는 다 마신 맥주 알루미늄 캔을 한 손으로 찌그러뜨리고는,

"그게 전부인가?"라고 물었어.

"현재로선." 난 대답했지. "이상한 현상은 현재로선 이게 전부야. 그리고 미리 말해두겠는데, 난 위스키는 마시고 싶지 않아. 아직 맥주가 남아 있거든."

자네는 분명히 미간을 모았어.

수상한 마술의 트릭을 찾아내려는 것처럼, 나를 잠시 쳐다보더니 다시 주방으로 가서 얼음과 버본 위스키가 든 잔을 가지고 회전의자에 다시 앉았어. 그러는 동안에 무슨 말을 어떻게 꺼낼까 하고 궁리했던 거겠지.

"실제로 시간이 거꾸로 가고 있다."

라고 내가 말했지, 자네가 입을 열기 전에.

"그렇다고 가정해보자. 그렇게 가정하고 내 얘기를 정리해보지. 맨 처음엔 담배. 붙였던 담뱃불이 꺼져 있었어. 즉, 분명 라이터로 담배에 불을 붙였는데, 잠시 후에 보니 그 담배가 불을 붙이기 전 상태로 되돌아가 있었지. 시간이 그만큼 과거로 돌아간 거야. 불과 몇 초일 거야. 5초 정도

될까?"

"잠깐만." 자네가 가로막았어.

"왜?"

난 기다렸지. 그건 내가 할 말이다. 주방에서 생각하고 있던 말과 똑같은 거다, 라고 자네가 말하길 기다렸어.

그렇지만 자네는 참았지. 천천히 한 번 고개를 좌우로 왕복시키고는 버본을 마시고서 꽤 자란 머리카락과 함께 목덜미를 쓰다듬어 보였어.

"아니, 됐어. 아무것도 아냐. 계속해봐."

"아니, 더 얘기하지 않겠어." 난 말했어. "이 얘긴 더 해봤자 헛수고야. 난 지금 자네가 뭘 생각하고 있는지, 앞으로 무슨 말을 하려는지 전부 알고 있으니까."

왜냐하면 나는 이미 그것을 들은 적이 있거든, 하고 설명을 붙이기 전에 자네가 질문했지.

"내가 뭘 생각하고 무슨 말을 하려는데?"

"내가 과거로 돌아가는 시간의 폭은 조금씩 길어지고 있다. 맨 처음의 담배 때가 5초, 광고가 15초, 손톱 깎기가 30초, 그리고 어젯밤이 1분, 마지막으로 오늘 밤은 3분."

"그래." 자네가 인정했지. "맞아."

"그러니까 자넨 이렇게 생각하고 있어. 이대로 가면 시간의 폭은 차츰 길어져 난 좀 더 옛날로 돌아갈 수 있을 거다. 그럴 가능성이 있다. 언젠가는 18년 전 그 사고가 나던 날로 돌아갈 수 있을지도 모른다. 만일 그렇게 된다면, 난 그녀를 사고에서 구해낼 수 있을 것이다. 그건 간단한 일이다. 그녀를 그 전철에 태우지 않으면 된다. 다시 말해 전철이 전복 사고를 일으키기 전에 역에 내리게 하면 된다. 그런 것들이지, 내 말 틀리나?"

"네가 말하는 대로야." 자네가 대답했어.

대답한 뒤에 위스키 잔을 비우고 마치 그곳에 있는 제3자의 반응을 보는 것처럼 방 한쪽으로 눈을 돌렸어.

'400번의 구타'의 주인공이 소년원으로 보내져 여성 담당자와 1 대 1로 마주 앉아 카운슬링을 받는 장면이 나오는 중이었어. 모습이 비치지 않는 카운슬러의 목소리가 소년 앙투안에게 여자를 아느냐는 뜻의 질문을 던졌지.

"단, 이건 어디까지나 가정이야."

내가 말을 잇자 자네가 나에게로 다시 눈을 돌렸지.

"내가 말하는 불가사의한 현상이 현실에서 일어나고 있다고 가정했을 때의 얘기란 말이지. 자넨 물론 그런 일이 현실에서 일어날 리 없다고 생각하고 있어.

자네가 지금 떠올리고 있는 건 그 소설일 거야.

주인공인 43세 남자가 돌연사 했다가 다음에 눈을 떠보니 25년 전 시대로 돌아가 있다. 기억이나 사고방식은 43세인 상태 그대로 18세 때의 그 시절 한가운데로 돌아간다. 그리하여 그는 인생을 다시 한 번 살 수 있게 된다, 25년 동안의 기억을 그대로 갖고서. 결국 미래를 아는 사람으로서 이전에 살아보았던 25년을 다시 산다. 어느 말이 경마에서 이길지, 어느 회사의 주식이 오를지, 어떤 사건이나 재해가 일어날지, 자기가 어디에서 누구를 만나고 누구와 결혼을 하게 될지, 그는 알고 있었던 것이다.

그런 상황이 되면 돈은 얼마든지 벌 수 있지. 비참한 사고를 미연에 방지할 수도 있고 사고에서 누군가를 구해낼 수도 있어. 지난 인생에서 결혼했던 아내를 이번에는 만나지 않고 다른 여자와 결혼해서 다른 인생을 보낼 수도 있지.

물론 자네가 알려줘서 나도 그 소설을 읽었어. 얘기로서는 재미있지. 가능하다면 인생을 다시 살고 싶다, 그런 생각이 들 때가 누구에게나 있잖아. 그 시대 그 어느 날로 돌아가서 그 시간부터 다시 산다면 내 인생이 보다 멋진 것이 되었을 수도 있을 텐데, 누구나 그런 생각을 하면서 다시 살 수 없는 인생을 보내고 있는 거지. 그게 현실이야. 소설은 어차피 소설에 지나지 않아. 그런데 내 얘기는 그 소설과 어딘가 비슷해. 과거로 돌아가는 시간의 폭만 빼면 복사판이라고 해도 과언이 아냐. 난 소설 속 사건이 현실이 되었으면 좋겠다고 꿈꾸고 있는 거야. 꿈을 꾼 나머지 가끔 짧은 환각에 휩싸이는 거지. 자네 생각을 말하자면 아마 그런 걸 거야.”

“게다가 그 환각은 조금씩 길어지고 있지.” 자네가 말했어.

“아니, 그건 아냐.” 난 고개를 가로저었어. “첫째로, 이건 자네가 어떻게 생각하든 간에 환각 같은 게 아냐. 둘째로, 내가 과거로 돌아가는 시간은 조금씩 길어지고 있지 않아.”

“환각이 아니라는 확실한 증거라도 있어?”

“난 여길 두 번이나 왔어.”

“여기?”

“오늘 밤 여기서 자네와 얘기하고 있는 게 나로서는 두 번째야. 난 벌써 9월 6일 밤까지 살아봤단 말이야. 그래서 자네가 생각하는 거, 말하고 싶은 걸 알 수 있지. 앞으로 자네가 어떤 말을 할지 난 알고 있어.”

자넨 이 말을 웃어넘기지 않았고, 그다지 놀란 표정도 보이지 않았지. 그 대신, “대체 앞으로 내가 어떤 말을 할지 가르쳐줘 봐.” 하고 캐물을 정도의 호기심도 없는 모양이었어.

　우린 잠시 - 매킨토시 가동에 필요한 정도의 시간 동안 - 말없이 마주하고 있었어. 그동안에 자네는 냉정한 사고를 되찾으려고 왼손으로 엄지와 중지를 펴서 관자놀이를 문질렀지.

　"오늘은 8월 28일이야." 자네가 말했어. "결국 자넨 9일 전으로 돌아왔다고 주장하는 거잖아. 역시 과거로 돌아가는 시간이 서서히 길어지고 있는 거 아냐?"

　"서서히가 아니야."

　"기타가와, 자넨 꿈을 꾸고 싶은 거야. 알겠어? 또 하나 중요한 게 있어. 자네가 과거로 돌아갈 때, 일단 눈앞이 어두워진다고 했지? 그게 어떤 식으로 이루어지는지 자세히 설명해봐."

　난 설명할 생각이 없었어.

　"아이리스 아웃이지." 난 말했어.

　자넨 눈을 한 번 깜빡였지.

　영화에서라면 플래시 백 컷을 삽입할 수 있을 정도의 시간 간격을 두고 천천히 눈을 감았다가 떴어.

　"아이리스 아웃, 그리고 아이리스 인이야."

　난 다시 말했지.

　"거기 텔레비전 옆에 '녹색의 방' 레이저 디스크가 세워져 있지. 자넨 지금 그 영화를 내게 보여줄 생각이었을 거야. 그 장면을 보여주면서 내게 아이리스 아웃과 아이리스 인에 대해 설명해줄 셈이었지. 그 영화의 기법과 내가 말하는 기묘한 현상이 흡사하다, 자넨 그렇게 말하고 싶었을 거야."

"이봐, 기타가와……."

"분명히 맞는 말일지도 몰라. 자네가 말한 게 내게 일어나고 있다고 인정해도 좋아. 하지만 그래서 어쨌다는 거야? 그렇다고 뭘 증명할 수 있지? 내가 체험하고 있는 것이 환각이라고 하면 그걸로 모두 증명된단 말인가?"

"자네, 아무래도 이상해."

"믿어줘." 난 부탁했어. "잠자코, 지금부터 내가 하는 말을 잘 들어줘."

얼음만 남은 유리잔을 자네는 작은 테이블 위에 놓았지.

그리고 의자에서 일어나 주방에서 아예 '메이커즈 마크' 병을 통째로 갖고 오더니 얼음이 떠오를 때까지 잔에 가득 따랐어.

그리고 잠자코 마셨지. 내 말을 들어주겠다는 신호라고 여긴 나는 얘기를 시작했어.

"지금으로부터 18년 전 3월에 난 '녹색의 방'을 봤어. 진보초 이와나미 홀에서. 자네도 똑같은 영화를 같은 날에 봤을 거야. 기억나나? 우린 이와나미 홀 앞에서 만나서 선 채로 얘길 나눴지. 고등학교를 졸업한지 6년 만의 만남이었어.

고등학교 때는 특별히 친한 사이가 아니었지. 3학년 때 같은 반이었다는 거 말고는 다른 게 없었어. 학교 때 자네는 그다지 사교적인 타입은 아니었어. 특히 남자아이들끼리 모였을 때는 거의 어울리지 않았지. 내 기억으로는 자네가 친하게 얘기를 나누던 건 신문부 여학생 정도 아니었던가? 아마 자넨 대부분의 시간을 혼자 책을 읽거나 영화를 보면서 보냈던 것 같아. 게다가 난 나대로 다른 동창보다는 야구부 팀원들과 노느라 바빴고. 그래서 자네와 난 교실에서 지금처럼 이렇게 마주 앉아 얘기한 적이 한 번도 없었어.

고등학교를 졸업한 지 6년이나 지났지만 그래도 얼굴은 기억하고 있었지. 같은 반이었으니까 이름도 그럭저럭 떠올릴 수 있는, 그런 정도의 관계에서 우린 그때 이와나미 홀 앞에서 스쳐 지나갔어. 먼저 알아챈 건 나야. 만일 내가 불렀을 때 자네가 대답하지 않았다면, 그리고 만일 그때 둘이 이야기를 나누지 않았더라면, 반년 뒤에 시모키타자와 역 플랫폼에서 우연히 만나게 되었을 때 그 인파 속에서 서로의 얼굴을 발견하지 못했을지도 몰라. 어느 한 쪽이 얼핏 봤더라도 서로 알아보지 못한 채 지나쳤을지도 모르지. 그리고 그렇게 우린 두 번 다시 만나는 일 없이, 서로 아무 관계없이 18년을 보내고 지금쯤은 서로의 얼굴이나 이름까지 완전히 잊어버린 상태가 되었을지도 몰라.

하지만 자넨 말을 걸었어. 그때, 그 플랫폼에서 자네가 먼저 인파 속에서 내 얼굴을 알아보고 내 이름을 불렀지, 기억나나?"

"물론 기억나." 자넨 대답했어. "잊을 수가 없지. 덕분에 난 그 사고에서 살아났으니까."

"그래, 자넨 탔어야 할 전철을 타지 않게 됐지."

"고맙게 여기고 있어."

"아니, 감사할 필요 없어. 감사를 받고 싶은 마음도 없을 뿐더러, 사실 자네는 내게 감사하고 있지도 않을 거야. 그렇지 않아? 애초에 말을 건 건 자네 쪽이었어. 자넨 그저 스스로가 불러들인 행운을 기뻐했어. 자넨 자기의 운이 강하다는 걸 깨달았지, 18년 전 그 사고 나던 날 밤에 말이야. 그걸로 됐어."

"그래, 그런데 대체 무슨 말을 하고 싶은 거지?"

"물론 그녀에 관해서지. 내릴 역에서 내리지 못했던 그녀는 뭐지? 운이 나빴다고 체념할 수 있을까? 만일 불운이라는 단어를 쓴다면, 그걸 불러들인 건 나야. 그녀 자신의 실수가 아니라 모든 게 내 부주의에 의해 일어난 일이야. 그녀의 운명을 엉망으로 만든 건 나라고. 그녀가 다리를 다친 것, 그 이후 그녀의 죽음에 대해서도 책임을 져야 할 사람은 나야.

난 꿈을 꾸고 싶어 하는 게 아냐. 지금의 이 현실이 너무나 싫은 나머지 어딘가로 도망치고 싶어 하는 게 아니라고. 그저 내가 원하는 건 찬스야. 단 1분이라도 좋으니 그녀의 운명을 엉망으로 만든 1분 전으로 돌아가서 그녀가 살아야 했을 인생으로 되돌려 놓아줄 찬스를 갖고 싶어. 물론 그렇게 된다면, 결과적으로 내 인생도 지금과는 달라져버리겠지. 기호로 표현하자면 알파벳 Y자처럼, 18년 전 그날 밤을 분기점으로 해서 왼쪽과 오른쪽으로 갈라진, 전혀 다른 인생을 살게 될 거야. 그렇지만 그래도 난 좋아. 그래도 상관없어. 이미 각오는 되어 있어. 그녀를 위해서라면 지금 이 현실 따위, 나의 지난 18년 동안의 인생 따윈 내던져도 좋아. 진심이야.

그리고 그것이 이미 일어나고 있어, 내가 바라는 대로 말이야. 난 이미 그 찬스에 손을 내밀면 닿을 만한 곳에 와 있어. 조금씩 과거로 돌아가는 시간이 길어지고 있다고 자넨 말했지. 그런데 그게 아냐. 그게 아니라 이건 징조인 거야. 지금까지 짧았던 것들은 모두 파울 팁 같은 거야. 내가 마음먹고 휘두르면 다음에는 틀림없이 제대로 맞힐 수가 있어. 이미 그걸 목전에 두고 있단 말야. 난 그걸 알 수가 있어.

내 말을 잘 들어줘. 앞으로 9일 동안, 그러니까 9월 6일까지 지금까지와 마찬가지로 짧은 역행과 재생이 반복될 거야. 난 지나간 그 9일 동안을 벌써 살았기 때문에 잘 알고 있어. 그 시간이 내가 각오를 다지기 위한 준

비 기간이야. 난 9일 전 오늘 밤으로 돌아왔어. 이건 나로선 나쁜 징조가 아니지. 왜냐하면 내 자신이 그걸 원했거든. 한 가지 미련이 남는다면, 자네야. 자네에게만은 사실을 알려주고 싶어. 내 신상에 무슨 일이 일어나든 그건 내 자신이 원한 결과라는 걸 알아주었으면 해.

알겠어? 난 오늘 밤 여기로 오는 도중의 택시 안으로 되돌아왔어. 그러니까 사실은 전화로 자네와 한 약속을 어기고 오늘 밤에 이곳에 오지 않는 쪽의 선택도 할 수 있었단 말이야. 운전기사에게 다른 곳으로 가달라고 말만 하면 됐을 일이지. 그렇게 했다면 나의 앞으로 9일 동안의 인생은 조금 달라졌을 테지. 그러나 난 그렇게 하지 않았어. 여기에 와서 자네와 다시 한 번 이야기를 하고 싶었거든. 만일 자네가 조금이라도 내 얘길 믿어줄 수 있는 기회가 있다면 그건 오늘 밤밖에 없어. 내가 이 자리에서 무슨 일이 일어났는지, 이 자리에서 앞으로 무슨 일이 일어날지 알고 있는 오늘 밤밖에 없단 말야. 이제 곧 그 책상 위의 전화가 울릴 거야. 이건 마술도 예언도 아냐. 난 그 사실을 알고 있는 거라고.

자네가 어떻게 생각하든 난 오늘 밤 여기에서부터 다시 한 번 똑같은 9일간을 살 거야. 그러는 동안 지난번과 마찬가지로 파울 팁의 징조가 반복해서 일어나겠지. 하지만 오늘 밤 9월 6일의 나는 각오가 서 있어. 다음에 한 번 휘두르면 제대로 맞을 거야. 이번에야말로 틀림없이 크게 점프할 거야. 18년 전의 오늘 날짜 - 8월 28일 밤까지 말이야. 9일 뒤 저녁, 난 저번처럼 우리집 식탁에 아내와 함께 앉아 있을 생각이 없어. 18년 전에 그랬던 것처럼 전철을 탈 생각이야. 가능하다면 자네도 함께 전철을 타줬으면 해. 옆에 있으면서 내 신상에 무슨 일이 일어나는지 자네 눈으로 지켜봐주었으면 좋겠어. 내가 과거로 뛰었을 때, 그 순간에 현재의 나는 그 소설 속 주인공처럼 죽어버리는 건지도 몰라. 그렇다면 그 죽음을 자네가 확인해주었으면 해. 내 죽음이 나의 두 번째 인생의 시작이기도 하다는 걸 자네만은 알아주었으면 좋겠어. 이걸 부탁하려고 지금 난 여기에 있는 거야."

"기타가와……."

자넨 거기까지 얘기를 듣고 내 이름을 불렀어. 마치 잠자고 있는 사람을 놀래지 않고 깨우려는 듯한 말투였지. 그리고 한 손에 들려있던 잔을 기울여 담긴 술을 다 마시고는 얼굴을 찌푸렸어.

그때 전화가 울리기 시작했어.

"자네 좀 이상한 거 같아." 자넨 말을 계속했지.

난 깊은 한숨으로 그 말에 대답했어.

"미쳐가고 있단 말야."

"전화나 받아." 난 부탁했지. "스크립터를 하고 있는 아가씨가 건 거야. 자넨 아까 그녀에게 틀린 디스켓을 줬어. 시나리오가 아니라 쓰다 만 소설이 든 걸 말이야. 파일을 넣어둔 디스켓에는 그 자리에서 타이틀을 써 붙여 놔야지, 설사 그게 복사본이라고 해도."

자넨 회전의자를 끌고 책상 쪽으로 가 수화기를 귀에 댔어.

통화는 지난 번 봤을 때보다 짧게 끝났지. 나중에 이쪽에서 다시 걸겠다는 말만하고 전화를 끊었어. 그 뒤에 컴퓨터를 켜는 행동도 이번엔 하지 않았고 말이야.

회전의자가 이쪽으로 돌아왔고, 자네의 손이 테이블 위의 술병으로 갔어. 머릿속을 정리하기 위해서거나, 아니면 복잡하고 당황스러운 두근거림을 억누르기 위해 언더락을 한 잔 더 만들 필요가 있었던 거겠지.

"자넨 믿기 시작했어."

그렇게 말하고서 난 담배에 불을 붙였어.

의뢰_

목요일.

오전 10시가 되어서야 간신히 전화가 연결되었다.

전화가 연결되자 내 귀에 제일 먼저 흘러 들어온 것은 그 시간 치고는 꽤 시끄러운 음악이었다.

나는 이름을 밝혔다.

곧바로 되물어 와서 큰소리로 다시 한 번 내 이름을 말하고는 번호가 틀린 것이 아니기를 바라면서 상대의 이름을 확인했다.

"아키마?" 오타 아키코가 대답했다.

막 잠에서 깼을 때의 감긴 목소리였다. 그 목소리만 가지고는 18년 전에 만나고서 본 적이 없는 상대방의 얼굴과 연결이 되지 않았다.

8시 반, 9시, 9시 반, 이렇게 세 번을 걸었지만 세 번 모두 매정한 자동응답기 소리만 듣다가 비로소 연결된 것이었다. 그래서 그만,

"이렇게 아침 일찍 미안해. 내가 깨운 건가?"

말을 해버리고는 금방 '이렇게 아침 일찍'이 비꼬는 투로 들리지 않았을까 하고 염려하게 되었다.

"아니. 방금 전에 일어나 커피를 마시고 있던 참이야."

볼륨을 최대로 올려서 록 음악을 들으면서,라는 상황 설명은 당초에
생략되었다.

"잠깐만."

말하자마자 그녀가 별다른 양해도 구하지 않고 전화기에서 멀어졌
기 때문에 그 생략은 느낌표가 연속해서 붙은 것처럼 두드러졌다. 어
쨌든 그녀의 말투에는 내 말을 마음에 둔 낌새가 느껴지지 않았다.

아파트 한구석에서 이 시각에 졸음을 쫓기 위해 커피를 마시고 있는
중년 여성의 모습을 떠올려보았다. 잠옷을 입은 채 주방에서 막 끓인
커피를 마시려던 참이었는지도 모른다. CD플레이어는 옆의 거실 같
은 데에 놓아두었으리라.

하기는 이쪽도 비슷한 상황이었다. 아내와 헤어진 중년 남자가 이런
시간에 어제 저녁 때 입은 낡은 셔츠와 바지 차림 그대로 식탁 의자에
앉아 벌써 몇 잔째인지 알 수도 없는 커피를 마시고 있었다. 무선전화
기를 들어 먼 옛날 친구와 연락을 취해보려 하고 있는 것이다.

오타 아키코가 지금도 독신이라는 사실을 짐작할 수 있었다. 지금도
18년 전과 같은 신문사에 근무하고 있다면 나이로 볼 때 웬만한 지위
에 올라 웬만한 업무를 맡고 있을 것임에 틀림없겠지만.

기다리라는 말을 듣고 불과 몇 초 뒤에 배경음악이 소나기처럼 갑자
기 사라졌다.

고등학교 때 신문부 친구의 목소리가 들렸다.

"설마, 아미카한테 전화가 오리라고는 생각도 못했어. 여기 전화번
호를 용케 알아냈네?"

아침 8시가 되기를 기다린 나는 일단 18년 전까지 그녀가 살고 있었

을 부모의 집에 전화를 걸었다.

고등학교 때 몇 번 건 적이 있을지도 모르는 그 전화번호는 졸업 후 (1980년 가을에) 그녀와 마지막으로 만났을 때의 기억에 의지해 간신히 단서를 찾아낼 수 있었다. 당시에 입원 중이었던 나를 신참 신문기자로서 병문안 왔던 그녀는 과일바구니 외에 명함을 놓고 돌아갔다. 뒤에 주소와 전화번호를 날려 쓴 명함을.

나는 그 명함을 18년 만에 서재 책장 위에서 먼지를 뒤집어쓰고 있는 과자상자 속에서 찾아냈다. 니시자토 마키와 헤어져 집에 돌아온 뒤 딸아이 방에서 컴퓨터를 서재에 옮겨놓고 그 수기를 읽던 도중에 떠오른 일이어서 명함을 찾아냈을 때에는 벌써 날이 밝아오는 중이었다.

나는 오이와 양배추를 썰고 계란과 토스트를 마련하여 아침식사를 했다. 두 잔째의 커피를 마시며 먼 옛날의 기억을 더듬으면서 8시까지 시간을 때웠다.

낡은 명함에 적힌 전화번호의 국번은 옛날 것이어서 세 자리였다. 그 세 자리 국번의 맨 앞에 3을 더해 번호를 눌러보니 전화벨이 채 두 번도 울리기 전에 나이든 부인의 목소리가 나왔다.

오타 아키코 어머니의 목소리였다. 혹시 흔하지 않은 내 이름이 어머니의 먼 기억을 상기시켜 주지나 않을까 하고 기대했지만, 그러한 기색이 느껴지는 응대는 아니었다. 딸은 가미오치아이에 살고 있다고 했다. 나는 주소가 아니라 전화번호를 가르쳐주실 수 있겠느냐고 부탁했다.

"전화받은 사람이 아버지가 아니어서 다행이네." 내 설명을 들은 뒤에 오타 아키코가 말했다.

"아버진 귀가 더 어두우셔서 오늘 하루 다 가도록 네가 나한테 연락하지 못했을지도 몰라."

"아버님이 아마 철도 쪽 일을 하고 있으셨지?"

"지금의 JR이지. 혹시 모를까봐 가르쳐주는 건데 아주 옛날엔 국철이라고 했어. 근데, 아키마, 대체 무슨 바람이 불어서 100년 만에 전화를 돌린 거지? 게다가 이런 시간에 일부러 탐정마냥 전화번호까지 조사해서 말이야. 뭔가 내가 아니면 해결할 수 없는 사건이라도 떠맡았어?"

"한 가지 부탁할 일이 있어."

"말해봐." 약간 자세를 가다듬는 듯한 기색을 그녀는 보였다. "우리 회사하고 관계 있는 거야?"

"아니, 그렇지 않아."

"그러니까 직업상, 나라면 그 건을 다른 사람보다 비교적 쉽게 해낼 수 있을 거다. 그렇게 생각하고 전화 건 거 아냐?"

"아니야." 나는 대답했다.

"지금도 그 출판사?"

"응, 지금도 그때랑 같은 출판사에서 일하고 있어. 하지만 부탁이라는 건 네 직업이나 내 직업과는 아무 상관이 없어."

"알았어. 그럼 부업 쪽? 내가 아키마의 부탁을 받아 벨기에제 다이아몬드를 사게 되는 거겠네."

"부업도 아냐." 나는 될 수 있는 한 부드럽게 부정했다. "개인적인 사소한 부탁이야."

"말해봐."

거듭 말하면서 그녀는 후루룩 커피 마시는 소리를 냈다.

"내가 지금 무슨 생각했는지 알아? 고등학교 때 친구와 서로의 직업을 빼고 이야기하는 건 100년 만인 것 같아. 아니, 누군가에게 개인적인 부탁을 받는 게 난생 처음인 것 같은 기분이 들어. 만일 그런 게 정말로 있다면 말이지만."

"실은 고등학교 졸업앨범을 보고 싶어."

전화선이 끊어진 것 같은 침묵이 3초쯤 놓였다.

그리고 그녀는 다시 커피를 한 모금 마시고서 물었다.

"지금 졸업앨범이라고 했어?"

"응. 고등학교 졸업앨범, 그걸 보고 싶어. 아니, 그 전에 네가 확인해줬으면 하는 게 있어."

"우리가 그 고등학교를 졸업할 때 기념으로 만든 앨범 말이야?"

"그래."

"그래라니, 아키마." 그녀는 어이가 없다는 듯한 웃음소리를 냈다. "우리가 고등학교를 졸업한 건 벌써 200년 쯤 전이야."

"알고 있어. 물론 그걸 지금도 네가 가지고 있다면 하는 얘기야."

"그걸 지금도 내가 갖고 있다고 치고, 내가 확인해줬으면 한다는 건 뭐야?"

"같은 반 아이의 이름하고 얼굴 사진."

"확인해서 뭐하려고?"

"그 친구가 진짜 같은 반이었는지 알고 싶어."

곧바로 대답이 나오지는 않았다.

그 사이에 뭔가 작고 딱딱한 물건끼리 스치는 소리가 수화기를 통해 전해져왔다.

200년 쯤 전의 기억에 의지하여 나는 상상해보았다. ㄱ자 모양으로 구부린 새끼손가락 끝으로 아래 앞니를 깎작거리면서 생각에 빠져 있던 여고생이 똑같은 버릇을 가진 43세의 여자로 변한 모습을.

"참, 막연한 얘기네." 오타 아키코가 대답했다. "야, 아키마. 그러면 왜 처음부터 고등학교 졸업앨범을 갖고 있느냐고 묻지 않은 거니?"

"나도 그러려고 했어. 처음부터 그렇게 물었어야 했겠지. 하지만 그랬으면 넌 일단 그게 내 업무와 관계가 있는지 물었을 거야. 내가 아니라고 하면, 그러면 부업이겠네, 졸업앨범을 구실로 나한테 뭘 팔아먹을 생각이지? 라고 말했을 게 틀림없어."

"그 말투." 예전의 신문부 부장이 지적했다. "고등학교 때부터 아키마의 특기였지, 그 기분 나쁜 말투 말이야."

"그래서, 아직 고등학교 졸업앨범을 갖고 있나?"

"아키마, 넌?"

"못 찾겠어. 며칠 동안 온 집안을 뒤져봤지만 안 보여. 어쩌면 본가에 뒀는지도 모르겠어. 아니면 어떻게 처분해버리고서 그 사실조차 잊어버린 건지도 모르지."

"본가? 너희 집은 분명 졸업한 다음에 지바 쪽으로 이사 갔었지? 그런데 넌 지금 어디에 사니?"

"아버지가 은퇴하신 뒤에 고향으로 돌아가셨지." 나는 두 가지 질문에 답했다. "지금은 나도 지바 현에 살고 있어. 지금 거기서 전화하는 거야."

"지바 어디?"

"마바시."

"지금 생각났는데, 아키마 너희 부모님은 두 분 모두 NTT에서 일하시지 않았니? 건강하셔?"

"우라야스에 지은 집에 지금도 형네 부부와 살고 계셔. 혹시 모를까봐 가르쳐주는 건데 NTT는 아주 옛날엔 전전공사라고 불렀어."

"그랬지." 대충 대꾸하는 식으로 그녀의 어조가 변했다.

"미안해. 휴대전화가 울린다."

거기에서 느닷없이 그녀의 목소리가 끊기고, 오르골 소리로 녹음된 'When you wish upon a star'가 들리기 시작했다.

나는 식탁에 놓아둔 머그컵을 집어 들고 바닥에 1센티 정도 남은 커피를 마시며 기다렸다.

우리집 초인종이 울리는 것과 그녀의 목소리가 돌아온 것은 거의 동시였다.

"그 사람 이름이 뭐?" 오타 아키코가 말했다.

연결된 이 전화가 아니라 휴대전화의 다른 사람에게 묻는 것처럼 쌀쌀함이 느껴지는 목소리였다. 나는 대답하지 않고 다음 말을 기다렸다.

"아키마, 네가 확인하고 싶은 동창 이름이 뭐라고?"

초인종이 연속해서 세 번 울렸다. 택배가 온 모양이었다.

잠깐만요 하고 현관을 향해 소리를 지르고 나서 그 남자의 이름을 말했다.

"기타가와 다케시."

"기타가와 다케시." 앵무새처럼 따라 한 그녀가 말했다. "한자로는 동서남북의 북자에, 하천의 천자에, 건강의 건자를 쓰지?"

"응, 맞아. 그 이름 들은 기억 있어?"

"네 연락처 좀 가르쳐줘." 상대의 목소리가 재촉했다. "지금 급한 일이 떨어졌어."

나는 집 전화번호를 가르쳐주었다.

전화를 끊기 전에 오타 아키코는 이렇게 말했다.

"아키마, 나중에 알아보고 연락할게. 꼭 전화할 테니 기다려."

택배를 보낸 사람은 아내였다.

두터운 종이봉투를 둘로 접은 형태로 포장된 물건을 현관에서 사인을 하고 건네받은 나는 배달부가 가자마자 그 자리에서 뜯어보았다.

내용물은 가죽을 씌운 사각형 케이스였다. A4판형 책 한 권이 쏙 들어갈 만한 모양의 케이스였다. 그것이 무엇인지 알고 나자 포장을 뜯을 때 느꼈던 약간의 흥분은 흔적도 없이 사라졌다. 마치 리본을 푼 선물 상자 안에 돌멩이만 잔뜩 들어 있는 모습을 본 것처럼.

하지만 냉정하게 생각해보니 새삼스럽게 아내가 선물 따위를 보낼 까닭도 없었다. "이삿짐 속에 당신 물건이 잘못 들어와 있었어요. 택배로 보내요."라고, 실제로는 붙여 있지 않은 메모를 한숨과 함께 그 물건에 상상으로 붙여보았다.

그러고 나서 포장지는 내던지고 내용물만 서재로 가지고 돌아와 정신을 가다듬고 컴퓨터와 마주했다.

모니터에는 딸아이가 깔아놓은 화면보호기가 떠 있었다. 화면 오른쪽 위에서부터 왼쪽 아래를 향해 대각선으로 날개 달린 토스터 무리가 파닥파닥 날아가는 애니메이션으로, 바탕에 흐르는 음악은 프란시스 코폴라의 '지옥의 묵시록'의 테마에 쓰는 것과 같은 곡이었다.

나는 다시 한 번 한숨을 쉬고 마우스에 손을 얹어 화면 보호기를 풀었다.

화면상에 다시 가로로 늘어선 작은 글자들이 나타났다.

나는 기타가와 다케시의 그 다음 이야기를 읽었다.

플로피 디스크_

1998년 9월 6일, 일요일.

그날 밤 7시 15분에 우리는 - 그러니까 자네와 난 - 시부야 역에서 전철을 탔어. 기치조지 행 급행 전철의 앞에서부터 두 번째 차량에.

콩나물시루 정도는 아니었지만 전철은 꽤 붐볐어. 그날은 아침부터 날씨가 잔뜩 흐렸는데 밤을 기다리지 못하고 날씨가 단숨에 무너지더니 7시 되기 전에 억수같이 비가 쏟아졌어. 비를 예상했던 대부분의 승객들이 제각기 우산을 손에 들고 있었던 것도 혼잡의 원인이었을지도 몰라.

하지만 그게 나에게는 안성맞춤이었지.

그 차량이 붐비는 정도도 그렇고 그 밤의 비도 그렇고, 그때와 똑같았어. 18년 전 9월 6일 밤에도 역시 비가 내렸고, 같은 차량에 함께 탄 승객들 거의 대부분이 젖은 우산 손잡이를 꼭 쥐고 있었지.

이것도 좋은 징조임에 틀림없다. 오늘 밤 내게 기적이 일어나려 하고 있다. 그게 바로 코앞까지 다가와 있음을 이 비가, 그때와 똑같은 비가 알려주고 있다.

난 진심으로 그렇게 믿으면서 문 앞에 서서 신발 바닥으로 전철의 움직임을 느끼고 있었지. 이 진동이 이제 - 다음에 올 아이리스 아웃과 아이리스 인과 함께 - 18년 전 같은 날에 같은 선로를 달리고 있는 전철의 진동과 교체되는 것이다.

빗방울이 잔뜩 붙은 창문 유리에는 자네의 옆모습이 비춰져 있었어. 자네는 내 곁에서 문 옆 기둥에 기대듯이 서 있었지, 시종 아무 말 없이.

아마도 전철이 시모키타자와 역에 도착했을 때의 일이나 그 이후의 대처에 대해 생각하고 있었을 테지.

전철에 타기 전에 우리는 충분히 시간을 가졌어. 난 해야 할 말을 자네에게 모두 했어. 마지막으로 난 확실히 알아듣도록 몇 번이나 자네에게 타일렀지. 그것은 오늘 밤 분명히 일어날 일이라고. 그리고 그게 일어난다면 아마도 오늘 밤이 이 세상에서의 자네와는 마지막 밤이 될 것이 틀림없다고 말이야.

자네는 한마디 반론 없이 내 얘기를 들어주었어. 이렇다 할 결점이 없는, 하지만 아무래도 자기 취향과는 맞지 않는 영화를 계속 보고 있는 듯 막연한 눈길로.

나는 그때 긴 얘기를 했어.

18년 전의 같은 밤으로 돌아가서, 그러니까 1980년의 나로 돌아가서, 거기에서 내가 구체적으로 무엇을 할 생각인지 자네에게 말했지. 전철이 시모키타자와에 도착하기 전과 도착한 후에 내가 취해야 할 행동 하나하나. 그 행동들에 의해 불행에서 구원될 사람은 그녀뿐만이 아닐 거라는 예측. 그리고 마지막으로, 그날 밤에서 나는 다시 한 번 18년 동안을, 두 번째 삶이라고 불러도 좋을 만큼의 긴 세월을 다시 살게 될 터인데, 그에 대한 각오와 두 번째 인생의 대략적인 청사진에 대해서도 말했어.

그러나 그 이야기를 지금의 자네는 몰라.

지금 이 글을 읽어주고 있는 자네는 그 이야기는커녕 지금까지 내가 말한 것들도 대부분 모르는 얘기일 거야.

대체 내가 누구인지조차 자네는 모르지.

고등학교 때 같은 반이었다는 사실도, 졸업 후 딱 한 번 (18년 전 봄에) 이와나미 홀 입구에서 인사를 나누었던 사실도 자네는 이미 잊었을 테고, 그 이후의 나에 대해서는 당연히 아무것도 모를 거야.

어쩔 수 없는 일이지. 43세나 된 사람에게 25년 전 동창의 얼굴과 이름을 하나하나 기억하라는 게 무리한 얘기일지도 몰라. 졸업하고 딱 한 번 짧은 얘기를 나눈 적이 있다고 해봤자, 그건 요컨대 방대한 양의 영화를 본 사람 입장에서는 그중 하찮은 한 편 속에 끼어있는 어떤 장면처럼 기억할 만한 가치가 없는 것일지도 모르지.

하지만 다시 한 번 이쯤에서 반복하네만, 자네는 예전에 내 절친한 벗이었어.

18년 전 9월 6일 밤을 분기점으로 해서 내게 있어서 자네는 두 가지로 존재해.

난 18년 동안을 두 번 산 사람이야. 자네 표현대로 하자면, 알파벳의 Y처럼 말이야.

첫 번째 18년간의 인생에서 우린 친구였어. 그런데 두 번째 18년 동안의 우리는 서로 알지 못하는 사람이 되어서 - 내 계산 착오가 원인이었지만 - 이전과는 전혀 다른 인생을 걷게 되었지.

그러니 이쯤에서 자네에게 다시 한 번 말해두어야겠군.

우리 관계가 어떻게 해서 그렇게 크게 어긋나 버렸는지 말이야. 1980년 9월 6일 밤으로, 그때 난 무엇을 할 생각으로 되돌아갔고, 실제로 무엇을 했는지. 하지만 그 얘기를 하기 전에 더 중요한 얘기가 있어.

옛날 친구였던 자네에게 조금씩, 그리고 몇 번씩이나 했던 얘기를 여기에서 지금 자네에게 알려주고 싶어.

그녀 - 미즈가키 유미코 얘기야.

1980년 5월에 난 처음으로 미즈가키 유미코를 만났어.

황금 연휴가 끝난 직후 시부야 역에서 있었던 일이지.

오후 7시. 그녀는 플랫폼에 혼자 초연히 서 있었어.

주위 군중을 마치 영화의 엑스트라처럼 이끌고 급행 전철을 기다리는 줄에 여주인공이 서 있다는, 그런 인상으로 맨 처음 내 앞에 나타났지.

귀가하는 직장인들의 수수한 양복 차림과 검은 스커트 자락을 바닥에 끌릴 정도로 늘린 교복의 여고생들이 그녀의 레몬색 재킷을 돋보이게 하고 있었어.

하지만 내 눈을 끌었던 것은 그녀의 몸에 걸친 색채뿐만이 아니라 그녀의 자세였지.

정신을 집중하며 무대 위에서 순서를 기다리고 있는 모습을 떠올리게 만드는 팽팽한 분위기가 아주 조금 뒤로 젖힌 - 현악기의 실루엣을 연상시키는 - 등에서 전해져 왔어.

그녀 주위에서 전철을 기다리는 사람들, 아니, 무엇보다도 나 자신이 하루의 피곤한 업무를 마친 뒤에 휴우 하고 긴장을 풀고 싶어지는 기분 가운데 있었기 때문에 더욱 그렇게 보였는지도 몰라.

난 그녀가 선 줄의 제일 끝에 붙어 같은 칸에 올라탔어. 시모키타자와 역에 도착할 때까지 몇 번씩이나 그녀의 옆얼굴을 훔쳐보았지.

당시에는 아직 드물었던 워크맨의 헤드폰을 그녀는 귀에 대고 있었어. 폭이 좁은 금속판으로 된 헤드폰 브리지가 마치 은으로 만든 헤어밴드처럼 보였고, 긴 머리칼은 뒤로 모아서 웨이브 있는 포니테일 스타일로 묶여 있었지.

몇 번이고 몇 번이고 그녀의 옆얼굴을 훔쳐보았기 때문에 약간 앞으로 나온 듯한 넓은 이마에서부터 적당한 경사로 솟아오르는 콧등을 지나 작고 야무진 입술과 갸름한 턱 끝까지 이르는, 그 실루엣을 단숨에 그려낼 수 있을 정도로 머릿속에 새겨 넣어졌어.

전철이 시모키타자와를 떠난 뒤에도 차안에 남은 나는 가능한 한 그녀의 모습을 좇았지. 등을 곧게 뻗은 자세를 흐트러뜨리지 않고, 전체적으로 침침한 복장을 한 군중 속을 씩씩하게 헤치고 나아가는 노란 재킷을 입은 뒷모습을 말이야.

하지만 거기까지였어. 다시 저 아가씨와 어디선가 만났으면 좋겠다, 뭐 그런 생각 정도는 했을지 몰라도 그 이상은 바라지 않았지.

서 있는 모습이 인상적인 아가씨가 어쩌다가 내가 타는 통근 전철의 같은 칸에 들어왔을 뿐이다. 소지품으로 봐도 회사를 다니는 것처럼 보이지는 않으니, 아마 다시 만날 확률은 긴자에서 1억 엔이 든 보따리를 주울 확률 - 당시에 실제로 그런 사건이 뉴스가 됐지만 - 보다 낮을 거다. 난 그녀와의 첫 만남을 그런 식으로 정리했어.

그래서 다음 주 시부야 역 플랫폼에서 그녀를 다시 발견했을 때, 나는 그 두 번째 만남을 단순한 우연이라기보다는 더 강한 다른 단어로 표현하고 싶을 정도였지.

재킷 색깔은 엷은 녹색으로 바뀌어 있었지만 플랫폼을 가득 메운 사람들 속에서도 한눈에 그녀를 알아볼 수가 있었어. 머리 스타일은 포니테일에, 워크맨의 헤드폰을 귀에 대고, 지난주와 똑같은 큼직한 나일론 가방을 손에 들고 있었어. 운동화에 몸에 붙는 청바지. 올곧은 자세의 등. 한 번만 봐도 기억에 남을 긴 목. 곁으로 다가가면 팽팽하게 전해져 올 것 같은 힘찬 공기. 잘못 볼 리가 없었지.

급행 전철을 기다리는 줄에 선 그녀의 뒤에 난 바짝 다가섰어.

내가 거의 매일 이용하는 급행 전철의, 게다가 평상시에 내가 타는 위치의 줄에 이번에도 그녀가 서 있다는 것은 - 다시 말해 내가 탈 전철에 그녀가 두 번이나 타려고 한다는 것은 - 그저 우연이라 할 것이 아니라 다른 의미의 말로 바꿔 볼 수도 수 있지 않을까? 하고 내 멋대로 생각하면서 말이야.

그리고 전철에 올라타자 지난번보다도 더 가까운 자리를 확보하고 지난번과 마찬가지로 그녀가 서 있는 모습과 옆얼굴을 훔쳐보았어. 시모키타자와 역에서 그녀가 내린 것도, 그녀가 플랫폼을 걸어 사라져 가는 것을 전철 안에서 바라본 것도 마찬가지였어.

그 똑같은 반복이 그로부터 약 두 달 동안 여러 번 있었지.

물론 두 달이 지날 무렵에는 시부야 역 플랫폼에서 그녀를 발견하고서도 나는 그것을 우연이라고 간주하지 않게 되었어. 기다리기만 했을 따름이지 아무것도 하지 않았는데 몇 번이나 일어난 일을 더 이상 우연이라고 부를 수는 없는 거지.

난 찬스를 기다리기 시작했어. 그녀와 말을 나누고, 아는 사이가 될 수 있을 기회를 기다리면서, 한편으로 그녀와 만날 때마다 그저 그녀를 지켜보는 것 말고는 달리 아무것도 할 수 없는 내 자신을 답답하게 여기고 있었지. 당시 25세로 애인도 없었던 나로서는 헤드폰으로 귀를 막고 있는 여성의 주의를 어떻게 돌려서 어떻게 말을 걸면 좋을지 도무지 알 수가 없었던 거야.

그렇지만 기다리는 일도 그리 나쁘지는 않았어. 기다리기만 했을 따름인데도 만일 그 일이 일어난다면, 그것은 운명일 거라고 나 자신에게 용기를 북돋워줄 수도 있을 터였으니까.

7월 초순에 기회는 찾아왔어.

첫 만남과 똑같은 장소, 거의 똑같은 시간에 나는 처음으로 그녀와 말을 나눴어.

그날, 플랫폼 벤치 앞에 그녀가 웅크리고 앉아 있었어. 낯익은 나일론 가방이 벤치 위에 놓여 있었는데, 그 나일론 가방에 가려 있는 무언가에 그녀의 주의가 쏠려 있는 모양이었지. 하지만 곁에 중년 남성 둘이 서 있어서 그것이 뭔지는 보이지 않았어.

두 사람은 여름 양복을 입은 회사원 분위기의 남자들이었지. 따분한 듯 서 있는 모습으로 보아 그녀와 친한 사이로 느껴지지는 않았고, 조금 떨어져서 전철을 기다리는 사람들 중에서도 몇몇이 그 벤치 쪽에 시선을 던지고 있었어.

평소 이 시각에 흔히 보던 풍경 속의 작은 이변, 그녀가 워크맨의 헤드폰을 벗어 목에 걸고 있었던 거야. 그리고 그것을 눈치 챘을 때, 나는 이미 빨려 들어가듯 그녀 곁으로 다가가고 있었지.

"버려진 애인가?"

중년 남자 한 명이 옆에 선 내게 의견을 묻는 듯한 어조로 중얼거렸어.

그렇지만 그 혼잣말에 반응해서 그녀가 올려다본 것은 내 얼굴이었지.

"길 잃은 애에요. 죄송하지만 역무원 좀 불러주시겠어요? 아까 다른 사람한테도 부탁했는데, 아직……."

"엄마는 어디 갔니?"

다른 한 중년 남자가 물었어.

질문을 받은 아이는 대답을 하지 않았지. 벤치에 오도카니 앉은 채 바로 앞에 있는 그녀 얼굴을 빤히 쳐다보고 있었어. 아직 말도 제대로 못하는 어린애였지. 칙칙한 빨간색의 때 묻은 옷을 입고 있지 않았더라면 성별도 알아보기 어려울 정도로 어린애였어.

난 좌우를 둘러보며 역무원의 모습을 찾았어. 전철의 도착과 발차를 알리는 방송이 나오고, 주위가 순식간에 떠들썩해졌다가 약간 누그러지자 그 벤치에는 길 잃은 어린애와 포니테일 아가씨와 그녀의 커다란 가방, 그리고 나만이 남았지.

"얼마나" 의미 없는 질문을 난 했어. "얼마나 오래 기다리셨어요?"

대답하지 않고 일어선 그녀가 나를 돌아보자마자 물었어.

"이 아이를 역무원 있는 데까지 데리고 가야겠어요. 죄송하지만, 이 가방 좀 봐주시겠어요?"

"아뇨, 제가 데리고 가죠."

칭얼대지나 않을까 하고 걱정하면서 내가 아이를 안았어. 여자아이는 저항도 하지 않고 울지도 않았지. 껴안고 보니 아이 몸에선 달콤 쌉쌀한 비스킷 같은 냄새가 났어.

"고마워요." 그녀가 말했어. "저도 같이 갈게요."

이렇게 해서 역무원 대기실까지 우리는 셋이서 걸었지. 아이를 안은 내 뒤를 그녀가 자기 가방과 내 가방을 들고 뒤따랐어.

그때 셋이서 걸었던 아주 짧은 거리와 시간을 난 나중에 몇 번이고 몇 번이고 다시 떠올렸어. 다시 떠올릴 때마다 그 기억의 영상은 달콤 쌉쌀한 비스킷 냄새와 함께 내 꿈속에까지 파고들었지.

난 우리 두 사람 사이에 태어난 갓난아기를 안고 있고, 곁에는 내 아내가 된 그녀가 바싹 붙어 있는 - 그런 작은 꿈이었어. 작지만 결코 실현될 리 없는 꿈이었지.

그녀의 설명을 들은 역무원은 내 팔에서 주뼛주뼛 미아를 받아 들더니 마치 잃어버린 물건을 신고하는 사람을 대하는 것 같은 질문을 했어.

"미즈가키 뭐라고요?"

역무원은 되묻고, 그녀는 볼펜을 들어 흰 종이 위에 쓰면서 되풀이했어.

"미즈가키 유미코요."

그 이름을 눈에 새겨 넣었을 때 나에 대한 절차는 끝났지.

"고마워요." 그녀는 내게 정중히 고개를 숙였어. "아무래도 시간이 더 걸릴 것 같으니까 이제부턴 제가 알아서 할게요."

나는 혼자 그 방에서 나왔지.

몇 분 동안 문 밖에서 기다려봤지만 그녀는 나오지 않았어. 그 뒤로 몇 분, 아니 몇십 분이라도 기다렸어야 마땅한 일이었지.

그렇게 했다면 우리는 그날 좀 더 많은 얘기를 나누고 좀 더 친한 사이가 될 수 있었을지도 몰라. 어쩌면 시부야 역 말고 다른 곳에서 다음에 만나자고 의논하는 정도까지 가능했을지도 모르지.

후회는 이내 시작되었어.

혼자 플랫폼으로 돌아와 전철을 기다리는 평소와 다름없는 줄에 서면서도, 그 줄의 누군가가 펼쳐 든 석간신문 제목에 '자민당 새 총재 스즈키 젠코' 라는 활자가 춤추고 있는 데에 눈을 주면서도, 그녀와 친해지려면 이 기회를 놓쳐서는 안 된다는 생각과 이것이 하나의 계기가 되어서 다음 단계로 나아갈 호기가 또 찾아올 것임에 틀림없다는 생각 사이에서 계속 흔들렸지.

결국 나는 후자 쪽으로 기울었어. 마침 도착한 전철에 올라 문이 닫힌 직후, 어쩌면 오늘의 이 후회는 다시 돌이킬 수 없는 것이 될지도 모른다는 까닭모를 두근거림에 휩싸였지.

그리고 그 까닭모를 두근거림은 적중했어.

그날부터 그녀를 만날 기회는 뚝 끊어지고 말았지.

거의 두 달이나 되는 긴 시간 동안 미즈가키 유미코는 한 번도 눈에 띄지 않았어.

그러다가 그날을 맞이했을 때, 내 마음 속에는 미즈가키 유미코라는 여자의 이미지가 자리 잡고 있었어.

단 한 번의 인상적인 마주침 이후에 두 번 다시 만날 수 없게 된 환상의 여인처럼 - 자네도 '시민 케인' 을 본 적이 있지? 그 영화 속에서 나이든 남자가 몇 십 년이나 된 옛 기억을 이야기하지.

긴 인생에 있어서 딱 한 번 자기 앞을 지나갔지만, 말 한 마디 나눈 적이 없는 젊은 아가씨의 모습을 지금도 당시 모습 그대로 선명하게 기억해낼 수 있다고 말이야.

나는 이해할 수 있어. 25세의 나는 그와 똑같은 심정이었어. 만일 다시 미즈가키 유미코를 만나는 일이 없었다면 나는 그 노인처럼 죽을 때까지 그녀의 기억을 간직했을 거야.

하지만 그렇게 되지는 않았지.

1980년 9월 6일, 토요일.

그날은 아침부터 구름 움직임이 심상치 않았어.

나갈 때 우산을 갖고 가는 게 좋겠다고 어머니가 끈질기게 말했을 정도로 하늘은 이른 시각부터 잿빛으로 메워져 있었지.

그리고 나는 - 어릴 적부터의 습관대로 - 어머니의 충고에 귀 기울이지 않았어. 만일 비가 내리기 시작하면 그때 우산을 빌리든가 사면 되니까 말이야. 애초에 접는 우산을 가지고 출근해봤자 어차피 어딘가에서 잃어버릴 게 뻔했거든.

당시에는 아직 토요일 출근이 드물지 않았고, 내가 일하는 광고대리점도 예외가 아니었지. 토요일이든 일요일이든 공휴일이든 간에 광고주가 활동하고 있다면 우리도 함께 일하며 땀 흘리지 않을 수 없는 일이니까.

비는 점심때가 지날 무렵부터 떨어지기 시작하더니 눈 깜짝할 사이에 심해졌어.

나갔다가 일단 회사로 돌아와 근처 카페에서 동료와 점심을 먹고 있는 중이었지. 잘 알고 지내던 가게 주인이 우산을 하나 빌려주었어. 정말 가져가도 괜찮으냐고 동료와 함께 되물어봤을 정도로 새 우산이었지. 검은 자동식 우산이었어.

결국 그 우산은 일이 끝나고 퇴근하는 전철을 탈 때까지 내가 쓰게 되었지. 그래서 그날 밤, 평소와 같은 시각에 긴자에서 지하철을 타고 시부야로 나와 항상 갈아타던 플랫폼으로 걷고 있을 때에도 난 그 우산을 들고 있었던 거야.

그리고 그 플랫폼에서 오랫동안 기억에 품고 있던 여인을 마침내 발견했지.

미즈가키 유미코는 그때에도 내가 타는 전철, 내가 탈 칸이 도착하는 위치에 서 있었어. 그 줄 맨 뒤에 붙어서 이전과 변함없는 포니테일 스타일에 머리에는 워크맨 헤드폰을 쓰고, 역시 커다란 나일론 가방을 들고 있었지. 두 달 전 그대로였어.

나는 그녀 바로 뒤에 줄을 섰지.

그녀는 시원해 보이는 물색 바탕의 긴 소매 원피스를 입고 있었어. 그 자리에서 바로 어깨 근처라도 가볍게 찔러보았더라면 좋았을지도 몰라. 그렇게 해서 그녀의 주의를 끌어 말을 걸었다면 이후의 상황이 좀 달라졌을지도 모르지.

하지만 난 주저했어. 주저하고 있는 동안에 우리가 탈 전철이 도착했고, 문이 열렸지.

차 안의 혼잡 정도는 평소와 다름없었어. 토요일이라 회사원들의 수가 좀 준만큼 넥타이를 안 맨 사람의 수가 늘어서 평일과 비슷했지. 계절이 계절이니만큼 레인코트 차림의 승객은 적었지만 누구나 다 우산을 손에 들고 있었기 때문에 평일 비오는 밤과 똑같이 혼잡해보였어.

미즈가키 유미코는 문 바로 앞에 서 있었지. 변함없이 빈틈없는 자세로.

손을 뻗으면 그녀의 어깨에 닿을 자리를 확보한 나는 창문 유리에 비치는 그녀의 모습을 의식하면서 그 어깨를 건드릴까 말까 계속 주저하고 있었어.

앞으로 2, 3분 뒤 전철이 시모키타자와 역에 도착한다. 거기에서 그녀가 내리고, 그녀가 내린 뒤에도 난 전철에 남아 계속 타고 간다, 그녀의 이미지를 품은 채로.

그렇게 된다면 두 달 전과 아무 차이도 없는 거지. 빌린 우산은 문 옆에 기대 놓았어. 에후쿠초에 도착해서 두고 내리면 안 된다고 스스로에게 주의를 준 나는 갑자기 오후부터 내린 비와 땀 때문에 축축해진 여름 양복이 몹시 무겁게 느껴졌지.

두 달 전, 시부야 역에서의 사건을 난 떠올렸어. 벤치 앞에 웅크리고 앉아서 나를 올려다보던 그녀의 얼굴. 고마워요라는 그녀의 말. 미즈가키 유미코라고 그녀 자신이 쓴 볼펜 글씨.

나는 선명하게 기억하고 있는 것들을, 그녀는 얼마만큼 기억하고 있을까?

어쨌든 이 기회를 놓쳐서는 안 된다. 지금 놓치면 이번에야말로 마지막이 될지도 모른다. 지금 그녀 어깨를 건드려 돌아보게 하지 않는다면 우린 이대로 영원히 엇갈리고, 엇갈린 길고 긴 인생을 보낸 뒤에 그 영화에 나오는 노인처럼 먼 회상 속에서나 그녀의 멋진 자세를, 그녀의 긴 목을, 그녀의 포니테일을 되살리게 될 것이다.

미즈가키 유미코가 돌아보았어.

천천히 되돌아보더니 먼저 자신의 어깨에 닿은 손의 존재를 깨닫고, 그 다음에 턱을 약간 드는 듯하면서 조금 눈이 부신 것 같은 눈매로 나를 보았지.

그 일련의 몸짓은 마치 슬로 모션처럼 내 기억에 새겨졌어.

격렬하게 흔들리면서 레일 위를 질주하는 전철 소리가 현실로 되살아났지.

기억나요, 그녀는 내 질문에 답했어.

그 뒤 그녀에게 뭐라 말을 걸었고 그녀가 뭐라 대답을 했는지, 세세한 부분은 잘 기억나지 않아.

딱 한 가지 분명한 건 그녀가 시원스럽게, 생각 외로 시원스럽게 내 청을 받아들였다는 사실이야.

"혹 급한 일이 없으시면."

하고 미리 양해를 얻은 후에 빙 둘러서 내놓은 내 권유에 미즈가키 유미코는 거의 주저하는 기색도 없이 끄덕여 보였어. 워크맨 헤드폰을 의사가 청진기를 그렇게 하는 것처럼 목에 두르고서.

7시가 지나 전철이 시모키타자와 역 플랫폼으로 미끄러져 들어오기 직전이었지.

염두에 둔 곳이 있어서 어디로 가자고 한 것은 아니야. 언젠가 그녀와 함께 시모키타자와 역에서 내려 간판만 봤지 아직 들어간 적은 없는 오키나와 식 요릿집이나 '정통 이태리' 피자집 같은 데에서 마주 앉아 식사라도 하면서 이야기를 나눠야겠다. 아니면, 처음이니까 역 근처 카페에서 커피나 마시면서 얘기를 나누는 게 나을지도 모르겠다. 등등 몇 가지 청사진을 그려 본 적은 있지만 그런 것들을 다시 검토할 여유는 물론 없었거든.

그래도 어딘가에서 함께 전철을 내려 얘기를 좀 나누고 싶다고 난 부탁했지.

미즈가키 유미코는 그 부탁을 시원스럽게 들어주었어. 그리고 미묘하게 어깨를 으쓱해 보이는 몸짓을 하더니,

"실은요……."

하고 말을 꺼내려 할 때, 전철이 시모키타자와 역에 정차했어.

문이 열리고, 그녀가 하다가 만 말은 허공에 떴지.

그러나 그 말은 나중에 다시 들을 수 있을 거다. 나중에 천천히, 어디서 마주 앉아 얘기를 나눌 때…….

실은요, 라는 말에 이어서 그녀가 어떤 비밀을 - 그것이 하잘것없는 사소한 비밀이라 하더라도 - 내게 말해줄 것이다. 어쩌면, 실은 오늘 밤 만날 친구가 있었는데 그쪽을 바람맞혀야겠다는 의미로 지금 그녀의 얼굴에 미묘한 짓궂음이 느껴지는 웃음이 떠오른 걸지도 모른다.

먼저 내가 전철에서 내렸어.

행운을 확신하면서. 오늘 밤의 재회는 일어나야 했기에 일어난 일이라고 나 자신에게 말해주면서. 모든 것이, 그녀의 변덕스런 마음까지 내 편이 될 것이라 믿으면서.

방금 그녀가 어깨를 으쓱해 보인 순간, 그것은 마치 모르는 남자에 대한 경계의 껍질을 한 꺼풀 벗어버리는 몸짓 같았어.

내 뒤로 그녀가 뒤따랐지. 큰 나일론 가방과 우산을 들고, 그녀는 분명 내 뒤를 따라 플랫폼에 내려섰어.

뒤쪽을 돌아본 나는 그 모습을 확인했어. 확인하고서, 초조함과도 같은 기묘한 감각에 사로잡혔지. 예를 들자면, 평소에는 자연스럽게 입에 담을 수 있는 영화 제목이나 여배우 이름이 갑자기 떠오르지 않을 때 맛보게 되는 안타까움 같은 것 말이야.

내가 일을 너무 서둘러 뭔가 실수를 저지르고 있는 건 아닐까?

그때 나를 부르는 소리가 들렸어.

시모키타자와 역에서 전철을 타려는 사람들의 행렬 사이에서 그 목소리가 들렸지. 그와 동시에 뒤에서, 그러니까 정차하고 있는 전철 속에서 또 한 사람의 목소리가 들렸어. 그쪽은 어린아이 목소리였지. 차 문 옆에 노란 모자를 쓴 초등학생 여자아이가 서 있었어.

우산이다.

난 내 실수를 깨달았어. 낮에 카페에서 빌린 우산을 전철 안에 두고 내렸던 거야.

뒤돌아본 내 표정을 미즈가키 유미코가 읽어냈지. 그리고 차 안의 여자아이에게 눈을 돌렸어.

그래봤자 우산이다. 빌린 우산이긴 하지만 그렇다고 해서 그것을 전철에 두고 내린 게 치명적인 실수가 될 수는 없겠지? 어차피 어디선가 잃어버렸을 거다. 지금이든 나중이든 간에 우산은 사라지기 마련이고 그게 우산의 운명이다.

벌써 차에 타려는 행렬은 움직이기 시작하고 있었어.

다시 행렬 사이에서 내 이름을 부르는 소리가 들렸어.

난 몸을 돌려 그 목소리가 나는 쪽으로 걸어갔지.

"어이, 또 만났네."

자네가 말했지, 3월에 이와나미 홀 앞에서 우연히 마주친 이후 처음이 아니냐는 뜻으로.

우린 고작 한 마디인가 두 마디 쯤, 플랫폼의 혼잡 속에서 말을 나눴지.

그때 발차를 알리는 벨이 울려 퍼졌어.

그러자 자네는 탔어야 할 전철을 턱으로 가리키며 이렇게 말했지.

"일행이 인사를 하는군."

발차 직전, 전철 문이 막 닫힌 순간이었어. 내가 선 자리에서 볼 때 오른쪽 방향으로 전철이 달리기 시작했지.

문 너머로 난 보았어. 초등학생의 노란 모자와 그 옆에 선 미즈가키 유미코의 모습을. 그녀의 얼굴에 다시 짓궂음 섞인 웃음이 떠오르고 있는 것과 그녀의 손에 새 검은 우산이 쥐어져 있는 것을 얼핏 보았지. 그리고 전철은 가버렸어.

전철을 보낸 뒤에 난 한숨을 쉬었어.

"좀 이상한걸."

자네가 물었을 때야 비로소 나는 내가 웃고 있다는 걸 깨달았지.

난 수줍은 웃음을 머금은 채 자초지종을 설명했어. 그녀가 내 우산을 가지러 전철을 다시 탔다. 그래서 내리지 못하고 다음 역까지 가버리게 되었다. 덕분에 오늘 밤 데이트는 시작부터 꼬였다.

"나 때문이란 거야?"

자네가 불만스러운 듯이 말했어.

"반쯤은." 하고 내가 대답했지. "자네가 내 이름을 부르지 않았으면 내가 우산을 가지러 갔을지도 모르고."

"그래서 자네가 전철에서 내리지 못하고 다음 역까지 갔을 거란 얘긴가?" 적당히 얼버무린 뒤에 자네는 덧붙였어. "하지만 생각하기에 따라선 이렇게 된 편이 오히려 잘 된 건지도 몰라."

"잘 돼?"

"꼬인 게 아니라 좋은 징조일지도 모른다고. 이런 우스운 일이 두 사람 사이에서 일어났다는 건 오히려 궁합이 잘 맞는다는 증거가 될지도 몰라. 그 여자가 다음 역에서 전철을 갈아타고 돌아올 거 아니겠어? 네 우산을 갖고 말이야. 틀림없이 웃으면서 전철에서 내릴 거야. 그럼 전보다 얘기가 훨씬 잘 되지 않겠어? 책임의 반은 나한테 있으니까 그 여자가 돌아올 때까지 함께 기다려주지."

분명 맞는 말 같았어. 그것은 미래의 두 사람이 우스갯거리로 회고할 수 있는 종류의 사건이 될 터였지.

우린 플랫폼 반대쪽으로 자리를 옮겨 그녀를 기다렸어.

반년 전 이와나미 홀에서 마주쳤던 얘기와 트뤼포의 영화를 주요 화제로 삼아 왼쪽 방향에서 들어올 전철을, 그 전철에서 그녀가 한 손에 큰 가방을 들고, 한 손에는 자기 것과 내 것, 두 개의 우산을 들고 웃는 얼굴로 내려오기를 기다렸지.

그러나 헛수고였어.

아무리 기다려도 그녀는 나타나지 않았어.

그녀가 나타나지 않았을 뿐 아니라 전철이 한 대도 들어오지 않았어.

비는 여전히 내리고 있었어. 플랫폼 지붕과, 조명에 의해 번들번들 빛나는 레일과, 레일 사이의 자갈 위로 쏟아 붓듯 계속해서 내리고 있었지.

얼마나 시간이 지났을까, 갑자기 플랫폼을 가득 메운 사람들 사이에 소동이 일어났어.

기다림에 지친 무리 중 누군가가 먼저 이변을 탐지해냈던 거야.

한 사람의 불안한 중얼거림은 눈 깜짝할 사이에 사람들에게 전염되었어. 너나 할 것 없이 숙였던 머리를 들고 플랫폼 천정에 부착된 스피커를 올려다봤지. 그곳에 있는 사람들이 일제히 얼굴을 들었어. 마치 플랫폼 전체에 소름이 돋는 듯한 불길함으로 말이야.

역무원의 방송이 사실을 전하기 전부터 우리는 알아차리고 있었어.

사고다, 누군가 말했어.
전복 사고다, 누군가가 외쳤어.

미즈가키 유미코_

목요일 오후 내내 나는 오타 아키코에게서 올 연락을 기다리며 보냈다.

밤을 새고 난 오후여서 쏟아지는 졸음을 그럭저럭 참으면서 연락을 기다리는 동안에도 기타가와 다케시의 이야기를 계속해서 읽었다.

이대로 무작정 읽어나가야 할지 어떨지, 가끔 눈을 쉬면서 생각을 하다가도 여하튼 마우스를 이용해 가로로 씌어진 글을 화면 아래로 아래로 스크롤해갔다.

이어지는 이야기에는 일단 전철 전복 사고에 대한 대충의 이야기가 씌어져 있었다. 직접적인 사고 원인, 부상자수와 대부분 사고 직후의 화재로 인해 죽은 사망자수. 그런 사실들이 당시 신문기사에서 인용한 것으로 보이는 담담한 문체로 기술되어 있었다.

사고 소식을 듣고 '나'(즉, 기타가와 다케시)는 부상자가 이송된 병원으로 급히 달려갔다. 몇 군데 병원을 '자네'(읽고 있는 나)와 나누어 전철을 타고 있었을 미즈가키 유미코의 안부를 물으러 돌아다녔다.

그녀는 무사했다고 기타가와 다케시는 쓰고 있다.

오른쪽 무릎을 다쳤을 뿐 생명에는 별 지장이 없었어. 멀리서 봐도 의식은 또렷한 것 같았어. 그녀 자신이 연락을 취한 건지, 병실엔 이미 친척으로 보이는 사람들 몇 명이 몰려와 있어서 내가 들어갈 여지는 없었지.

결국 그 비오는 날 밤, 난 미즈가키 유미코와는 말을 나누지 못한 채 헤어졌어. 그저 미련이 남아서 병원 대합실에서 잠시 시간을 보내다가 그때 마침 옆에 있던 젊은 여자에게 - 나중에 내 아내가 되는 여성 - 손수건과 잔돈을 빌려주었지. 이건 전에도 썼던 얘기야.

눈물이 멈추지 않는 여자에게 손수건을 내밀면서, 나는 '불행 중 다행'이라는, 아무리 생각해도 낙관적인 말을 떠올리고 있었어. 이 여인의 친척은 죽고 말았지만 미즈가키 유미코는 무사했어. 무릎 부상으로 끝난 것은 '불행 중 다행'이라고 말하지 않을 수 없었지.

내일이라도 그녀에게 병문안 가서 사과해야겠다. 사과하면 틀림없이 그녀는 용서해줄 거다. 우산을 두고 내린 내 부주의로 인해 그녀가 전철에서 내리지 못한 것도, 그 때문에 이번 사고를 만난 것도, 그녀는 웃으며 용서해줄 것이다.

오늘 밤 일어난 일은 시간이 흐르면 모두 우스운 얘기거리가 될 거라고 난 생각했어.

하지만 기타가와 다케시의 예측은 지나치게 낙관적이었다.

사고 다음날, 미즈가키 유미코를 병문안하러 병원에 갔을 때, 그는 단호하게 면회를 거절당하고 만다.

나는 거기까지 이야기를 읽고서 마우스에서 손을 뗐다.

두 눈을 감고 오른손으로 관자놀이를 마사지하면서 조금 전까지 재삼 생각하고 있던 것을 다시 떠올렸다.

하나는, 오타 아키코에게 확인을 부탁한 졸업앨범 건이었다.

졸업앨범에서 만일 기타가와 다케시의 이름이 발견되지 않는다면 애초부터(그 비 내리던 밤에 전화를 걸어왔던 때부터) 그가 거짓말을 했다는 것이 증명된다. 그렇게 되면 기타가와 다케시라는 이름조차 더 이상 의미가 없으므로 내가 지금 읽고 있는 이 이야기도 계속 읽을 가치가 없는 엉터리가 되는 것이다.

그러나 만일 졸업앨범에 기타가와 다케시의 이름이 있다면, 그때는 이 이야기를 어떻게 봐야 할 것인가. 본인이 실제로 한 체험을 썼다고 주장하고 있는데다가, 확실한 몇 가지 사실로 뒷받침되어 있는 (게다가 나 자신까지 등장하는) 이 이야기를 어떻게 해야 할까? 이야기 전체를 '트루 스토리'로 여기고 끝까지 읽어야 할까?

관자놀이를 주무르다가 컴퓨터 화면으로 눈을 되돌리기 전에 나는 다시 생각해보았다.

그냥 글만 읽고 있을 게 아니라 그 전에 해볼 만한 일이 없을까? 졸업앨범 확인처럼 무언가 스스로 확인해볼 수 있는 길은 없는 것일까?

나는 의자에서 일어나 서재 벽에 걸어 놓았던 웃옷에서 명함집을 꺼냈다.

기타가와 다케시의 대리인의 명함이 그 안에 있었다. 그 가토 유리라고 하는 여자에게 연락을 취하는 일부터 시작해보자. 그녀에게 몇 가지 질문을 던져볼 가치는 있을지도 모른다.

하지만 가토 유리와는 연락이 되지 않았다.

사무실 번호로 전화를 걸자 아주 정중하게 전화를 받은 여성이 가토 주임은 오후부터 외근이라고 가르쳐주었다. 급하냐고 물어오기에, 나는 이름과 집 전화번호를 남기고 전화를 끊었다. 그 직후 휴대전화 번호로 걸어보았지만 그것도 벨이 한 번도 울리기 전에 자동응답 메시지로 연결되었다. 나는 다시 이름과 집 전화번호를 녹음에 남기고 전화를 끊었다.

그러고서 무선전화기를 들고 현관까지 나갔다. 오전에 아내가 보냈던 택배의 봉투를 발견하고 거기에 붙은 배달 전표에서 보낸 사람의 전화번호를 읽었다.

서재로 돌아오면서 그 번호로 전화를 걸어보니 벨소리가 다섯 번 울리고서야 겨우 전화가 이어졌다.

"여보세요."

딸이 말했다. 아내의 목소리와 비슷했지만 딸 하즈키의 목소리였다. 나는 서재 문 앞에서 발길을 멈추고, 적당한 말을 떠올리지 못해 한 번 헛기침을 했다.

"……엄마는?"

"아빠?" 하고 말끝을 올린 목소리 뒤에 딸이 대답했다. "엄만 지금 없어요."

"그래?"

"발레 스쿨 사무실에 있을 거에요. 근데, 거기에도 없을지 몰라요. 가을에 정기공연이 있기 때문에 엄청 바빠서 매일 사람들 만나고 오거든요. 아시죠?"

"……으응. 그래 어떠니?"

"근데요, 지금 고등학교 친구가 놀러 와서 홍차를 끓이고 있던 참이거든요. 엄마한테 뭐 볼 일이라도?"

"아니, 급한 건 아냐. 다시 거마."

전화를 끊은 뒤에 나는 생각해보았다.

아시죠? 라는 딸의 말은 아내가 경영하는 발레 스쿨의 전화번호를 뜻하는 것이었을까, 매년 가을에 정기공연이 있음을 뜻하는 것이었을까, 아니면, 이런 낮 시간에 집에(모녀가 이사한 아파트로) 전화를 걸어봤자 아내를 찾을 수 없다는 뜻이 담긴 것이었을까?

어쨌든 나는 아내와의 연락을 단념했다. 아내가 휴대전화를 갖고 있는 것은 알고 있고 번호도 알려주었지만, 그것을 어디에 적어놓았는지 얼른 생각이 나지 않았다. 아내의 휴대전화로 전화를 건 일이 한 번도 없었던 것이다.

서재로 들어가 컴퓨터 앞에 다시 앉았다.

무선전화기는 책상 한쪽에 두고 담배 한 개비를 천천히 시간 들여 피우면서 오로지 오타 아키코의 연락을 기다렸다. 가만히 있다 보니 졸음의 습격을 받은 모양이었다. 5분으로 작동 시간을 설정해둔 화면 보호기가 떠서 컴퓨터 화면에는 다시 날개 달린 토스터들이 날아다니고 있었다.

책상 위에 놓인, 오늘 아침 아내가 보내온 물건을 집어 들고 안을 열었다. 직사각형 케이스의 잠금장치를 풀고 양쪽으로 열면 크기가 두 배로 되는 게임판이다. 오렌지와 블루로 색이 나누어진, 가늘고 긴 삼각형의 포인트 눈금이 각각 판 위에 그려져 있다.

이 백가몬 게임판은 틀림없이 20년쯤 전에 내가 독신일 무렵 사두었던 것이다. 그러니 아내와의 별거에 즈음하여 각자 자기 물건을 나

눈다면 군말 없이 내 것이라고 말할 수 있다.

그러나 우리 부부의 추억이 담긴 물건이라고 할 수도 있었다.

결혼하기 전은 물론이고 결혼 후에도 아직 젊었을 무렵의 아내는 자주 백가몬의 상대를 해주었다. 우리 둘은 질리지도 않고 게임을 거듭했고, 점수를 매기고, 시시한 것을 걸고 놀았다.

트뤼포의 '400번의 구타' 속에서 두 소년이 침대 위에서 담배를 피우면서 이 게임에 열중했던 것처럼, (기타가와 다케시가 지적한 그 장면을 나도 기억하고 있었다) 휴일에는 아침부터 저녁까지 부부가 잠옷 차림 그대로, 다음 차례가 되어 손이 빈 쪽이 갓 태어난 딸을 보면서 침대 위에서 주사위를 흔들고 말을 움직이는데 열중했던 적도 있다.

그로부터 세월이 흘러 아주 정반대 사정으로, 다시 말해 우리 부부의 관계가 이미 돌이킬 수 없을 정도로 악화된 시기에도 이 게임판이 등장한다.

딸 하즈키가 중학교에 막 들어갔을 무렵이니, 4년 전쯤이었을까? 딱 한 번 늦은 밤에 식탁 위에 이 게임판을 두고 아내와 마주 앉은 기억이 있다.

그날 밤도 아내의 귀가는 늦었다. 먼저 혼자서 저녁식사를 마친 딸이 내가 맥주를 마시고 있는 식탁으로 왔다. 어디서 발견했는지 추억 어린 백가몬 케이스를 꺼내 와서 같이 하자고 졸라댔다. 그래서 나는 오래간만에 게임보드에 말을 늘어놓고 주사위 컵을 손에 들 기분이 났던 것이다.

게임 규칙과 몇 개의 정석을 딸에게 설명하면서 두 게임 정도 상대했던 것 같다. 두 게임 모두 주사위가 초보자 편을 들어주어서 나는 이

길 수가 없었다.

　이해가 빠른 딸은 게임을 계속 하고 싶어 했다. 다음 게임을 위해 우리는 동전 모양의 색이 다른 말 15개씩을 판 위의 정해진 위치에 놓았다. 그때 아내가 돌아왔다.

　현관까지 엄마를 맞이하러 간 딸은 주방으로 돌아오지 않았다.

　엄마의 명령에 따라 자기 방으로 물러간 건지, 자기 의지로 그랬는지는 모르겠다. 당시 중학생이었던 딸이 부모가 얼굴을 마주할 때마다 그 자리에 생기던 무겁고 지친 공기를 눈치 채지 못했을 리는 없다.

　주방으로 들어온 아내는 식탁 위에 펼쳐진 게임판을 보고도 표정을 바꾸지 않았다. 어쩌면 사 가지고온 비닐봉지 속 물건을 냉장고에 넣은 뒤에 일을 마치고 돌아온 정장 차림 그대로 방금 전까지 딸이 있던 의자에 앉아서 나와 마주하기 전까지 게임판이 있는 것을 알아채지 못했는지도 모른다.

　아내가 앉을 때 나는 일어나서 냉장고에서 새 맥주를 꺼냈다. 되돌아 자리에 앉으니 게임판이 내 쪽으로 많이 밀려 와 있었고, 아내 앞에는 흰 접시 위에 나이프와 그녀가 좋아하는 스위티라는 이름의 (그레이프프루트와 모양도 색도 비슷한) 신종 과일 하나가 놓여 있었다.

　그리고 우리는 각자 먹을 것을 먹고 마셔야 할 것을 마셨다. 특별히 나누어야 할 얘기도 없었다. 그녀의 습관적으로 뚱한 반응을 떠올리니 적어도 내 쪽에서 말을 걸고 싶은 마음은 생기지 않았다. 그레이프프루트와는 다른 그 과일 속껍질 속에 든 것은 알 하나하나가 크고 껍질 벗기기가 쉬워서 그녀는 스푼을 쓰지 않고 직접 손가락 끝으로 속껍질을 찢어서 알맹이를 입에 머금었다. 나는 직접 맥주를 따라 마시면서 아내가 딸과 나를 위해 준비한 저녁 식사에 곁들여진 야채를 가끔 젓가락으로 집었다.

이 결혼 후회하고 있어요?

한창 식사 중일 때 아내가 어떤 계기에서 물어왔는지 이제 잘 기억나지 않는다.

어쩌면 당돌하게 그 질문만을 아내는 던졌는지도 모른다. 백가몬 게임판을 사이에 두고 가벼운 어조로 던져진 그 질문에 나는 그닥 놀라움도 느끼지 않았다.

"후회하고 있어."

내가 대답한 것은, 한편으로는 내가 그렇게 말하기를 아내가 바라고 있음을 빤히 알고 있었기 때문이다.

난 전부터 결혼을 후회하고 있어요, 당신은 어때요? 라고 아내는 물었던 것이다. 난 이대로 침대 위에서 백가몬이라도 하며 하루를 보내고 싶어, 당신은 어때? 라고 갓 결혼했을 무렵에 물었던 것처럼. 아이를 낳는 것은 하즈키 하나로 충분한데, 당신은 어떻게 생각해요? 라고 미리 결론이 나 있는 문제를 나에게 맡기는 척했을 때처럼.

"그 말 들으니 안심이 돼요."

스위티 속껍질을 입으로 뜯어내면서 아내가 대답했다. 결코 허세부리는 말투는 아니었다.

"실은 나도 그래요. 우린 지금 같은 생각을 하고 있어요. 하지만 구체적인 이혼 얘긴 보류하기로 해요. 하즈키가 고등학교에 들어가 좀 더 어른다운 분별력이 생길 때까지요. 그래서 한 가지 제안이 있는데, 그때까지 당신은 서재 침대에서 자는 걸로 하는 게 어때요?"

고개를 가로저을 이유가 내게는 없었다.

무엇보다도, 그 이전부터 나는 서재 침대에서 자는 것이 습관처럼 되어 있었던 것이다. 그저 그 점에 관해 명확한 합의가 서로 이루어져 있지 않았을 따름이다.

애초에 아내는 집안에 남편이 쓰는 방이 있다는 것, 게다가 거기에 처음부터 싱글 침대를 놓아 두었다는 것을 마음에 들어 하지 않았다. 훨씬 옛날 일을 꺼내자면, 시내에서 떨어져서 마바시라고 하는 곳에 집을 짓는 것 자체도 내켜하지 않았다.

같은 지바 현 내에 사는 우리 쪽 친척의 소개로 1980년대 후반에 그 시절 치고는 파격적으로 싼 값에 땅을 사지 않았더라면, 또 딸이 초등학교에 올라가기 전에 자기 집을 갖는다는 결혼 당초의 계획과 그 계획을 아는 양가 부모들의 강력한 권유가 없었더라면, 우리는 훨씬 도심에 가까운 아파트에서 살림을 했을 것이다.

그리고 아내가 (부부가, 라고 말해야 하는 것이겠지만) 구체적인 이혼 얘기의 첫 걸음으로서 별거를 단행하는 시기도 지금보다 훨씬 빨라졌을 것이다. 부부간의 명확한 합의가 있든 없든 간에 아파트 생활에서는 '가정 내 별거'라는 형태를 유지하기 어려웠을 테니까.

그날 밤 아내는 이혼 시기를 딸이 고등학교에 들어갈 때라고 잘라놓았지만, 그것은 돌아가신 아버지에게서 물려받은 사업을 그녀의 타고난 강한 성격과 사교성을 발휘하여 다시 일으켰을 때라는 시기와 겹친 것이기도 했다. 그 점은 이미 4년 전에 그녀의 계산에 포함되어 있었던 것 같다.

"당신한테서 아무것도 빼앗을 맘은 없어요."

그날 밤에 그녀는 분명히 말했다. 스위티 한 개를 통째로 다 먹은 뒤에 일시적인 기분에 주사위 컵에 손을 뻗어 두 개의 주사위를 흔들어 보이면서 말했다.

"이 집을 위자료로 받는 일 따윈 생각도 하지 않아요. 안심해요. 돈도 필요 없어요. 당신이 출판사에서 월급을 얼마 받는지 잘 알고 있거든요."

주사위 컵에서 굴러 나온 주사위 눈을 보더니, 그녀는 그때만큼은 나에게 웃는 얼굴을 보여주었다. 조금 전까지 중학생인 딸이 웃고 있었던 것과 똑같은 웃음을. 지금도 기억나지만 두 개의 주사위 눈은 모두 6이었다.

정석대로 판 위의 말을 이동시키고 그녀는 이렇게 말했다.

"당신이 하즈키를 욕심내지 않는다는 것도 잘 알아요. 당신이 여기서 혼자 살아갈 수 있는 사람이란 것도 알아요. 그러니까 난 안심하고 하즈키를 데리고 갈 수 있을 거에요. 당신이 바라는 대로죠.

당신은 이 집 대출금을 갚으면서 자유롭게 혼자 살면 될 거에요. 난 나대로 멋지게 해나갈 수 있어요. 괜찮아요, 난 당신보다도 훨씬 강한 운을 타고 났으니까요. 하즈키도 걱정 말아요. 아이나 나나 앞으로 일체 당신의 도움은 받을 생각이 없어요. 그러니까 당신은 당신 장래만 생각하고 살면 되는 거에요."

두 개의 주사위를 집어 들고, 다시 한 번 주사위 컵 안에 던져 넣더니 그녀는 그것을 흔들었다. 굴러 나온 두 개의 주사위 눈이 또 모두 6이었던 것을 선명하게 기억하고 있다.

그 후 그녀가 식탁에 두고 간 그릇 위에 뒤집어진 두터운 과일 껍질과 얇은 속껍질과 벗겨 먹기 쉬운 스위티 알갱이 몇 알이 떨어져 있던 모습도 기억하고 있다. 그릇에 흘린 한 알 한 알의 모양이 그때 기분으로는 '빗방울'처럼 보였던 것도.

아직 두 사람이 젊고 서로 알게 된 지 얼마 안 되었을 무렵에는 비가 내릴 때마다 그녀는 그레이프프루트 알갱이를 빗방울에 비유했는데, 지금 그 비유를 쓴다면 이 새로운 과일 쪽에 훨씬 잘 어울리겠다고 생각했던 일도 기억한다.

1980년, 우리가 처음 만난 그날도 비가 내렸다. 아직 20세의 아가씨였던 아내는 나를 병문안하러 찾아온 병실 창가에 두 손을 허리 뒤로 깍지 낀 자세로 서서 바깥의 끊임없이 퍼붓는 비를 바라보며 (마치 빗방울 냄새를 맡아보려는 것처럼 상체를 기울여 코끝을 유리창에 가까이 하고서) 특기인 비유를 했던 것이다.

게다가 처음부터 아내는 강한 운을 타고났다는 말을 인생의 아군으로 삼아 내 앞에 나타났다.

그 비 내리던 날 오후, 아무런 예고도 없이 내 병실에 나타난 낯선 젊은 여자는 갑작스런 병문안 이유와 자기 자신의 강한 운을 연결시켜 말했다. 나는 여우에게 홀린 듯이 그 말을 들었고, 운이라고 하는 단어를 쓴다면 아무렇게나 수염이 자라 병실 침대에 누워 있는 나에게 해당되기보다는 다섯 살 아래인 이 겁 없는 아가씨에게 쓰는 것이 마땅할 거라고 스스로를 납득시키지 않을 수 없었다.

그 후에도 그녀는 어디까지나 자신의 운을 믿었던 것 같다. 예를 들어, 우리의 너무 빠른 결혼 때도 그랬고, 그녀에게 있어선 너무 빨랐던 출산 때에도 늘 낙관적인 (나쁘게 말하면 운만 믿는) 전망만 했다. 물론 주위의 반대에는 귀를 기울이지 않았고 나의 신중함 따위란 그녀의 눈에는 그저 나약함으로 밖에 비치지 않았을 터이다.

실패를 깨달았을 때, 그녀가 한 일은 운이 강하다는 말을 다시 꺼내는 것이었다. 그리고 그 말을 결혼 생활의 마지막 몇 년 동안에 아주 간단하게 실증해 보였다. 그녀는 자립 준비를 갖춘 뒤에 딸을 데리고 집을 나갔다. 한편, 내가 한 것이라고는 그저 그때가 오기를 기다리는 일뿐이었다.

기억을 더듬어내자면 끝이 없다.

4년 만에 열어 본 백가몬 케이스를, 나는 안을 들여다보기만 했을 뿐 주사위 컵이나 두 가지 색깔의 말에 손을 대보지도 않고 그냥 뚜껑을 닫았다.

그대로 책상 위에 두자니 눈에 거슬려서, 일어나 책장 꼭대기의 빈 자리에 얹었다.

의자로 돌아와 마우스에 손을 얹고 다시 컴퓨터 화면의 글과 마주했다.

어처구니가 없다. 이것이 '트루 스토리' 일 리가 없다. 그렇게 생각하면서도 왜 나는 기타가와 다케시의 이야기를 계속 읽고 있는 걸까?

계속되는 이야기에는 20세에 사고를 당한 아가씨에게 이어지는 이후의 불행이 죽 적혀 있었다.

미즈가키 유미코의 오른쪽 무릎 상처는 심했다. 뿐만 아니라 그녀의 양쪽 다리에는 전철의 화재에 의한 화상 자국이 남게 되었다는 이야기였다.

……골절과 화상은 미즈가키 유미코가 어릴 적부터 꾸어온 꿈을 빼앗아가 버렸어.

그녀의 꿈과 동시에 그녀를 존재하게 하는 모든 것을 빼앗아가 버렸지. 스무 살 아가씨다운 발랄함도, 화려함도, 선 자세에서 느껴지는 고상한 분위기도, 상쾌한 걸음걸이도, 미아를 향한 배려도, 변덕스러워 보이는 장난기 띤 웃음도, 전철에서 말을 걸어온 낯선 사람을 향한 호기심도, 내가 기억하는 그녀의 모든 것을 빼앗아가 버렸어.

……그래도 그녀가 자살하는 데에는 1980년 사고 이후 7년이라는 세월을 필요로 했지. 그동안에 그녀는 음악대학을 휴학하고 치료에 전념하는 생활에 들어갔지만 무릎 상처는 수술 후에도 오른쪽 다리를 끌면서 걸어야 하는 후유증을 남겼어. 화상 자국은 수술을 반복했다고 한들 완전히 원래 상태로 돌아오지 못했을 거야. 그 후에 그녀는 복학을 단념하고 집에 틀어박혔지. 7년이 흐르는 동안 끝내 그 사고가 그녀에게서 살아갈 기력마저 빼앗아가 버린 거지.

……물론 나는 사고 후에 몇 번이나 그녀와 연락을 취하려고 했어. 그녀의 집을 찾아내서 몇 번 쳐들어간 적도 있지. 그렇지만 그때마다 헛걸음이었어. 그녀는 나를 - 단 두 번 이야기했을 뿐 아직 이름도 모르는 남자 따위는 - 만나고 싶어 하지 않았어. 7년 후 그녀가 스스로 목숨을 끊기까지 나는 그 목소리조차 들을 수가 없었지.

27세의 나이로 인생을 마감한 불행한 아가씨의 이야기를 나는 대충 읽어 넘겼다. 왼쪽에서 오른쪽으로 그저 글자를 따라갔을 뿐이었다.

그 장의 마지막 단락을 기타가와 다케시는 이렇게 맺고 있었다.

미즈가키 유미코라는 이름을 이 이야기에서 발견했을 때, 틀림없이 자네는 미간을 찌푸렸을 거야. 눈을 비비면서 컴퓨터 모니터를 다시 한 번 쳐다봤을지도 모르지. 하지만 그 이름은 틀림없는 거야. 몇 번이고 말하지만 이건 트루 스토리네. 자네가 믿든 믿지 않든 간에 내가 맨 처음에 살았던 인생인 1980년 이후에 일어난, 있는 그대로의 사실이야.

자네는 그녀가 누구인지 알 거야. 1980년에 20세였던 그녀의 당시 꿈이 무엇이었는지도, 그녀가 늘 갖고 다니던 커다란 나일론 가방 안에 뭐가 가득 들어 있었는지도 자네는 알고 있을 거야.

내가 그녀의 꿈을 엉망진창으로 만들어버렸어. 그때 내가 우산만 두고 내리지 않았더라면 그녀는 전철로 돌아가는 일도 없었을 거고 사고를 당하는 일도 없었을 거야. 난 그때로 돌아가 다시 살 수 있기를 간절히 바라고 있어. 마음 깊이 그렇게 바라고 있어. 그녀의 꿈을 이루어주기 위해, 아니, 20세의 아가씨가 자기 힘으로 꿈을 이룬다는 당연한 권리를 되찾아주기 위해서, 1998년 9월 6일로부터 18년 전의 같은 날짜로 돌아가 다시 한 번 그 이후의 인생을 살겠다고 각오를 정한 거야.

나는 왜 이런 어이없는 이야기를 계속 읽고 있는 걸까?

이것이 실화일 리가 없다. 그렇게 생각하면서도 왜, 왜 다시 다음을 읽어나가고 싶은 충동을 억누를 수 없는 것일까?

분명히 나는 미즈가키 유미코가 누구인지 알고 있다.

당시 아직 20세였던 그녀의 꿈이 무엇이었는지, 그녀가 늘 갖고 다니던 가방 안에 뭐가 가득 들어 있는지도 나는 기억하고 있다.

미즈가키 유미코는 지난 18년 동안 내 곁에 있었다.

미즈가키란 나와 별거 중인 아내, 아키마 유미코의 결혼 전 성인 것
이다.

플로피 디스크_

18년 전 전철 전복 사고가 나던 날 밤으로 - 아이리스 아웃 / 아이리스 인을 거쳐 - 내 의식이 단숨에 도약하기 직전의 시간.

그때를 지켜봐줄 자네하고 친구로서 마지막 말을 나누었던 짧은 시간.

1998년 9월 6일, 일요일.

오후 7시 15분.

시모키타자와 역을 향해 달리는 전철 안에서부터 다시 한 번 이야기를 해보겠네.

우리는 앞에서 두 번째 차량의 가운데 문 근처에 서 있었어. 전철 진행 방향으로 따지자면 왼쪽 문이 되지.

빗방울로 뒤덮인 문 유리에는 자네의 옆얼굴이 비춰지고 있었어. 자네는 내 옆에서 문간 기둥에 기대듯이 서서 뭔가를 골똘히 생각하고 있는 모양이었지.

이제 때가 됐다고 난 생각했어. 앞으로 5분 뒤면 전철은 시모키타자와 역에 도착해. 틀림없이 그 전에 난 18년 전 과거로 돌아가 있을 거야. 아이리스 아웃으로 현재의 내 의식은 순식간에 끊어지고 아이리스 인으로 1980년 25세인 나 자신으로 깨어나겠지.

그렇지만 그것은 지금 여기에서의, 1998년 이 전철 안에 있는 내 육체의 죽음을 의미하기도 해.

아이리스 아웃이 생긴 순간, 43세인 나는 이 세상에서는 의식이 사라진 껍데기가 되겠지.

우리가 동갑내기 친구로 이야기를 나누는 것도 두 번 다시 없을 거야.

물론 1980년으로 돌아간 내가 자네와 접촉할 수는 있겠지. 하지만 그쪽의 자네는 아직 25세이고, 25세의 자네에게 있어서 나는 얼굴과 이름을 겨우 기억해낼 정도의 고등학교 동창에 지나지 않아. 더구나 설사 만난다고 해도 그때 나는 이미 자네와 같은 나이가 아니라 25세의 육체를 가진 43세의 인간인 거야.

정차하지 않고 통과하는 역의 하얀 표시판이 흘러 지나가고, 급행 전철이 다시 속도를 올렸지.

"이제 곧이야." 나는 소리를 내 말했어. "2, 3분 뒤면 시모키타자와 역에 도착할 거야. 틀림없이 그 전에 난⋯⋯."

자네가 깊은 한숨을 내쉬었어. 기둥에서 몸을 떼고 양손으로 긴 머리카락을 쓸어 올리고 나서,

"틀림없이 이 차량에선 대소동이 일어날 거야."

그러면서 다른 승객의 귀를 의식해 내 쪽으로 얼굴을 가까이하고는 작은 소리로 말을 이었어.

"자네가 말한 그대로의 일이 일어난다면 자네는 죽을 거야. 자네 의식은 18년 전으로 가고 시체가 여기에 남을 테지."

난 미소 지어 보였어.

"자네 시체를 부둥켜안고 모두에게 어떻게 설명을 하면 되겠나? 정신

없이 달려온 부인에게 난 뭐라고 말하면 되지?"

"아무렇게나."

"가족에 대한 미련은 없어?"

"이제 됐어. 이 전철을 타기 전에 얘기한 것처럼 마음의 준비는 벌써 끝났어. 그런 건 이제 아무래도 좋아."

"남겨진 부인이랑 아이들의 마음은……."

"결혼은 실패였어." 난 대답했지. "결혼한 것도 아이를 만든 것도 지금은 후회하고 있어. 미즈가키 유미코의 일생을 엉망으로 만들어놓고 나 혼자 여기까지 살아온 것 자체를 후회하고 있어. 후회하면서 인생을 이어갈 정도라면 이 세상에서 아예 없어져 버리는 편이 낫지. 게다가 내가 여기에서 죽으면 가족에겐 약간의 보험금이 돌아갈 거야."

"기타가와, 자네는 지금 자네가 한 말이 무섭지 않아? 앞으로 자네에게 일어날 일이 두렵지 않단 말이야?"

"말했잖아, 벌써 몇 번이나 경험한 일이야."

"하지만 이제까지와는 달라." 자네가 말했네. "다음엔 18년 전이야. 기껏해야 몇 초나 몇 분 정도가 아니고, 일주일 전 과거로 돌아가는 것도 아니야. 1980년이라면 이미 기억도 할 수 없을 정도의 오랜 옛날이라고. 지금과는 전혀 다른 시대지. 타란티노도 데뷔하기 전이고 트뤼포 역시 살아 있을 때야. 세상 끝까지 시간을 뛰어넘는 일 같은 거라고……. 왜, 뭐가 웃겨?"

"자네 말투." 난 웃는 얼굴 그대로 대답했어. "자네가 앞으로 일어날 일을 믿고 있는 것처럼 떠들고 있잖아. 다 큰 남자가 전철 안에서 기적이 일어난 뒤의 걱정을 하고 있어. 자넨 지금 자네가 한 말이 이상하지 않아?"

"난 심각하게 얘기하는 중이야." 말하면서 자네는 쓴웃음을 지었어. "만일 앞으로 자네가 말하는 기적이 일어났다고 해도 그 기적은 아무도 확인할 수가 없어. 뒤에 남겨진 우린 아무것도 볼 수가 없단 말이야. 실제로는 자네가 그냥 돌연사하고 마는 것에 불과할지도 몰라. 그런 사실이 두렵지 않아? 웃으면서 얘기할 수 있을 일이냐고."

자네의 직감은 그때 기적을 믿어가고 있었던 것 같아.

지금 이 이야기를 읽고 있는 - 1980년 그날을 경계로 전혀 다른 18년의 인생을 걷게 된 - 자네가 아니라 내 친구였던 43세의 자네는 분명히 그때 상식을 뒤엎을 무언가가 이 세상에서 생기고 있다는 직감에 도박처럼 기대고 싶어 했어.

바꿔 말해, 앞으로 내 신상에 일어날 사건이 단순한 육체의 죽음이 아니라 기적이 남긴 흔적이기를 바란다는, 어느 정도는 나와 같은 것을 바라고 있었던 거야.

"어쨌거나 결과는 곧 나올 거야." 난 다시 미소 지어 보이며 대답했어. "이제 두려워할 시간이 없어."

"이봐, 기타가와……."

"시간이 없어." 난 되풀이했어. "아키마, 난 돌아가고 싶어. 1980년 그날 밤으로 말이야. 돌아가서 미즈가키 유미코와의 관계를 처음부터 다시 만들고 싶어. 솔직히 말하면 그게 가장 큰 소원이야. 할 수만 있다면 난 그녀를 내 사람으로 만들고 싶어. 그 마음은 18년 전부터 내내 변하지 않았어."

다음 정차역은 시모키타자와라는 방송이 흘러나왔어.

자네는 또 다시 두 손으로 초조한 듯 앞머리를 빗어 올렸지.

43세라는 나이치고 젊어 보이게 하는 그 긴 머리를 난 마지막으로 보았어. 여러 번 빨아서 색이 빠진 면바지 위로 옷자락을 늘어뜨린 세로 줄무늬의 버튼다운 셔츠를, 바닥이 두툼한 푸른색의 나이키 운동화를, 난 자네의 마지막 모습으로 새겨 넣었지.

"언제 그게 오는 거지?" 자네가 물었어.

"곧."

"오면 신호해줘."

"아키마."

난 그것이 마지막이라는 심정으로 불렀어.

"이 얘길 책으로 써. 내가 죽으면 있는 그대로를 글로 써서 자네가 영화로 찍어주면 좋겠어."

"응, 그렇게 하지."

자네는 크게 끄덕이고는 내 손을 잡더니 자기 팔을 잡게 했어.

"그런 말 하지 않아도 그렇게 할 거야. 애초에 그럴 생각으로 오늘 만난 거니까. 난 이 눈으로 결과를 확인할 거야. 그러니까 그게 오면 신호로 내 팔을 세게 쥐라고. 그냥 죽은 게 아니라 시간을 뛰어 넘었다는 표시로 말이야. 설사 자네가 잘못되어 죽지 않는다고 해도 난 지금까지의 자초지종을 책으로 써서 영화로 찍을 거야. 기적을 굳게 믿은 얼빠진 사내의 얘기를."

역에 다가서며 브레이크를 걸기 시작한 전철이 크게 좌우로 흔들리며 삐걱거렸어.

카운트다운할 때와 같은 긴장을 자네는 농담으로 덮어보려고 애썼지.

"그렇지만 만일 자네가 무사히 18년 전으로 간다면, 그쪽의 나에게 안부 전해줘. 아니, 그 전에 시모키타자와에서 전철에 타려는 나를, 사고 당할 전철에 타려는 나를 말려줘야 해. 이번에 자네가 우산 챙기는 걸 잊지 않고 그녀와 함께 내리게 되면 내가 말 거는 걸 망설이게 될 지도 몰라. 어쩌면 자네가 나를 못 볼 가능성도 있어. 그러니까 반드시 자네가 날 찾아내 말려줘. 그리고 그런 다음에, 알겠어? 25세인 나, 아키마 후미오에게 이렇게 말하는 거야."

난 얼굴에 미소를 띤 채 자네 얘기를 들었어. 자네는 내 얼굴을 응시하며 얘기를 이었지.

"아키마 후미오, 자네는 머잖아 책을 쓰고 영화를 찍을 거다. 20대 후반에는 영화계의 총아로 세상에 알려질 거다. 세상 사람들 모두가 자넬 떠받들어주겠지만 들떠서는 안 된다. 돈을 모아라. 모은 돈을 절대 낭비하지 말고 장래를 위해 저축하는 데 힘써라. 그렇게 말해 줘. 1998년의 이 나라는 불황에다가 영화계도 바닥이야. 영화 한 편 찍으려면 일단 자금 모으는 일부터 고생이지. 게다가 43세인 난 지금, 옛날 영화를 실컷 보기 위해 홈시어터를 만들 계획을 세우고 있는데, 그것 역시 예산을 짜보니 500만 엔 정도 들더군. 그런 거금은 지금 수중엔 없어. 뭘 하든 돈이야. 나이를 먹으면 먹을수록 돈이 필요해지지. 그러니까 25세인 내게 전해줘, 꼭……. 이봐, 기타가와!"

이미 아이리스 아웃이 시작되고 있었어.

시야가 동그랗게 조여드는 순간, 난 자네 팔을 잡은 손에 혼신의 힘을 쏟았어.

시모키타자와 역에 다가서면서 브레이크를 걸어 속도를 줄이기 시작한 전철이 옆으로 흔들리다가 심하게 삐걱거리는 소리를 냈어.

우리는 앞에서 두 번째 차량의 가운데 문 근처에 서 있었어. 전철 진행 방향으로 따지자면 왼쪽 문이 되지.

빗방울로 장식된 창문 유리에는 미즈가키 유미코의 옆얼굴이 비춰져 있었어.

1980년 9월 6일, 토요일.

손목시계의 바늘이 7시 18분을 약간 지났을 무렵이었지.

그 순간의 나는 냉정했어.

기적이 이루어진 순간. 아이리스 인과 함께 느닷없이 시력이 회복되었을 때에도, 발밑을 달리는 전철의 진동이 되살아났을 때에도, 비 내리는 밤 특유의 높은 습기와 온도를 피부로 느꼈을 때에도, 그 공기 냄새를 불과 한순간 전 - 18년 후의 세계를 달리는 전철 안의 공기 - 보다도 농밀하게 맡을 수 있었을 때에도, 난 냉정함을 잃지 않았어.

여기가 어디인지, 나 자신이 지금 어디에 서 있는지, 그때 나는 일말의 의심도 품고 있지 않았거든.

1980년의 달리는 전철 안으로, 내 뜻과는 달리 그냥 옮겨진 것이 아니라 나 스스로 도약하기를 바랐던 거야. 더구나 원하던 지점에 서 있는 것이니 새삼 당황할 이유가 하나도 없었지.

딱 한번 심호흡을 하고서 나 자신에게 시선을 돌리니, 난 밝은 회색의 여름 양복을 입고 있었어.

방금 전까지 입고 있던 양복에 비하면 얄팍한 옷감으로 만든 싸구려 같았지만, 감색 바탕에 노랑과 초록 줄무늬가 들어간 넥타이와 더불어 분명 그 시대의, 25세 당시의 내 출근 복장이 틀림없었지.

난 움찔하고 양손의 손가락을 구부려 주먹을 쥐어보았어. 그것이 내 의지대로 움직이는 육체인지 아닌지 확인이라도 해보는 것처럼 말이야. 25세의 내 몸은 돌아오기 전에 비해 훨씬 말라 있어서 몸집이 줄어든 것 같은 느낌이 들었어.

양복 안주머니를 뒤져보면 정기권이나 면허증처럼 그 시대의 나를 증명할 물건을 발견할 수 있을지도 모르지. 그러나 그 정도로 냉정함을 유지할 수 있을 만한 시간 여유가 없었어.

내리는 곳은 오른쪽이라는 차내 방송이 나왔어.

우린 그때와 마찬가지로 왼쪽 문 근처에 서 있었지. 그러니까 우리에게 있어서 그 내리는 문은 반대편 문인 거지. 바로 그런 이유로 전철에서 내렸다가 내가 두고 내린 우산을 가지러 다시 차에 탄 그녀가 금방 내리지 못하고 차안에 남겨진 거야.

내가 시부야 역에서 그 가운데 문으로 탄 것은 물론 그녀 옆에 서 있기 위해서였어. 그런데 그녀는 왜 처음부터 시모키타자와에서 내리기 쉬운 반대편 출입구 쪽에 서 있지 않았던 걸까? 난 그제야 그 점에 대해 약간의 이상함을 느꼈어. 하지만 그런 의문을 끝까지 파고들 시간도 없었지.

지금 이 순간 내 눈 앞에는, 30센티도 떨어져 있지 않은 곳에 미즈가키 유미코의 얼굴이 있었어. 조금 고개를 갸웃하면서 나에게 웃어보였어. 방금 전 내게 무언가 질문이라도 한 것일까? 내가 뭐라고 대답하기를 기다리고 있는 건가?

난 그녀의 웃는 얼굴을 똑바로 마주보지 못하고 시선을 돌렸어. 이대로 그녀의 웃는 얼굴에 넋을 잃고 바라보고 있다가는 시간이 영원히 흘러가버릴 것 같은 생각이 들었거든. 다시 한 번 심호흡을 할 필요가 있었지.

마음을 가라앉히고 앞으로 내가 해야 할 일, 무엇 때문에 여기로 되돌아왔는지 정신을 집중해서 생각해야 했어.

미즈가키 유미코의 웃는 얼굴이라면 앞으로 얼마든지 볼 수 있다. 그녀가 불운한 사고를 당하지 않는다면, 시모키타자와 역에서 이 전철을 내리기만 한다면 미래는 변할 것이고, 우리가 다시 만날 기회와 다시 만나 서로를 좀 더 알 수 있는 기회도 생길 것이다.

어쩌면 오늘 밤, 그때와는 달리 오늘 밤 전철을 내린 우리는 이야기를 나누게 될지도 모른다. 20세의 미즈가키 유미코와 - 그로부터 18년이나 되는 시간을 사이에 두고 - 25세의 육체를 가진 중년인 나와의 새로운 관계가 시작될지도 모른다.

그렇게 생각한 나는 냉정함을 잃기 시작했어.

"왜 그러세요?" 미즈가키 유미코가 물었어.

18년 전에 딱 두 번 들을 기회가 있었던 그녀의 목소리였지.

18년 동안 단 한 번도 잊은 적이 없는, 서 있는 모습이 아름다운 아가씨에게로 난 시선을 돌렸어.

시원해 보이는 물색 바탕에 꽃모양 프린트가 있는 긴소매 원피스. 머리 스타일도 기억하고 있던 그대로의 포니테일이고, 넓은 이마에는 엷게 땀이 나 있었어. 이미 워크맨의 헤드폰을 벗어 목에 두르고 있어서 그녀가 내 얼굴을, 전에 시부야 역에서 한 번 말을 나누었던 내 얼굴을 기억해준 이후의 시간이라는 것은 틀림이 없었어. 그리고 그녀의 발밑에는 그립기까지 한 커다란 나일론 가방이 있었지.

그렇다. 이 급행 전철이 시모키타자와 역 플랫폼으로 미끄러져 들어가기 직전에 우린 함께 내려서 어딘가에서 차라도 마시면서 이야기를 나누기로 되어 있었다. 내가 그녀에게 그렇게 하자고 했고, 그녀는 시원스럽게 끄덕여주었던 것이다.

전철이 시모키타자와 역 플랫폼으로 들어갔어. 완전히 정차하기까지 앞으로 몇 초밖에 남지 않았지.

침착해, 난 자신을 꾸짖었어.

일단 우산에 주의를 기울여야만 한다. 제일 중요한 우산은 어디에 있는 거지? 이번에야말로 잊어선 안 될 그 까만 우산은 어디에 있는 거야?

"왜 그러세요?" 미즈가키 유미코가 다시 물었어. "당신 이름도 안 가르쳐줄 거에요?"

옛날 그때, 전철이 멈추기 직전에 그녀가 내 이름을 묻고 내가 그 질문에 대답했던가?

전철이 완전히 정차하려 하고 있었어.

이제 문이 열리기 전에 그녀가 나를 향해 "실은요……." 하고, 마치 친근한 상대에게 작은 비밀을 털어놓는 듯한 말을 중얼거릴 터였지.

우산은 문 가 좌석 옆으로 가로질러 있는 난간에 손잡이 부분이 걸려 있었어. 난 손을 뻗어 그것을 잡았지. 아니, 잡으려다 말았어.

"먼저 내리세요." 내가 말했지.

물론 그녀의 대답은 없었어. 난 거듭 말했지.

"먼저 내려서 플랫폼에서 기다리세요."

미즈가키 유미코가 미간을 찌푸렸고, 표정에서 친밀한 기색이 사라졌어.

침착해라. 난 내 자신에게 타일렀어.

우산에 집착할 필요 따윈 없다. 요컨대, 미즈가키 유미코를 이 전철에서 확실히 내리게 하면 되는 거다. 그리고 또 하나, 시모키타자와 역 플랫폼에 있을 아키마 후미오를 이 전철에 절대로 태우지 않으면 되는 것이다. 그리고 또 한 가지…….

"실은 플랫폼에 아키마라는 남자가 있습니다." 난 부탁했어. "그 사람이 전철에 타지 않게 말려주었으면 해요."

"갑자기 무슨 얘기죠?" 미즈카키 유미코가 말했어.

"아키마 후미오, 내 친구 말입니다."

"그 사람하고 나하고 무슨 상관인데요?"

초조함이 단숨에 끓어올랐지.

갑가지 격렬하게 내리기 시작한 빗소리처럼 내 심장은 소리를 냈어……. 그리고 또 하나, 이 전철 맨 앞 칸에는 내리게 해야 할 두 사람이 있었지.

전철이 완전히 정차했어.

정차 시간은 어느 정도일까? 10초, 길어야 20초, 그 정도의 시간에 내가 해낼 수 있을까? 여기로 되돌아오기 전에 계획했던 것을 모두 처리해낼 수 있을까?

"부탁해요. 말하는 대로 해주세요. 사정은 나중에 말할게요. 역에 내린 다음에요."

문이 열렸을 때 난 다시 우산을 쥐고 있었어.

역시 이대로는 안 된다. 이 우산을 여기에 그냥 두면 전철에서 내리려던 미즈카키 유미코에게 물건을 두고 내렸다고 소리칠 여자애가 이 차 어딘가에 있다.

난 문이 열릴 방향으로 미즈카키 유미코의 등을 밀었어. 마지못해 그녀는 그쪽을 향해 걸었지.

열린 문을 통해 플랫폼으로 내려서는 그녀의 뒷모습을 눈 한쪽 끝으로 포착한 다음 순간 난 전철 첫째 칸을 향해 서둘러 움직였어.

한 손에 우산을 꼭 쥔 채 차안에 남은 승객 사이를 빠른 걸음으로 빠져나가면서, 난 이미 예측할 수가 있었지.

지금부터 내가 하려는 건 헛수고에 불과하다. 불과 십 몇 초 사이에 내가 할 수 있는 일은 아무 것도 없다.

첫 번째 칸으로 한 발자국 들어섰을 즈음 난 거의 체념하고 있었어.

그 전철도 우산을 든 승객들로 혼잡했지. 꼼짝도 못할 정도의 상태는 아니었지만 빈자리는 없었고 손잡이를 잡고 서 있는 사람의 모습도 눈에 띄었지. 그때 시모키타자와 역에 있던 사람들이 전철에 타기 시작했어.

그 가운데에서 초로의 부부 한 쌍을 찾아내기란 불가능한 일이었지. 낡은 사진으로밖에 본 적이 없는 부부를 설사 찾아낸다고 한들 전철에서 내리라고 알아듣게 말할 만한 시간은 부족했어.

그래도 난 차량 가운데까지 나아갔어.

이날 친지 아들의 결혼식에 갔다가 귀가 중인 부부. 두 사람은 나란히 좌석에 앉아 있을 것이고, 결혼식에서 받은 답례 선물을 무릎 위에 놓고 있을지도 모른다.

주위로 시선을 던지던 나에게 분명 답례품으로 보이는 네모난 종이가방이 얼핏 보였어. 전철 진행 방향으로 따지면 오른쪽 문에 가까운 좌석 근처였지. 생각할 겨를도 없이 그쪽으로 달려가려는 데 승객 몇 사람에게 막히는 바람에 내 손에서 우산이 떨어졌어. 주위에서 나를 향한 비난의 소리가 일었지.

떨어진 우산 따위에 신경쓸 겨를이 없다. 날 부르는 소리 따위에 상관할 상황이 아니다.

그런데 우산을 주워준 사람이 노란 모자를 쓴 여자아이라는 것을 깨달은 나는 그 자리에 멈춰 섰어. 감색 치마에 둥근 옷깃이 달린 하얀 블라우스. 블라우스 가슴께에는 플라스틱 이름표. 그런 교복 차림 초등학생이 토요일 이 시간에 혼자 전철에 타고 있다니, 책가방이 아니라 미키마우스가 그려진 빨간 가방을 들고서.

그때 두고 내린 우산을 발견해 소리치면서 미즈가키 유미코를 전철 안으로 다시 불러들인 것이 이 아이였던가?

그리고 그때도 전철이 시모키타자와 역에 정차하고 있는 동안 이 아이 또한 두 번째 칸에서 앞 칸으로 이동했던 것일까? 아니면 역시 두 번째 칸에 있었던 미즈가키 유미코가 사고 당시 앞 칸으로 옮겨 갔던 것과 어떤 관계가 있는 것일까? 아니면, 이번에는 내가 우산을 두고 내리지 않았기 때문에 여자아이의 미래가 그때와는 다른 방향으로 움직인 것일까?

떨어뜨린 우산과 그것을 주워 준 여자아이를 상관할 상황이 아니었어. 그럴 만한 시간 여유가 없다는 것을 분명히 알고 있었으니까.

이제는 어차피 마찬가지다. 시간표에 따라 시모키타자와 역을 출발한 전철은 불과 몇 분 뒤에 충돌 사고를 일으킬 테고, 최악의 피해를 입는 것은 이 첫째 칸에 탄 승객들이 되겠지만 이들 모두를 나 혼자 힘으로 살려내기란 도저히 불가능하다.

내가 할 수 있는 일은 지금 바로 이 전철에서 뛰어내려 내 몸을 지키는 것, 그게 아니면 기껏해야 내 아내의 - 18년 후의 시대에 남겨진 내 아내의 - 부모를 이곳에서 찾아내고 잘 설득하여 피해가 적을 뒤쪽 칸으로 데리고 가는 일 정도다. 그렇게 할 수만 있다면, 앞으로 나와 아내가 알게 될 계기는 영원히 사라지겠지만 적어도 아내가 내일부터 천애고아 신세가 되는 불행만은 피할 수 있다.

전철 가운데의 열린 문 옆에서 난 허리를 굽히고 있는 여자아이와 마주했지. 여자아이는 낯가림 없이 웃는 얼굴로 우산을 건네주었어.

"고맙다." 난 말했지. "이 전철에서 내리거라."

낯가림 없이 웃던 얼굴이 뭔가 이상한 것을 보는 눈초리로 변했어.

"이 전철에서 내려서 다음 전철을 기다려라."

여자아이는 날 계속 쳐다봤지. 마치 말하는 미키마우스가 앞에 서 있기라도 한 것처럼.

그때 발차를 알리는 벨이 울려퍼졌어.

이 여자아이를 안고 플랫폼으로 뛰어내릴 거라면 지금밖에 없다.

셋을 헤아리기도 전에 문이 닫히고, 이 전철은 시모키타자와 역을 떠날 것이다.

난 결심했지.

"내리란 말야!"

기도하는 심정으로 그렇게 명령하자 여자아이가 발길을 돌려 팔짝 뛰었어.

발차 벨이 그치고, 치맛자락을 팔락이며 여자아이가 플랫폼에 내려서서 나를 돌아보기도 전에 문이 소리를 내며 닫혔지.

전철이 시모키타자와 역을 떠나 움직이기 시작했어.

나는 손목시계에 눈을 모았지. 7시 22분.

다음 정차 역 바로 앞 건널목에서 대형 차량이 꼼짝 못하고 서 있고, 그곳에 이 전철이 덮치는 것은 7시 반경이다. 그러니까 앞으로 8분의 여유가 있다.

아니, 그런 숫자는 믿을 수가 없다. 애초에 누구의 증언을 근거로 쓰인 것인지도 모르고, 지금 기억하고 있는 신문기사의 7시 반경이라고 하는 숫자부터가 애매한 표현이다. 게다가 지금 이 시대의 내가 지금 차고 있는 손목시계가 1분의 오차도 없이 정확한 시각을 가리키고 있다고 장담할 수도 없다.

손잡이를 잡고 서 있는 승객들의 등과 등 사이를 비집으면서 나는 서둘러 앞으로 나갔어.

결코 도착할 리 없는 다음 역을 목표로 질주하는 급행 전철의 맨 앞 칸을 향해 걸어갔지.

그 부부는 분명히 거기에 있었어.

맨 앞 칸 오른편 앞쪽 문에 가까운 좌석에 둘이 나란히 앉아 있었던 거야. 사진으로 밖에 본 적이 없는 얼굴을 확실히 알아본다는 것은 무리지만 아내의 생김새를 그 부부의 얼굴에서 어렴풋이 찾아내는 정도라면 가능한 일이었어. 특히 남자 쪽의 가느다란 눈과 두툼한 입술 언저리에서 말이야.

게다가 두 사람 모두 결혼식에서 돌아오는 길이라고 봐도 하등 이상하지 않을 복장이었고, 예상했던 대로 선물이 든 가방을 무릎 위에 올려놓고 있었거든. 그 가방에 한 손을 얹고 다른 한 손에는 각자 우산을 잡고 있었지.

최대 5분이다, 시간 한계를 정한 나는 그들 앞으로 나아갔어.

"니시자토 씨."

말을 걸었어.

쉰을 넘은 남자 쪽은 눈을 감은 채 반응이 없었어. 예복 차림의 여자가 내 얼굴을 올려다봤지만, 잘못 들었다고 생각했는지 시선을 옆에 앉은 남편에게로 돌렸어.

아내의 모친이 다시 한 번 나를 올려다보더니, 이번에는 옆에 앉은 남자의 무릎을 우산 쥔 손으로 쿡쿡 찔렀어. 아내의 부친이 눈을 떴지.

"니시자토 마키 씨의 부모님이시죠?" 계속해서 내가 물었어.

초로의 부부는 일단 얼굴을 마주보더니 거의 동시에 끄덕여 보였지.

"중요한 얘기가 있습니다." 난 말했어. "지금 저와 함께 뒤쪽 칸으로 옮겨주시겠습니까?"

부부는 다시 얼굴을 마주보더니 거의 동시에 이상하다는 표정으로 날 쳐다보았어.

"부탁드립니다. 아무것도 묻지 마시고 그냥 뒤쪽 칸으로 옮겨주십시오."

"자네는, 누군가?" 아내의 부친이 물었어.

"따님하고 아는 사람입니다."

대답하면서 난 또다시 절망하기 시작했어.

이래서야 도저히 무리다. 5분 만에 이 부부를 설득해서 탈선을 모면할 수 있는 뒤쪽 차량으로 이끄는 것은 불가능하다.

"마키 친구라고?" 부친이 되물었어.

"같은 회사 분이신가요?" 모친이 물었어.

"마키가 뒤쪽 칸에 타고 있나?" 부친이 다시 물었지.

"타고 있습니다." 난 거짓말을 했어. "자, 빨리 일어나십시오."

하지만 그들은 자리에서 일어나려 하지 않았어.

검정색 양복을 차려 입은 부친은 내 말에서 아무래도 수상쩍은 낌새를 느꼈는지 더욱 경계하는 듯한 눈초리로 나를 바라볼 따름이었지. 짧게 쳐 올린 머리의 귀밑털 언저리의 백발이 눈에 띄는 50대 남자. 고지식하고 완고한 피를 아내에게 유전시켰을 부친.

시간이 부족하다. 이 사람을 납득시켜 뒤쪽으로 데리고 가는 건 불가능 하다.

"부인, 일어나십시오." 난 아내의 모친에게 말했어. "마키 씨가 뒤쪽 칸 에서 기다리고 있습니다."

"거짓말이야." 아내의 부친이 말했지.

다음 역을 향해 달려가는 전철이 옆으로 흔들리는 통에 난 휘청했지만 우산을 지팡이 삼아 버텼어. 손목시계를 힐끗 보니 제한 시간으로 정한 5 분이 다 가고 있었지.

난 아내의 모친의 팔을 잡았어.

아내의 모친이 비명을 지르고, 선물 가방이 내 발쪽으로 떨어져 안에 들어있던 백화점 포장지로 싼 네모난 상자가 굴러 나왔어.

"이봐, 난폭하게 그러지 마." 누군가 말했지. 내 오른쪽 옆에서 손잡이 를 잡고 있던 낯모르는 승객이었어.

그래도 난 아내 모친의 팔을 놓지 않았어. 모친이 몸을 비틀어 저항하 고, 아내의 부친이 일어나 주먹으로 내 가슴을 쳤어. 우산을 쥔 내 왼손은 그 낯모르는 승객에게 꼼짝 못하게 붙잡혔지.

난 모친의 팔을 놓아주었어. 그와 동시에 아내의 부친에게 떠밀려 낯모 르는 승객을 잡아끌면서 바닥에 쓰러졌지.

그 승객이 내 몸을 깔고 앉아 꽉 눌렀어. 거기로 또 다른 한 사람인가 두 사람의 남자가 덮쳤어.

이제 시간이 없다.

"내 말 좀 들어 봐." 난 바닥에 눌린 채 화가 나 소리쳤지.

이런 말을 해봤자 소용없다. 모르는 사람들에게 이제 와서 코앞에 닥칠 불행을 예언해본들 무슨 소용이 있겠는가. 아마 그들의 귀는 내 말이 미친 사람의 헛소리로 밖에 들리지 않을 터이다.

그래도 난 소리쳤어.

"이 전철은 사고를 당한다. 이대로 여기에 있으면 위험해. 모두들 뒷칸으로 피해야 한단 말이야!"

전철 안의 떠들썩함이 딱 멎었어.

전철이 달리는 소리만을 남기고 맨 앞 칸이 쥐 죽은 듯 조용해졌지. 불과 한순간이었지만, 내 고함소리를 들은 승객들은 모두 입을 다물었어.

나를 꽉 누르고 있던 힘이 느슨해지고, 남자들이 내 몸에서 떨어져 옆에 섰어. 난 상체를 일으켰지. 승객들의 우산 끝에서 떨어지는 물방울 때문에 전철 바닥은 흠뻑 젖어 있었고 갈색 신발 자국들이 그 근방에 온통 자국을 내놓고 있었어. 난 주저앉은 자세 그대로 주위를 둘러보다가 내 우산을 발견하고 주웠어. 25세의 내가 그날 점심식사를 한 카페 주인에게서 빌린 그 우산을 말이야.

전철 안 어딘가에서 실소가 새어나왔어.

"작작 좀 하시지." 내 앞을 막아선 사내가 말했어.

"정말이다. 이 전철은 맨 앞 칸과 둘째 칸까지가 탈선해서 전복된다. 특히 이 칸에서 많은 사망자가 나올 거다."

"더 이상 소란 피우지 마." 사내가 다시 말했어. "다음 역에 도착할 때까지 잠자코 있으란 말이야."

"이 전철은 다음 역에 도착하지 않아."

난 천천히 일어났어.

마지막이라는 심정으로 손목시계를 힐끗 보니 글자판의 두 바늘은 7시 30분을 가리키고 있었어.

사내가 내 멱살을 잡고 비틀어 올렸어.

이제 시간이 없다.

아내의 부모는 다시 자리에 앉아 다른 승객과 똑같이 질책의 시선을 내게 보내고 있었지. 이제 내가 할 수 있는 것이란 이 눈앞의 사내를 때려눕힌 다음 아무 생각도 하지 않고 될 수 있는 한 뒤쪽 칸으로 달리는 일뿐이었어.

그때 첫 번째 경적이 울려 퍼졌지.

눈앞의 사내가 입을 반쯤 벌렸지만, 물론 사내의 말은 경적 소리에 싹 지워져 버렸어.

차창을 흔들 정도로 강하고도 길게, 경적이 계속 울렸어. 맨 앞 칸에 탄 모두를 향한 불길한 예언으로서. 모두의 마음 깊은 곳에서 잠자고 있던, 창밖의 어둠보다도 시커먼 공포심을 흔들어 깨우기 위해서.

난 또렷하게 상상할 수 있었어.

이 앞에서 우리가 오기를 기다리고 있을 재앙을.

거대한 버섯구름처럼 밤하늘로 뿜어 오르는 불길의 색깔을.

난 눈을 감았어. 도망칠 시간은 이제 남아있지 않았어.

유리를 깊게 긁는 듯 불쾌한 소리를 내며 차바퀴가 계속 삐걱댔어. 경적은 마지막의 마지막 순간까지 멈추지 않았어. 이전에 미즈가키 유미코도 여기에서 똑같은 소리를 들었을 테지.

　다음 순간, 엄청난 충격음이 내 귀에 들어왔어.

　눈에 보이지 않는 커다란 물결에 휩쓸린 두 발밑의 감각이 멀어지고,
나는 내 멱살을 잡은 사내와 함께 그대로 공중으로 날았어.

회답_

금요일 오후가 되어 집으로 전화가 두 번 걸려왔다. 나는 서재에서 컴퓨터와 마주한 채 무선전화기로 받았다.

첫 번째는 오타 아키코의 전화였다.

"어제 부탁한 건 말인데."

그녀는 일단 용건부터 꺼냈다.

"지금 친정에 들러서 문제의 졸업앨범을 겨우 찾아낸 참이야."

"그래?"

"요컨대, 내가 갖고 있는 졸업앨범에 동창생으로 기타가와 다케시라는 학생의 이름과 얼굴 사진이 실려 있느냐, 그게 네가 알고 싶은 답인 거지?"

"그래. 그 대답을 기다리고 있어."

"대답은 예스야. 그리고 아키마……."

"대답은 예스? 앨범에 이름이 있다는 거야? 기타가와 다케시라는 남학생이 진짜 앨범에 실려 있어?"

"그래, 게다가 아키마 너하고 같은 페이지야. 같은 페이지에 실려 있다는 의미는 알지?"

"……그래, 알아."

그렇지만 오타 아키코는 다시 확인을 했다.

"그러니까 기타가와 다케시하고 아키마 후미오는 같은 반이었다는 거야, 고등학교 3학년 때."

이로써 적어도 기타가와 다케시가 내 고등학교 동창으로 실존하는 인물이라는 점은 명확해진 셈이다. 오타 아키코의 목소리가 다시 이어졌다.

"3학년 5반. 기타가와 다케시, 야구부."

"기억나?"

"설마." 오타 아키코는 대답했다. "200년이나 된 일을 기억하고 있을 리가 없잖아? 야구부라고 얼굴 사진 밑에 써 있어."

"어떤 얼굴이지?"

"어떤 얼굴이냐면……. 이렇다 할 특징이 있는 얼굴은 아니고, 당연하지만 젊으네."

"미안하지만 그 앨범 좀 빌릴 수 있을까? 택배로라도 이쪽으로 보내줄 수 있어?"

"알았어. 난 아직 취재 때문에 돌아다닐 데가 있으니까 엄마한테 부탁하고 가지. 오늘 중에 보내라고 할게."

"고마워. 꼭 돌려줄게."

나는 집 주소를 받아 적게 했다.

"저 말이야, 아키마." 오타 아키코의 말투에서 시원스러움이 사라졌다. "하나 물어보고 싶은데."

"뭐, 대단한 일은 아니야." 나는 선수를 쳐서 대답했다.

당연히 기타가와 다케시라고 하는 동창을 왜 조사하려는지 오타 아키코가 물어오리라고 예상했던 것이다.

그런데 그녀의 질문은 전혀 다른 방향에서 왔다.

"왜 나야?"

"……뭐?" 허를 찔린 나는 되물었다.

"왜 이런 부탁을 나한테 한 거지?"

"그러니까 기타가와 다케시라는 남자의 확인하고 너 사이에 무슨 관계가 있느냐는 질문이라면, 어제 말한 대로 전혀 무관해."

"아니, 그런 질문을 하고 있는 게 아냐. 아키마, 넌 왜 나한테 이런 부탁을 한 거냐고? 다른 사람이 아니고."

내가 질문의 의미를 생각하며 대답을 준비하는 동안에 전화기에서 담배에 불을 붙이는 기척이 전해졌다.

"너밖에 없어." 나는 솔직하게 말했다.

"나밖에 없어?"

"응. 졸업앨범과 연관이 있는 사람은 너 말고 생각이 안 났어. 고등학교 동창으로 지금도 연락하고 있는 친구는 한 사람도 없거든. 동창들 이름하고 얼굴은 기타가와 다케시 뿐만 아니라 이젠 아무도 기억나지 않아."

"그랬군. 어쨌든 200년이나 된 옛날 얘기니까. 나도 마찬가지일지도 몰라."

"그래도 너하고는 졸업하고서 몇 번 만났잖아."

"기억해." 오타 아키코가 인정했다. "마지막으로 만난 게 1980년 딱이 무렵, 내가 널 병문안 갔을 때지."

그렇다, 아직 신참 기자였던 오타 아키코는 자기네 신문기사에서 내 이름을 발견하고 병실까지 찾아와주었던 것이다.

그때 그녀는 침대에 누운 내게 명함을 건네고 고등학교 때 신문부 부장으로 활동하던 시절을 떠올리게 할 만한, 혹은 영화 속에 등장하는 베테랑 신문기자를 방불케 하는 듯한 인상적인 말을 남기고 서둘러 돌아갔다. 아니, 그녀가 고작 10분인가 15분 만에 병문안을 일단락지은 것은 때마침 문을 노크하고 처음 보는 젊은 여자가 모습을 나타냈기 때문이었다. 오타 아키코는 그 젊은 여자와 나 양쪽의 눈치를 살피다가 서둘러 병실을 나갔던 것이다.

기억을 더듬어보니 분명히 그 순서였다. 그날 먼저 오타 아키코가 병실에 얼굴을 보였고, 그와 교대하듯이 미즈가키 유미코가 나타났다. 물론 오타 아키코는 그때 병실 문 앞에서 스쳤던 젊은 여자가 현재 나의 (별거 중인) 아내라는 사실 따위는 알 리가 없다.

"실은 말이지, 어제 전화 받은 뒤에 좀 쓸데없는 생각을 해봤거든." 오타 아키코가 이야기를 이었다. "왜 나한테 졸업앨범 건을 부탁했을까 하고 말이야. 아키마는 자기가 잊어버린 걸 나라면 기억하고 있을 거라고 짚어 본 건지도 모른다. 자기가 갖고 있지 않은 걸, 아주 오래전에 버려버린 걸, 나는 아직까지도 소중히 간직하고 있을 거라고 믿고 있다. 그렇게 생각하니 좀 초조해지더라. 아키마 후미오는 자기만 나이를 먹고 인생을 많이 걸어왔다고 믿고 있는지 모르지만, 그렇지는 않아. 완전히 틀린 거라고."

"알고 있어." 나는 대답했다. "둘 다 마흔 셋이지."

"난 이제 예전의 내가 아냐."

"알고 있어." 나는 반복했다. "그 정도는 상상이 가. 무엇보다도 음악 취향도 상당히 변한 모양이더군."

"음악?"

"어제 전화 걸었을 때 틀어놓았던 곡."

"에어로스미스?"

"에어로스미스인지 뭔지 모르겠지만, 고등학교 때 네 모습으로는 상상이 안 돼……. 아, 지금 하나 생각났는데, 고등학교 때 피아노곡 음반을 너한테 빌린 적이 있지. 드뷔시였던가?"

대답은 없었고, 꼭 대답을 듣고 싶은 질문도 아니었다. 그녀는 이미 옛날의 그녀와는 다르다.

"인생의 승부는 이미 나 있어." 오타 아키코가 말했다. "우리 나이의 인생은 이제 대략 승부가 나버렸다. 가끔 그런 생각을 하곤 하지. 아침에 눈을 떠서 화장실 변기에 앉아 있다가 문득 그렇게 느끼고 있는 나 자신을 발견하는 때가 있어. 평소에는 거울을 보며 아직 쓸 만하다고 타일러보지만, 마음도 몸도 축 늘어지고 무거워져 움직일 기력조차 없어진 걸 느끼는 거야, 울타리 안의 늙은 소처럼. 이제까지는 열심히 살아온 것 같아. 하지만 더 이상 파이팅 해봤자 별 수 없을 테지. 이미 승부는 나 있는데다가 다시 되돌릴 수도 없어. 이제 와서 울타리 밖으로 나가 봤자 헛수고에 지나지 않을 거야. 그것도 알아?"

"……으응."

"언제부터 내 자신이 이렇게 식어버렸나 싶어. 매일 아침마다 생각해봤자 별 도리가 없다는 생각만 들어. 그럴 땐 약에 의지하기도 하지. 화장실 변기에서 일어나 세수를 하고 화장을 하고 외출복으로 갈아입고, 또 새로운 하루를 시작해야겠다는 기분을 북돋아 주는 약 말이야.

에어로스미스도 마찬가지야. 앨범 한 장을 다 듣고 나면 그럭저럭 다시 일어설 수 있거든. 울타리 안에서 밖으로 나가 다시 나비들이라도 쫓아다녀볼까 하는 마음이 들지. 변변치 못한 인간들에게 얽힌 변변치 못한 사건을 기사로 만드는 게 내가 선택한 일이잖아. 인생 중반에 그걸 내팽개쳐 버리면 젊을 때의 나 자신에게 미안한 일이라는 기분이 들기도 해. 그런 기분이라도 들지 않으면 해 나갈 수가 없어. 아침부터 마흔 셋짜리 여자 그대로는 도저히 해낼 수가 없거든. 식어버리기 전 시절의 내 이미지를 되찾아야 돼. 기분만이라도 울타리 밖으로 날아가야 한다고. 그래서 매일 아침 CD를 듣는 거야. 테이크 미 투 더 디아더 사이드. 그러니까 '저 너머로 보내줘' 인 셈이지. 이 방법이 약보다 훨씬 효과가 있어. 아키마 너도 한 번 해봐."

"난 그렇게까지 중증은 아냐."

"그래도 난 회사는 쉬지 않아." 오타 아키코가 말했다. "이틀이나 계속해서 쉬거나 하지는 않지."

그로써 대충 짐작할 수 있었다.

요컨대, 오타 아키코는 일단 내 근무처인 출판사로 연락을 했다가 어제와 오늘 결근한 사실을 알았고, 그 뒤에 집으로 전화를 걸었다는 얘기다.

"뭔가 곤란할 일이라도 있는 거야? 그 기타가와 다케시라고 하는 사람 때문에?"

"아니, 그건 아냐. 누차 말했듯이 그쪽은 별 문제가 아냐."

"얘기해보니까 몸 컨디션이 나쁜 것 같지는 않고, 아무튼 누차 말하는 것 같은데, 아침부터 세수할 기력이 없을 땐 에어로스미스라도 들어봐."

"그럴 땐 시도해보지."

"그리고, 아키마." 오타 아키코는 마지막으로 말했다. "언제라도 상관없으니까, 사양하지 말고 어려울 땐 언제든지 우리집으로 전화해."

전화를 끊은 뒤에 나는 다시 1980년 9월의 기억을 되살렸다.

그때, 고교시절 친구로서는 유일하게 병문안을 왔던 오타 아키코는 (그녀도 나도 아직 25세였던) 침대에 누운 내게 명함을 내밀면서 역시 지금하고 비슷한 말을 했다.

"지국 쪽이든 집이든 상관없으니까 전화해. 내가 할 수 있는 일이 있으면 힘이 되어줄 테니까, 사양 말고 말해."

고등학교 때 신문부 부장으로 활동하던 시절을 떠올리게 할 만한, 혹은 영화 속에 등장하는 베테랑 신문기자를 방불케 하는 듯한 인상적인 말을 남기고 그녀는 사라졌고, 그 후 18년 동안 우리는 두 번 다시 만나는 일이 (전화로 이야기하는 일조차) 없었다. 할 수 있는 일이 있다면 힘이 되어주겠다는 말을 기억의 밑바닥에 잠재운 채, 그녀가 할 수 있는 일에 대해 그녀의 힘을 빌릴 기회는 결국 없었다. 적어도 오늘날까지는.

통화를 마친 무선전화기를 책상 한편에 놓고, 서랍에서 안약을 꺼내 넣었다. 그리고 다시 마우스를 잡고 화면을 스크롤하여 기타가와 다케시의 이야기로 눈을 돌렸다.

이야기는 결말을 향해 나아가고 있었다.

18년 전 비 내리던 밤으로, 1980년의 달리는 전철 안으로 되돌아온 기타가와 다케시는 계획했던 대로 미즈가키 유미코를 시모키타자와 역에서 내리게 했다. 하지만 이번에는 자기 자신이 맨 앞 칸에 탄 채 충돌 사고를 당해 위독한 중상을 입는다.

이 다음 글부터는 기타가와 다케시가 두 번째로 사는 18년간의 인생이 엮어져 나갈 터이다.

그리고 글은 1998년 지금 현재, 내가 실제로 살고 있는 세계의 지금 현재까지 이야기함으로써 끝날 것이다. 일주일쯤 전 비 내리던 밤, 마침 출장에서 돌아왔던 나에게 기타가와 다케시가 전화를 걸어왔던 그날 직전 무렵까지.

나는 프린트용지를 한 장 꺼내 모니터 앞에 두고 거기에 생각나는 대로 만년필로 메모를 해보았다.

기타가와 다케시라고 하는 사람은 고교시절 동창으로 실재한다. 그 점만은 오타 아키코에게서 얻은 정보로 볼 때 확실한 것 같다.

그렇다면, 만일 기타가와 다케시가 1980년부터, 그러니까 25세부터 그 이후 18년 동안의 인생을 두 번 살았다는 사실을, 두 번 살았다는 사실로 이루어진 이 이야기를 '트루 스토리'라고 믿는다면······.

가령 믿는다고 한다면, 이라는 조건부로 나는 메모를 했다.

〈첫 번째 인생에서〉

1980년 9월 6일 밤, 기타가와 다케시는 시모키타자와 역에서 문제의 전철을 내렸다.

그때, 그가 우산을 두고 내린 탓에 미즈가키 유미코는 전철 안에 남겨져 사고를 당했다.

아키마 후미오, 그러니까 나는 플랫폼에서 그를 발견하고 부른 덕분에 다행히 사고를 당하지 않았다.

그 전철의 맨 앞 칸에는 니시자토 마키의 부모가 타고 있었는데 두 사람 모두 사망했다.

그로부터 18년 후인 1998년 9월 6일 밤, 기타가와 다케시는 시모키타자와를 향하던 전철 안에서 아이리스 아웃과 함께 과거로 향해 시간을 뛰어넘는다.

그 시점에 그의 친구였던 아키마 후미오는 영화감독이 직업이며, 록본기 근처 아파트에 혼자 살고 있다.

그 시점에 미즈가키 유미코는 이미 자살해서 이 세상을 떠났다.

그 시점에 니시자토 마키는 기타가와 다케시의 아내가 되어 아이를 둘 낳았다.

〈반복된 두 번째 인생에서〉

1980년 9월 6일 밤, 기타가와 다케시는 문제의 전철에서 미즈가키 유미코를 시모키타자와 역에 내리게 했다. 따라서 미즈가키 유미코는 이번에는 사고에 휘말리지 않았다.

그때 그는 미즈가키 유미코에게 플랫폼에 있을 아키마 후미오를 전철에 타지 못하게 해 달라는 말을 남기고 니시자토 마키(첫 번째 인생에서 아내였던 여자)의 부모를 사고에서 구하기 위해 맨 앞 칸으로 옮겨 갔다. 그리고 자신이 위독한 중상을 입었다.

······로얄 블루 잉크로 쓴 메모를 다시 읽으며 나는 생각했다.

여기까지가 지금 기타가와 다케시의 이야기 속에서 밝혀진 사실이다. 〈반복된 두 번째 인생에서〉의 메모 후반, 그러니까 1980~1998년 부분을 메우려면 이야기를 마지막까지 읽는 수밖에 없다.

하지만 나는 상상할 수 있었다.

이야기를 끝까지 읽지 않아도 18년이 흘러 1998년이 되면 주요 등장인물들이 어떤 운명의 변화를 맞이할지, 하나하나 메모지를 메울 수 있었다.

왜냐하면 기타가와 다케시에게 있어서의 두 번째 인생이라는 것은 바꿔 말하면 내가 지금 살고 있는 현실, 지금까지 내가 살아온 18년간의 현실과 다름없기 때문이다. 나는 1980년 9월 6일 밤 이후의 이야기에 대해 상상할 수 있다기보다는 그것을 알고 있는 것이다.

만년필 뚜껑을 빼고 나는 메모를 고쳤다.

〈반복된 두 번째 인생에서〉

1980년 9월 6일 밤, 기타가와 다케시는 문제의 전철에서 미즈가키 유미코를 시모키타자와 역에 내리게 했다. 따라서 미즈가키 유미코는 이번에는 사고에 휘말리지 않았다.

그때 그는 미즈가키 유미코에게 플랫폼에 있을 아키마 후미오를 전철에 타지 못하게 해 달라는 말을 남겼지만 미즈가키 유미코는 그 부탁을 실행하지 못했다. 결국 아키마 후미오는 시모키타자와 역에서 문제의 전철에 타 충돌사고를 당해 왼쪽 다리에 부상을 입었다.

왼쪽 다리에 부상을 입었다고 간단하게 써 넣은 나는 미간을 찡그렸다. 되살아나기 시작하는 사고 직후의 기억을 억누르기 위해 나는 평소처럼 담배에 불을 붙이고 시간을 들여 기분을 가라앉혔다.

그러나 그것은 틀림없는 사실이다. 1980년 9월 6일, 나의 개인적인 역사에 새겨진 사실이다.

그 비 내리던 밤, 나는 실제로 시모키타자와 역에서 문제의 전철에 올라 충돌 사고의 피해자 중 한 사람이 되었다. 그때의 후유증으로 아직도 왼쪽 다리를 끌면서 걷는 특징이 생겼다. 틀림없이 기타가와 다케시의 이야기는 지금부터 그 사실을 근거로 결말까지 진행될 터이다.

손바닥에 번진 땀을 바지에 비벼 닦고 나는 만년필을 다시 쥐었다.

〈반복된 두 번째 인생에서〉

그로부터 18년 후, 1998년 8월 말인 지금 현재 미즈가키 유미코는 내 아내 – 아키마 유미코로서 이 세상에 존재한다.

지금 현재 아키마 후미오 = 나는 18년 전과 똑같은 출판사에서 근무하면서 지바 현 마바시에 가정을 꾸리고 있다. 우리 부부에게는 딸(하즈키)이 있다.

지금 현재 니시자토 마키는 신바시의 호텔에서 일하는 연회 담당으로 오자키의 아파트에서 혼자 산다.

……메모를 하면서 거기까지 생각을 진행시켰을 때, 오늘의 두 번째 전화가 울렸다.

책상 위의 무선전화기에 손을 뻗으면서 나는 생각했다.

그러나 니시자토 마키에 대해 그 이상의 자세한 것은 모른다. 과연 그녀의 부모가 그날 밤 나와 같은 전철에 타고 있었는지, 그 사고에서 살아남았는지, 아니, 오자키의 아파트에서 니시자토 마키가 정말로 혼자 살고 있는지조차 이 눈으로 확인한 바는 아니다.

수화기를 귀에 대자 기타가와 다케시의 대리인 목소리가 물었다.

"무슨 일이 있으십니까? 사무실에까지 전화를 하셨다고 해서요. 급한 용건이신가요?"

나는 가토 유리의 이처럼 사람을 무시하는 질문에 일단 짜증이 났다.

사무실에 전화한 것도, 휴대전화에 메시지를 남긴 것도 어제 일이다. 그러니 진심으로 '급한 용건'인지 걱정스러웠으면 어젯밤에 연락을 취했어야 마땅하다.

무슨 일이 있으십니까? 라는, 처음부터 입버릇처럼 반복하는 무성의하고 상투적 인사말도 거슬렸다.

아무리 대리인이라고는 해도 판에 박은 듯한 제3자의 말투다. 마치 그녀의 사전에는 호기심이라고 하는 단어가 실려 있지 않은 듯 (기타가와 다케시의 이야기 식으로 바꿔 말하면, 미국영화에 등장하는 경험 많고 교활한 전형적인 변호사 같은) 감정을 죽인 대응 방식도 생각할 때마다 거슬린다.

나는 양편에 서랍이 달린 책상의 오른쪽 제일 위 서랍으로 시선을 던졌다. 그곳에 그날 받은 예금통장과 현금 500만 엔을 넣고 잠가두었다. 그런 예기치 않은 물건을 예기치 않은 인물에게서 맡은 사람(나 말이다)한테 무슨 일이 있느냐는 식으로 밖에 물을 수 없다는 것은 아무리 생각해도 무성의하기 짝이 없는 일 아닌가.

"특별히 급한 일은 아닙니다." 나는 대답했다. "하지만 당신한테 좀 묻고 싶은 게 있어요."

"제게 말입니까?"

"우선 몇 가지 확인하고 싶은데, 그 후 기타가와 다케시에게서 연락 받은 거 있나요?"

"없습니다."

"이쪽도 없소." 말한 나는 반응을 보았다.

그러나 반응 같은 것은 조금도 없었다. 가토 유리는 잠자코 나의 다음 질문을 기다리고 있었다.

"당신은 기타가와 다케시의 대리인이니까 기타가와 다케시를 직접 만나기도 했겠죠? 여러 번."

"말씀대로입니다."

"어떤 사람이오?"

"어떤 사람이냐고 물으시면……."

"키가 큰지 작은지, 검은지 흰지, 말랐는지 뚱뚱한지."

"키는 큰 편입니다. 검지는 않고 뚱뚱하지도 않습니다."

나는 쓸데없는 질문에 후회했다.

"기타가와 다케시의 사진이 있다면 보여줄 수 있겠소?"

"……기타가와 씨의 사진 말입니까?"

"그럴 맘만 있다면 스냅 사진 한 장 정도는 찾을 수 있을 거요."

"제가 말입니까?"

"전화 받는 사람이 달리 또 누가 있단 말이요." 나는 일부러 밉살스러운 말을 했다.

"찾아보겠습니다." 가토 유리가 대답했다.

"그리고 그가 하는 일의 내용도 알고 싶군요. 기타가와 다케시가 대표로 있던 오피스 K는 뭘 하는 회사였죠?"

"실례합니다만." 가토 유리가 가로막았다. "아키마 씨, 그 플로피 디스크의 내용은 다 읽으셨습니까?"

"아직 다 못 읽었소."

"그걸 다 읽으시면 지금 아키마 씨가 품고 계신 의문은 풀릴 겁니다. 그러라고 기타가와 씨가 디스크를 아키마 씨께 전해드리라고 한 것 아니겠습니까?"

물론 이야기를 결말까지 읽으면 지난 18년 동안에 기타가와 다케시가 무슨 일을 해왔는지, 두 번째 18년간의 인생을 어떻게 보내왔는지, 그 의문은 어느 정도 해소될 것이다.

그와 동시에 이야기를 결말까지 읽는 것은 그 18년이 내가 이제까지 살아온 실제 18년간과 딱 맞아 떨어지는지를 확인하는 작업도 될 터이다.

나는 잠시 컴퓨터 화면의 글자를 바라보다가 조금 전 메모에 만년필로 덧붙였다.

〈첫 번째 인생에서〉

1998년에 43세의 기타가와 다케시는 광고대리점에 근무하는 극히 평범한 회사원이다.

〈반복된 두 번째 인생에서〉

1998년에 표면상으로는 43세의(엄밀히 말하자면 반복된 18년의 나이를 더한 61세의) 기타가와 다케시는 아마 전철 사고로 입은 큰 부상에서 회복된 뒤에 광고대리점을 그만 둔 뒤에 오피스 K를 세워 성공을 거두었다. 그리고 정체를 알 수 없는 인물로서 지금도 이 세상 어딘가에 존재한다.

엄밀히 말하자면, 이라고 괄호 친 부분을 적어 넣으면서 나는 또다시 짜증이 났다.

대체 나는 무슨 생각으로 이따위 메모를 심각하게 쓰고 있단 말인가? 마지막까지 다 읽기도 전에 벌써 디스켓에 담긴 내용을 '트루 스토리'라고 판단한 셈 아닌가.

더구나 메모에 덧붙여 쓰는 도중에,

"무슨 일이 있으십니까?" 하고 가토 유리가 끼어들었다.

"디스켓 내용이 어떤 건지 기타가와 다케시가 당신한테 말했소?"

"아뇨."

"기타가와 다케시는 대리인인 당신에게 나를 뭐라 설명했죠?"

"처음에 말씀드린 대로입니다."

"……고등학교 때 같은 반이었던 친한 친구라고 말이오?"

"그렇습니다."

"그 외에는?"

"그 외에는 없었습니다."

"왜 거짓말을 하는 거요?"

상대가 전화 저쪽에서 움찔하며 몸이 굳어지는 모습을 나는 상상했다. 그렇게 상상하고 싶을 정도로, 스스로 생각해도 큰소리로 따지는 말투였다.

"당신은 기타가와 다케시에게서 내 다리에 대해 들었소. 내가 왼쪽 다리를 끌며 걷는 특징이 있다는 걸 처음부터 알고 있었던 거요."

추측이 적중했다는 직감과 이것이 젊은 여자에 대한 비굴한 트집에 지나지 않는다는 반성, 이 두 가지가 순간적으로 머리에 떠올랐다.

애초에 가토 유리를 향한 나의 짜증은 그녀가 처음부터 얼굴도 보지 않고 등 뒤에서 내 이름을 불렀던 일, 거기에 발단이 있는지도 모른다.

"당신이 뭘 숨기고 있는지 알고 있소. 숨기려고 단어를 고르고 골라서 말하고 있는 것도 알아요. 그것도 기타가와 다케시와 맺은 계약 중 하나일지도 모르지. 그러니까 나도 당신한테 뭘 물어보고 싶지 않아요. 더 이상 쓸데없는 짓은 하지 않겠소."

여기까지 듣고서도 가토 유리는 침묵을 지키고 있다. 억제하지 못하고 나는 계속 말했다.

"그러나 딱 한 가지만은 들어 둬요. 이건 민감한 문제일 수도 있는 거요. 알겠소? 앞으로 다리가 불편한 사람과 처음 만날 때는 일단 정면에서 얼굴을 확인하고, 그러고 나서 누구누구 씨세요? 라고 이름을 묻도록 하시오. 그 순서가 거꾸로 되면 안 되는 거요. 이름을 불린 사람이 나처럼 비뚤어진 인간이면 당신에 대해 별로 좋지 않은 인상을 갖게 될 테니 말이오. 무슨 말인지 알겠소? 인재 파견 회사를 꾸려나가는 여자라면 그 정도 배려는 가지고 있어야 하는 게 당연하다고 생각하오. 가토 주임."

말을 마치고서 나는 상대가 어떻게 나올지 기다렸다.

이대로 아무 말 없이 전화를 끊어버릴지, 아니면 아무 말도 못 들은 척하며 무슨 일 있으십니까? 라고 다시 물어올지, 가능성이 높은 쪽부터 순서대로 그 두 가지만이 떠올랐다.

기다리는 동안에 나는 눈을 감고 오른손 엄지와 중지로 관자놀이를 마사지했다.

"아키마 씨." 마사지하는 도중에 가토 유리가 불렀다. "어쨌든 디스켓의 내용을 읽어주십시오. 기타가와 씨는 그걸 바라고 있습니다. 마지막까지 다 읽으시고 난 뒤에……."

"가토 주임." 나는 되받아 불렀다. "화도 안 난단 말이오? 중년 남자한테 싫은 소리를 잔뜩 듣고서도?"

"아뇨. 실은 활력이 있어 보여 좀 안심했습니다. 출판사 쪽에 전화하니까 어제부터 결근하셨다고 하더군요."

관자놀이를 누르고 있던 손가락의 힘을 빼고 나는 눈을 떴다.

가토 유리의 지금 대사는 이제까지 보여 온 제3자다운 선긋기에서 보면 다소나마 삐져나와 있는 것 같은 기분이 들었다. 나는 다그쳐 질문을 해댔다.

"디스켓을 마지막까지 읽으면 그 뒤에 무슨 일이 일어나는 거요? 기타가와 다케시가 나타나는 거요? 다시 집에 전화를 걸어오는 건가?"

"아뇨, 아마도 그렇지는 않을 것 같습니다."

"그럼 어떻게 되는 거요?"

"제 생각입니다만, 기타가와 씨에 관한 아키마 씨의 기억이 되살아나지 않을까요?"

"예를 들면?"

"예를 들면, 기타가와 다케시라는 사람이 고등학교 동창이었다, 라든가."

"기타가와 다케시는 실제로 동창이었소."

"그러면 기억나신 거로군요?"

"기억난 건 아니오. 실제로 우린 고등학교 동창이었다는 얘기요. 졸업앨범의 똑같은 페이지에 우리 얼굴이 실려 있는 모양이오. 그렇지만 졸업한 뒤 오늘까지 25년 동안 한 번도 만난 기억이 없소. 아니, 딱한 번 스쳐가며 인사를 나눴을 가능성쯤은 있겠지. 하지만 그것도 확실한 기억은 아니오."

"그러십니까?"

가토 유리가 말을 받았다. 그 목소리에서 낙담의 빛을 느낀 것은 나의 기분 탓이었을까?

"혹시 괜찮으시다면" 하고 그녀는 말을 계속했다. "아키마 씨가 디스켓을 끝까지 다 읽으신 뒤에 다시 한 번 뵙고 싶습니다."

"당신이 나를 만나고 싶다?" 나는 미간을 찌푸렸다.

"예."

"당신 뜻으로?"

"그렇습니다. 개인적으로요."

"개인적으로, 라고 하는 말의 의미는 알고 쓰는 거겠죠?"

당연하게도 대답은 없었다. 나는 상대의 마음이 변하기 전에 다른 질문을 했다.

"그래서? 만나면 어떻게 되죠?"

"모르겠습니다. 그냥 이대로 기타가와 씨와의 연락이 두절되고 만다고 해도 다시 한 번 아키마 씨를, 이번에는 대리인이 아닌 입장에서 만나 뵙고 싶다는 게 제 바람입니다."

나는 잠시 생각을 하고서 가토 유리가 말하는 것을 대략 믿어보기로 했다. 적어도 현시점에서 기타가와 다케시에게서 연락 받은 바가 없다는 부분에 대해서는 거짓이 아닌 것 같았다.

"내가 디스켓을 마지막까지 다 읽고 난 뒤에 당신과 만난다?"

"예. 그렇게 해주셨으면 합니다."

"다음 주에라도 내 쪽에서 전화하겠소."

"아뇨, 제가 연락드리겠습니다. 쓸데없는 참견일지도 모르지만, 다음 주부터는 회사 업무로 돌아갈 수 있으신 거겠죠?"

"그럴 생각이긴 해요." 나는 대답했다. "월요일 아침, 세수할 기력이 있다면."

"예?"

"아니, 아무 것도 아니요. 20대와는 상관없는 얘기요."

전화를 끊은 뒤 나는 메모를 다시 보면서 담배를 한 대 더 피웠다.

그리고 오타 아키코의 충고를 잊기 전에 메모지 한쪽 구석에 만년필로, '에어로스미스'라고 적어두고 컴퓨터 화면으로 의식을 되돌렸다.

그리고 그날 밤에 기타가와 다케시의 이야기를 결말까지 다 읽었다.

기억_

9월 2일, 수요일.

평소라면 만날 리 없는 월초의 수요일 밤. 나는 니시자토 마키와 만
나기 위해 시부야로 나갔다.

6시 15분에 늘 만나던 카페에서 만나 상영시간에 맞출 겸 가볍게 저
녁을 먹었다. 그리고 7시를 지나 파르코 파트 3에서 대각선 맞은편에
위치한 빌딩 안의 극장에 둘이 함께 들어갔다.

오늘 밤에는 그 극장에서 상영하는 영화를 보는 것이 목적이 아니었
으므로 미리 만나 시간을 조정할 필요 따위는 없었는지도 모른다.

무엇을 어디에서 볼 것인지는 미리 니시자토 마키가 골라놓았는데,
이 부근에서 비교적 손님이 많지 않을 것으로 예측되는 영화가 그 목
표였던 모양이다. 그런데 들어가서 보니 실제로 (특히 우리가 앉은 2
층 뒤쪽에는) 손님은 손으로 꼽아 볼 수 있을 정도밖에 보이지 않았다.

그래도 영화에 대한 예의라고나 할까, 습관적으로 처음부터 보기로
하고 들어간 그 프랑스 영화는 주인공 남자배우를 비롯하여 조연 남자
배우와 여배우까지 쉴 새 없이 담배를 입에 물고 등장했다. 그것만 인
상에 남을 뿐, 장면이 몇 번 바뀌자 이 영화가 코미디인지 범죄물인지

폭력 장면을 들고 나온 작품인지 나로서는 짐작도 가지 않게 되었다.

물론 처음부터 줄거리를 좇아 볼 생각 따위가 없었다는 데 이유가 있기도 했다.

옆에 앉은 니시자토 마키도 나와 마찬가지였던 모양이다. 상영이 시작되고 얼마 지나지 않아,

"홍콩영화 같네."

무심코 중얼거린 것은 등장인물들이 마구 담배를 피운다는 의미에서 비슷한 점을 지적한 것인지, 아니면 좀 더 다른 의미에서 그런 연상을 한 것인지는 모르겠지만, 어쨌든 처음부터 볼 생각이 없는 영화에서 일찌감치 마음을 돌리고 싶은 것이 분명했다.

그녀의 중얼거림에 나는 스크린에 눈을 두고 그저 끄덕여 보였다.

홍콩영화만 그런 것이 아니라, 예컨대 왕가위의 영화가 아니더라도, 등장인물에 꼭 담배가 따라붙는다는 점으로 따지자면 젊었을 무렵에 몇 번이나 질리지도 않고 봤던 트뤼포의 영화가 있다. 어쩌면 담배 장면 같은 것은 하나도 없을지 모르지만, 오늘 밤의 영화관 의자에 앉았을 때부터 나는 자연스럽게 그런 생각을 떠올리고 있었다.

나는 조금 경사진 2층 자리 뒤쪽의 어둠을 틈타 지금 상영되고 있는 영화와는 전혀 다른 영화를 생각하면서, 옆에 앉은 여자가 앞으로 기대하고 있는 것과는 전혀 다른 생각에 사로잡혀 있었다.

니시자토 마키가 기대하고 있는 것은 이 어둑어둑하고 답답한 장소에서의 나와의 섹스였다. 트뤼포의 생애에 대해 쓴 책 속에, 그가 아직 소년이었던 시절인 1940년대 전반의 파리 영화관에서는 영화가 끝난 뒤에는 좌석 밑에서 버려진 여성의 속옷이 발견되는 것이 보통이었다

는 여담이 소개되고 있다.

언제였는지 마루야마초의 호텔에서 그 얘기를 하자, 말을 꺼낸 내가 머쓱할 정도로 니시자토 마키는 강한 관심을 나타냈다. 나치 점령 하의 파리 젊은이들의 성 풍속에 관해서가 아니라, 현대 도쿄의 영화관 좌석에서 과연 남녀의 성행위가 가능하느냐는 점에만 초점을 맞추고 있었다.

그녀는 그 실험을 하고 싶어 했고, 나는 동의했다. '수요 모임'이 있는 날이 아닌 다른 수요일에 뻔뻔스럽게 시부야까지 나왔으니 동의했다고 할 수밖에 없다.

그러나 나는 그러고 싶은 마음이 없었다. 실험에 전혀 흥미가 일지 않는 것은 아니었지만, 기타가와 다케시의 이야기를 다 읽은 지금에 와선 니시자토 마키와 만나 해야 할 일이 따로 있었다. 그녀에게 몇 가지 질문을 하고, 그녀의 대답을 음미할 필요가 있었다.

나에게 그럴 마음이 없다는 것을 언제, 어떤 타이밍에 그녀에게 전하면 좋을까? 당초에 진위를 알 길이 없는 '트루 스토리', 18년이라는 세월을 두 번 살았다는 황당무계한 이야기를 전제로 한 그 질문들을 어떻게 꺼내면 좋을까?

"팔걸이가 방해물이네요."

그녀가 귓가에 입을 대고 속삭였고, 나는 스크린에 눈을 향한 채 다시 끄덕여 보였다.

좌석에서의 성행위에는 팔걸이가 방해가 된다. 그거야 훨씬 전에 마루야마초의 호텔에서 이것저것 둘이서 머리를 맞대고 연구해봤을 때부터 알고 있었던 것 아닌가.

그렇게 생각한 직후에 내 머리는 또다시 트뤼포 영화의 기억에 의해 점령당했다.

갓 결혼한 여자를 연기한 재클린 비셋에게 시어머니가 둘이 알게 된 계기를 묻자,

"사촌 도로시가 아파서 대신 제가 데이트하러 갔다가 처음 알게 됐어요."

라고 설명하자 시어머니가,

"도로시에겐 미안하지만, 네가 아프지 않아서 다행이었구나."

라고 대답하는 '아메리카의 밤'이라는 영화 속의 한 장면. (정확히는 거기에 영화감독 역할로 출연한 트뤼포가 촬영 중인 영화라는 설정의, 극중극에서의 한 장면)

분명히 올해 2월, 둘이 처음으로 지낸 특별한 밤, 그날 밤을 매듭지을 즈음에 나는 니시자토 마키에게 그 영화 장면 얘기를 한 적이 있다.

자기가 오늘 밤 여기에 있는 이유에 대해 예전으로 거슬러 올라가면, 그러니까 처음 '수요 모임'과 관계를 맺게 된 계기를 말하자면 모임이 주최하는 특별상영회의 표를 어떤 아는 사람에게서 받은 시점까지 거슬러 올라가야 할 거라고 침대에서 내려오면서 그녀가 밝혔을 때, 나는 곧바로 영화를 떠올리며 이렇게 말했던 것이다.

"그 사람에게 감사해야겠군. 급한 일이 생긴 게 당신이 아니어서 다행이야."

그러자 그녀는 소리 내지 않고 살짝 웃기만 해서, 나는 돌아갈 채비를 하면서 트뤼포의 '아메리카의 밤'에서 나오는 극중극에서 며느리와 시어머니가 나누는 대화 속의 유머를 덧붙여 해설해주지 않을 수

없었다.

하지만 그런 쓸데없는 지식을 과시하기 전에 그 아는 사람이 누구인지를 물어야했던 것이 아닐까? 니시자토 마키에게 있어서 그 사촌 도로시는 누구였을까?

그때는 그냥 여자 친구이겠거니 하고 흘려버렸지만 지금 냉정하게 다시 생각해보면, 그녀가 말한 아는 사람이 남자라고 해도 하등 이상할 바가 없다. 아니, 기타가와 다케시의 이야기를 다 읽은 뒤에는 그 아는 사람이 기타가와 다케시 본인일 가능성에 대해서도 의심하려 들면 충분히 의심할 만하다.

우리가 알게 된 계기를 만든 것이 기타가와 다케시이고, 두 사람을 알게 한 뒤에 억 단위의 금액이 예금된 니시자토 마키의 예금통장을 내게 맡긴 것일지도 모른다.

그의 이야기가 진실인지 아닌지는 별개로 쳐도, 적어도 이 현실 세계에 기타가와 다케시라고 하는 동창이 존재하는 것은 사실이고…….

니시자토 마키의 오른손이 방해물인 팔걸이를 넘어서 내 무릎을 만지다가 넓적다리로 기어 올라왔다.

……기타가와 다케시라는 동창이 존재하는 것은 사실이고, 그렇다고 한다면 그가 지난 18년 동안 니시자토 마키와 접촉할 기회를 가졌으리라는 것은 충분히 예상할 수 있다. 어쨌든 그에게 있어서 니시자토 마키는 첫 번째 인생에서의 아내였으니까. 아니, 첫 번째 인생에서는 아내였다는 설정으로 그가 이야기를 엮어 나갔던 것이니까 말이다. 예전에 친구였던 나를 지켜본 것처럼 니시자토 마키의 18년도 보이지 않는 곳에서 줄곧 지켜봐왔음이 틀림없다…….

니시자토 마키의 오른 손가락이 지퍼 손잡이를 찾아냈다. 상영 중인 영화의 효과음과는 다른 성질의 소리, 지퍼의 맞물린 이가 벌어져가는 아주 희미한 소리가 몇 번에 걸쳐 귀에 닿았다. 그 소리와 손끝의 감각을 몇 번에 나눠 즐기는 것처럼.

……기타가와 다케시는 니시자토 마키의 인생을 줄곧 지켜봐왔음이 틀림없다. 실제로 이야기 속에는 어떤 남자와 니시자토 마키의 결혼과 이혼이 언급되어 있다. 그렇지만 그가 어느 정도까지 직접적으로 니시자토 마키와의 접촉을 꾀했는지는 이야기를 끝까지 다 읽어봐도 애매한 상태로 남아 있었다.

니시자토 마키의 오른 손가락이 지퍼를 떠나 이번에는 셔츠 자락을 가르며 슬며시 들어오려 했다. 만일 그녀의 손가락이 그곳에 다다른다고 한들 그 다음부터는 어떻게 행위 그 자체를 실천할 생각일까? 팔걸이가 방해가 되지 않는 어떤 특별한 방법을 생각해 낸 것일까? 상영 중인 영화에서는 또 남자배우가 담배를 입에 물었다. 담배를 입에 문채 권총 방아쇠를 당긴다.

……그녀를 '수요 모임'으로 이끌어 나와 알게 되는 계기를 만든 사람이 기타가와 다케시였을까?

'아메리카의 밤' 이야기를 했을 때 그녀가 어떤 반응을 보였는지는 이제 기억나지 않는다. 하지만 그것은 분명히 올해 2월이었다. 둘이서 처음으로 지낸 특별한 밤에 마루야마초의 호텔을 나와 집으로 돌아가던 길, 그녀는 약간 앞서 걸으면서 나가노 올림픽의 스키점프 경기 얘기를 했고, 나는 그 화제에는 어울리지 못하고서 나중에 그녀의 코트를 칭찬했다.

니시자토 마키가 입고 있던 것은 진한 초록색의 후드 달린 코트로, 그녀의 나이로 보나 평상시 옷 입는 취향으로 보나 다소 모험을 한 흔적을 엿볼 수 있었다. 그런데 나는 그 코트 색과 모양에서 '양들의 침묵'의 조디 포스터 같다는 느낌을 떠올리고, 그렇게 말했던 것이다.

그러자 니시자토 마키는 내 감상을 칭찬의 말로 받아들이지 않은 듯, 비탈길 중간에서 발길을 멈추고 묘하게 차가운 눈빛으로 돌아보더니,

"90년대 영화도 보나 보네요? 트뤼포나 고다르밖에 모르는 사람인 줄 알았는데."

일단 빈정대는 말을 하고 나서,

"당신처럼 뭐든 영화와 결부시켜 얘기하는 사람도 없을 거예요."

한숨을 쉬어 보였던 것이다.

그렇다면 다른 남자는 어떤 식으로 말하지? 당신이 알고 있는 남자들은 어떤 얘기를 해주었는데? 라고 그때 나는 물어봤어야 했는지도 모른다.

당신이 결혼했던 남자, 오랫동안 이혼하지 못해 괴로워했던 남자와 당신은 무슨 얘기를 했지?

셔츠 자락의 이음매를 비집고 들어온 손가락 끝이 더 이상 갈 곳을 잃고 숨을 죽이자, 나는 잡고 있던 그녀의 손목을 들어 올려 팔걸이 위에 옮겨놓았다. 그러고 나서 지퍼를 다시 잠갔다.

아무 말 없이 니시자토 마키를 돌아보았더니, 스크린 쪽의 얼굴 절반 위로 빛과 그림자가 교차하는 모습을 보이면서 크게 뜬 눈으로만 내게 이유를 물었다.

"나가지." 내가 말했다.

"……하지만" 그녀는 말했다. "난 벌써."

그 뒷말을 듣지 않고 나는 자리에서 일어섰다.

2층 자리 뒤쪽 문을 나와 계단으로 가 아래층 자리가 있는 로비까지 내려갔다. 입장권을 체크하는 카운터 옆을 지나 완만한 나선형을 그리는 계단을 따라 아래까지 내려왔다.

그곳이 빌딩의 1층인 셈이었는데, 나는 입구의 매표소 옆에 서서 니시자토 마키가 뒤따라오기를 기다렸다. 기다릴 거면 내려오는 중간에 다른 적절한 장소도 있었을 텐데, 엎친 데 덮친다고 하던가.

이윽고 니시자토 마키가 모습을 나타내 내 옆에 나란히 서는 것과 앞으로 가던 인파 속에서, 대각선상에 있는 파르코 파트 3 빌딩 쪽에서 나를 부르는 소리가 들린 것은 거의 동시였다.

나는 그 목소리를 무시하고 빌딩 앞 도로를 오른쪽으로 돌아 걸어가 버렸다.

"누구?"

뒤를 의식하면서 니시자토 마키가 속삭였다.

회사 동료라고 솔직하게 대답하고 다시 오른쪽으로 돌아 비탈길을 내려가면서 나는 덧붙였다.

"마음이 안 맞는 동료야."

비탈길로 들어가자 그녀는 나보다 두세 걸음 앞서 걸었다.

영화관에서의 실험이 오늘의 복장이나 소지품에 영향을 미친 것인지, 니시자토 마키는 이번 여름에 종종 봤던 벨트 달린 원피스와는 달리 반팔 하이넥 스웨터에 무릎까지 내려오는 길이에 좁은 주름이 들어간 스커트를 입고 있다. 핸드백도 평소와는 달리 오늘은 어깨에 메는 형태의 가방이었다. 실험이 도중에 끝난 것이나, 회사 동료에게서 도망쳐 나오듯이 걷기 시작한 것이나, 똑같이 그녀의 마음에 상처를 주었을지도 모른다.

하지만 그녀가 비탈길에서 내 앞을 걷는 것은 늘 있는 일이었다. 불편한 왼쪽 다리 탓에 내 걸음이 더디고, 그런 사실에 대해 그녀가 괜히 신경 쓰는 것처럼 보이지 않기 위해서일 따름이다.

게다가 방금 전에 날 불렀던 편집부 직원과 회사 내에서 마음이 맞지 않는 것도 사실이었다. 오늘 아침에도 영업과 편집이 함께 한 회의에서 그 요시노라고 하는 나보다 한 살 아래인 사람이 편집한 단행본의 발행부수를 둘러싸고 우리는 적대시했다. 회의가 끝나고서도 한마디 할 것 같은 기색이어서 나는 눈을 마주치지 않도록 애쓰며 총총히 밖으로 나가 버렸을 정도이다.

일부러 아내 이외의 여자와 함께 있는 것을 동료에게 들키지 말아야겠다는 생각에서 도망친 것이 아니다. 그저 그 요시노라는 사람과 1분이라도 이야기를 나누는 것이 싫었을 따름이다. 그렇다는 사실을 니시자토 마키에게 한마디 해두어야 할까?

나는 걸음을 빨리 해서 니시자토 마키 옆을 걸었다.

"미안해. 회사에서 안 좋은 일이 좀 있었거든."

"그게 아니에요." 그녀가 가차 없이 몰아세워서 나는 깜짝 놀랐다. "회사가 아니라 집에서 무슨 일이 있었던 거죠? 그래서 오늘은 만났을 때부터 건성이었어요. 오늘만이 아니고, 지난주 수요일 밤부터 이상했다고요. '수요 모임' 때문에 부인한테서 무슨 말이라도 들은 거죠?"

"아냐. 아내는 아무 말도 안 했어."

이번에는 니시자토 마키가 걸음을 빨리 했기 때문에 나는 뒤쳐졌다.

등 뒤에서 큰소리로 그녀를 불러 세우고 싶었지만, 그녀를 뭐라고 부르면 좋을지 판단이 서지 않았다. 처음에 만났을 무렵의 '니시자토 씨'라는 호칭은 이제 좀 그렇고, '마키'라고 이름을 막 부른 적은 이제까지 한 번도 없었다. 더군다나 주위에는 많은 사람들이 오가고 있었다. 큰소리를 내는 것부터 꺼림칙했다.

내리막길을 다 내려와 다시 오른쪽으로 꺾어 세이부백화점 B관과 A관 사이의 횡단보도 앞에서야 겨우 따라잡을 수 있었다.

니시자토 마키의 분명한 착각에 나는 혼란스러웠다. 아내 일로 그녀가 날 힐난한다. 이렇게 되면 그야말로 전형적인 '불륜'이 되고 만다.

분명 우리의 관계는 세간에서 '불륜'으로 불리는 그것이고, 지금의 이 상황이 내 현실이다. 그렇다, 나에게는 기타가와 다케시의 현실과 동떨어진 이야기에 끌려 들어가기에 앞서 우선 대처해야 할 업무상의 인간 관계와 아내와의 별거 문제, 그리고 그런 문제를 니시자토 마키에게 알려주어야 할지 말지를 고민해야 하는 등등의 엄연한 현실이 있다. 그것 하나하나를 나는 정리해 나가지 않으면 안 된다.

뒤에서 니시자토 마키의 가방을 잡은 나는, 그러나 그런 생각과는 정반대로 이렇게 내뱉고 말았다.

"내 말 들어봐. 지난주 수요일부터 내가 이상했던 건 인정해. 하지만 그건 아내와는 아무 관계가 없어."

횡단보도 양쪽 방향에서 사람이 넘쳐나 서로 부딪칠 듯이 스쳐 지나가는 와중에 우리만 그 자리에서 움직이지 않았다. 사람들 대부분은

우리를 돌아서 지나갔고, 몇몇 사람들은 아랑곳하지 않고 몸을 부딪
치면서 걸어갔다.

"말해봐요." 니시자토 마키가 재촉했다.

"먼저 내 다리 얘기야." 말하고 나는 횡단보도를 건너기 시작했다.

세이부백화점 A관 앞을 지나 시부야 역 앞 횡단보도에 이를 때까지
니시자토 마키는 내 옆으로 보조를 맞춰 걸어주었다.

"내 왼쪽 다리는 사고 후유증이야. 지금부터 18년 전, 1980년에 큰
전철 사고가 일어났지. 25세였던 난 그 전철 두 번째 칸에 타고 있다
가 사고를 당했어."

"……그래서요?"

"그래서요, 라고?"

고개를 숙이고 걷던 그녀에게서 그 이상의, 기대했던 대답은 들을
수 없었다. 자기 부모도 같은 전철에 타고 있었다는 말은 아무리 기다
려도 들을 수 없었다.

나는 잠깐 쉬었다가 계속했다.

"그 전철 맨 앞 칸에는 기타가와 다케시도 타고 있었어."

"누구 얘길 하고 있는 거에요?" 그녀가 얼굴을 들었다.

"고등학교 때 동창. 지난주에도 얘기했지? 기타가와 다케시라는 이
름에 짐작 가는 거 없냐고?"

그녀는 천천히 두 번 세 번 고개를 저으면서 걸었다. 짐작 가는 것
이 없다는 의미인지, 그런 얘기는 더 이상 듣고 싶지 않다는 의미인지,
판단하기 어려웠다.

"영화 모임 티켓을 아는 사람한테 받았다고 전에 말했지? '수요 모

임'에 들어가게 된 계기를 만들어준 사람 이름이 기타가와 다케시 아니었어?"

"몰라요." 그녀가 대답했다. "기타가와라는 사람은 전혀 몰라요."

"하지만 기타가와 다케시는 당신을 알고 있어." 나는 물러서지 않았다. "젊었을 때 당신이 누군가와 결혼했던 것도, 그 누군가와 쉽사리 이혼할 수 없어서 괴로워했던 것까지도."

니시자토 마키는 이 결혼과 이혼이라고 하는 말에 제일 강하게 반응했다.

"일부러 숨겼던 게 아녜요." 그녀는 털어 놓았다. "그저 묻지도 않는데 얘기할 필요가 없어서, 내가 먼저 털어놓을 만한 얘기가 아니라고 생각했던 거에요……."

맞는 말이다. 그녀가 시시콜콜 아내 얘기를 묻지 않았기 때문에 나도 아무것도 말하지 않았다. 그래서 그녀는 우리 부부의 별거를 아직 모른다.

"그럼 지금 묻겠어." 나는 추궁했다. "그 남편과는 어떻게 헤어질 수 있었지? 기타가와 다케시가 중간에서 얘기를 매듭지어준 건가?"

"중간에서요?" 이번에는 그녀가 혼란스러울 차례였다. "당신 동창이 얘기를 매듭지어요? ……모르겠네요, 당신이 무슨 얘길 하고 싶어 하는 건지 잘 모르겠어요. 이거, 질투인가요? 그 기타가와라는 사람과 나와의 관계를 의심하고 있는 거에요?"

"질투 같은 게 아니야." 나는 고개를 저었다. "그런 얘기를 하고 있는 게 아니라고."

"그럼, 뭐에요? 알아듣게 설명해봐요."

"실은 그 동창한테서……."

말을 꺼내던 나는 망설였다.

니시자토 마키가 정말로 기타가와 다케시라는 이름의 남자를 모른다고 한다면 오히려 그 사실이 기타가와 다케시가 쓴 이야기의 신빙성을 뒷받침하는 바가 되는 건 아닐까?

그리고 내가 지금 그녀에게 이렇게 말해주는 것이 옳은 일일까?

실은 그 기타가와 다케시에게게서 당신한테 전해주라는 중요한 물건을 맡았다. 그것은 당신 이름으로 된 통장, 그것도 억 단위의 금액이 들어 있는 예금통장이다. ……왜 그가 나에게 그것을 맡겼냐 하면, 나는 그의 첫 번째 인생에서 둘도 없는 친구였고, 당신은 그의 아내였고, 그의 두 아이의 엄마였기 때문이다.

주저하는 내 표정을 니시자토 마키가 읽어낸 것인지도 모른다. 정신을 차리니 그녀의 두 손이 내 오른손을 꼭 쥐고 있었다.

"왜 그래요?"

"아니, 아무 것도 아냐. 역시 당신이 모르는 사람 얘기야. ……미안해. 내가 착각했나봐."

"……있잖아요, 내가 죽 독신으로 지내왔을 거라고 당신이 오해하게 만든 거 사과할게요. 하지만 모두 옛날 얘기에요. 내가 결혼했던 것도 이혼했던 것도 먼 옛날 얘기고, 게다가 당신 다리 역시 당신이 생각하는 것만큼 난 신경 쓰지 않아요. 그런 건 아무 상관없어요. 난 서로의 과거까지 다 아는 사이가 아니어도 좋아요. 한 달에 두 번 만나는 것만으로도 만족할 수 있다고요. 당신 영화 얘기를 듣는 게 좋아서 수요일이 되면 시부야까지 나오는 거에요. 이러면 안 돼요? 이대로 계속

되면 안 되는 거에요?"

우리는 시부야 역 앞 횡단보도에서 신호가 바뀌기를 기다리는 사람들 뒤에 섰다.

거기에서 오른쪽으로 돌아서 '109' 빌딩 옆을 지나 올라가면 호텔들이 나온다. 그것은 올해 2월에 우리가 보낸 첫날밤에 걸었던 코스이기도 하다.

그렇다, 이대로 이 관계를 계속하면 안 될 이유가 있을까? 나는 나 자신에게 물어보았다.

니시자토 마키가 정말 기타가와 다케시라는 이름의 남자를 모른다고 해도 그런 사실이 기타가와 다케시의 이야기에 신뢰성을 보증해주는 것은 아니다.

실제로 기타가와 다케시라는 사람이 존재하고, 그리고 실제로 그가 나에게 니시자토 마키 명의의 통장을 맡겼다고 해서, 그것이 그 이야기 전체를 현실이라고 받아들일 이유가 되지는 않는다.

그녀가 기타가와 다케시의 첫 번째 인생에서의 아내였다고 가정하거나 공상하는 것은 어디까지나 내 자유다. 그러나 거기에서 이야기를 발전시켜 그녀에게 그 얘기가 현실이라고 내미는 것은 무리다.

그녀에게 무엇을 묻고 무엇을 말하든 간에 헛수고다. 기타가와 다케시의 얘기를 꺼내는 것이 내 질투심 때문이라고 착각한다면 그냥 그렇게 생각하라고 놔둔 채 이 얘기를 정리해야 한다. 무엇보다도 (어디까지나 가정·공상의 이야기지만) 만약 그녀가 기타가와 다케시의 첫 번째 인생 속의 아내였다고 하더라도 서로 관계를 갖기 전까지의 나로서는 알 도리가 없는 일이었으니 이제 와서 새삼 이 관계에 종지부를 찍을 이유도 없다.

여기서 왼쪽 대각선 방향으로 횡단보도를 건너면 시부야 역. 오른쪽 비탈길을 올라가면 호텔들이 늘어선 곳으로 이어진다. 2월의 그 첫날 밤에도 니시자토 마키는 지금과 같은 장소에서 지금과 마찬가지로 내 손을 잡고 신호등이 채 녹색으로 바뀌기도 전에 먼저 걷기 시작했고, 나는 그 뒤를 따라갔다.

이제 이 얘기는 그만두자. 그녀가 잘못 생각한 것이 아니라 실제로 나는 기타가와 다케시에게 질투라는 감정을 품고 있었는지도 모른다. 어쩌면 기타가와 다케시는 과거에 니시자토 마키와 얽힌, 스토커 비슷한 사내로 '수요 모임'에서 그녀와 관계를 가지고 있는 동창생인 나를 점찍고 질 나쁜 장난을 치고 있는 것인지도 모른다. 그렇다면 더욱 거리낄 필요가 없다.

그러나 나는 끝내 "이대로 계속되면 안 되는 거에요?"라는 니시자토 마키의 질문에 대답할 수 없었다.

니시자토 마키의 두 손에 힘이 한 번 들어가더니 내 오른손을 놓아주었다.

신호가 녹색으로 바뀌었다. 그래도 나는 그녀에게 아무런 대답도 해주지 못했다. 곧 니시자토 마키가 내 옆을 떠나 걷기 시작했다.

오른쪽이 아니라 왼쪽의 시부야 역을 향해 도로를 건너는 많은 사람들에 섞여 내 곁을 떠나 걸어 사라졌다.

나는 쫓아가지 않았다. 그녀는 내가 쫓아오지 않으리라는 것, 쫓아올 생각이 없으리라는 것을 다 알고서 역으로 갔음이 틀림없다.

그렇지만 역시 니시자토 마키는 착각하고 있다. 나는 그녀가 결혼과 이혼을 숨기고 있었다고 탓하려던 것도 아니었고, 누군가를 질투하는 것도 아니었다. 필시 기타가와 다케시는 과거에 니시자토 마키와 복잡한 사정으로 얽혔던 스토커 같은 인간은 아닐 것이다.

나는 알고 있었다. 기타가와 다케시가 가끔 그녀와 관계를 가지고 있는 나를 점찍고 질 나쁜 장난을 치고 있는 것이 아님을, 질 나쁜 장난을 위해 긴 글을 쓰거나 억 단위의 돈을 쓰는 사람이 없다는 것을 잘 알고 있었다.

무엇보다도, 나는 내 자신이 벌써 기타가와 다케시의 이야기를 믿기 시작했다는 것을, 혹은 믿고 싶어 한다는 것을 알고 있었다.

그날 밤, 또 다른 나쁜 일이 겹쳤다.

딸과 우연히 마주치게 된 것을 나쁜 일 중 하나로 치는 것이 아버지로서 마땅한 일인지 어떤지는 모르겠지만, 피차 거북하게 느끼는 사람끼리 예상치도 못한 장소에서 얼굴을 마주치는 것은 역시 나쁜 일임에 틀림없다.

아마 딸 또한 오늘 밤은 '재수 없다' 라는 생각이 나중에라도 들었을 터이다.

시부야의 횡단보도에서 혼자가 된 나는 다음 신호까지 기다렸다가 뒤늦게나마 니시자토 마키의 뒤를 따라갔다. 그러나 그 정도의 시간을 둔 후에 혼잡한 역사에서 그녀의 모습을 찾을 수 있을 리가 없었다.

나는 순순히 혼자 전철을 탔다.

시부야 역에서 전철을 한 번 갈아타고 40분 정도 흔들리면서 마바시 역에 도착했다.

마바시 역에 도착해서 집 쪽으로 가는, 늘 타는 파란 버스를 타지 않고 패밀리 레스토랑 따위에 들렀던 까닭은 한편으로는 저녁식사를 제대로 하지 않아서 배가 고팠기 때문이기도 했다. 집에 돌아가서 야식을 준비하는 일은 생각하기만 해도 귀찮았고, 역에서 걸어서 갈 만한 거리 안에는 그곳 말고 달리 혼자 밥을 먹을 가게도 없었다.

그러나 바로 돌아가지 않았던 가장 큰 이유는, 오늘 밤에 집으로 그 편집부의 요시노라는 인간에게서 전화가 걸려올 것 같은 나쁜 예감이 들어서 될 수 있으면 그 전화를 피하고 싶었기 때문이었다.

필시 그 녀석은 전화를 걸어올 것이다.

실은 전에도 한 번 그런 적이 있었다. 그때 요시노는 취해서 "왜 내가 만드는 책마다 부수를 줄이려 드는 거냐?"며 근거도 없는 시비로 시작하더니, 끝내는 "왜 날 눈엣가시로 여기는 거냐?"며 역시 당찮은 힐문으로 바뀌어 나를 질리게 만들었다.

그렇게 밖에 팔리지 않을 것 같다고 예측되는 책은 그만큼의 부수밖에 찍을 수가 없다. 영업 쪽의 대답은 뻔한데, 그런 판에 박힌 듯한 대답을 요시노는 납득하지 않을 터였다. 특히 이번에는 최근 내가 일을 자주 쉬었다는 사실, 자주 쉬었던 이유가 사생활 문제인 모양이라는 회사 내 소문도 알고 있을 터라서 더욱 그렇다. "좀 더 힘을 내서 일해 달라"는 그 인간의 단골 문구가 이번에는 내 약점을 보다 직접적으로 찌르는 꼴이 된다. 게다가 오늘 밤 시부야에서 부르는 것을 무시한 일도 그 인간의 불만을 한층 증가시키는 결과가 되었을 것이다.

그런 우중충한 생각들이나 하면서 나는 젊은 남자 점원의 안내를 받아 패밀리 레스토랑의 창가 자리에 앉아 치킨 데리야키와 두부 된장국, 양상추 샐러드가 세트로 된 정식을 먹었다.

무슨 맛인지도 모르고 식사를 마치고서 웨이터가 그릇을 가지러 쟁반을 들고 왔을 때까지도 나는 분명 내 일, 다시 말해 나를 둘러싼 현실에 대한 생각에 잠겨 있었던 것 같다.

이번에 요시노가 만든 책은 전부터 점찍고 있었던 작가의 야심작인 듯, 초판 만 부로 시작하자는 것이 요시노의 바람이었다. 그러나 출판계 역시 불황인 이 시기에, 그렇지 않아도 우리 회사에서는 지금까지 아무런 실적도 보여준 바 없는 작가의 책을 만 부나 찍는다는 것은 영업 쪽에서 말하자면 당치도 않은 이야기였다.

더구나 월요일에 마침 전화로 이야기할 기회가 생겨서 다른 출판사의 영업부에서 일하는 아는 사람에게 그 작가에 대해 물어봤더니, "10년쯤 전에 우리 쪽에서 낸 데뷔작은 총 몇 만쯤 찍은 것 같지만⋯⋯." 그 후에는 화제에 오른 작품조차 하나 없다는 대답을 얻었다.

이번 주 금요일에 삿포로에서 올라오는 서점 경영자를 몇몇 출판사의 영업 담당이 공동으로 접대하기로 한 모임이 있을 예정인데, 그 자리에서 그 아는 영업부 사람에게 다시 물어볼 수도 있고 다른 출판사 영업 쪽에 넌지시 의견을 물어볼 수도 있다.

그러나 어찌 되었든 간에 초판 만 부가 이치에 맞지 않는 부수라는 결론이 나올 것은 불 보듯 뻔했다. 나를 눈엣가시로 여기고 억지를 부리려는 쪽은 오히려 요시노라고 생각했다. 이어서 아키마 후미오의 책, 그러니까 기타가와 다케시의 첫 번째 인생에서의 친구였던 아키마 후미오 = '나'의 책은 대체 몇 부나 찍었을까 하는 생각이 문득 들었다.

그쪽 인생에서는 전철 사고에 휘말리지 않은 '나', 그리고 미즈가키 유미코와의 만남이나 결혼도 경험하지 않은 '나'는 1980년~1998년의 18년 동안에 몇 권의 책을 쓰고, 그 책을 직접 영화로 만들어 영화감독으로서의 지위를 구축했다.

처음 책을 쓴 것은 아마 1980년대 중반에서 후반에 걸친 무렵이었으리라. 그 전에 출판사를 그만두었는지 그 후에 그만둔 것인지는 모르지만, 30세 전후의 '나'는 데뷔작에 해당하는 책을 세상에 들고 나와 괜찮은 성공을 거두고 그 인세를 영화 만드는 자금으로 돌렸던 것 같다.

그렇다고 한다면, 그것은 나중에 거품 경제라고 불리는 시대에 생긴 일이니까 당연히 출판계도 호황의 순풍을 타고 있었을 때고, '대형 신인의 충격적 작품'이라는 식으로 광고를 때렸을 '나'의 데뷔작은 초판 만 부가 확실했으리라.

당시 단행본을 권당 980엔으로 잡고 10만 부가 팔렸다면 인세는 그 10%로 980만 엔. 그 돈으로는 아무래도 영화 만들기에는 모자를 테니 책은 그보다 더 많이 팔렸을 것이라는 얘기가 된다. 어쩌면 그보다 조금 앞서 나온 '노르웨이의 숲'이나 최근 것으로 치자면 '실락원' 수준의 밀리언셀러였는지도 모른다.

30세 전후의 내가 쓴 책이란 무엇일까? 대체 나는 어떤 내용의 책을 쓰고 영화를 찍은 것일까? 적어도 그 데뷔작에 대해서라도 기타가와 다케시가 자세하게 언급해주었더라면 좋았을 텐데, 하고 아쉬워해보기도 했다.

또 다른 인생에서의 1998년, 43세의 영화감독인 나는 록본기의 빌딩에 일터를 가지고, 그곳을 드나드는 스크립터인 젊은 여자와 친밀한 관계에 있다. 아마도 나는 그녀와 잤을 것이다. 그쪽에서 43세인 나는 니시자토 마키가 아니라 좀 더 젊은 여자와 연애를 하고 있다.

이쪽의 내가 사고를 당해 미즈가키 유미코와 결혼해서 아이를 낳고 출판사에 다니면서 서점을 돌아다니거나, 지방 출장에, 회의에, 단행본 원가계산에, 저자별 매상 계산에, 독자 전화 대응에, 보고서 작성에, 도매상과의 교섭 등의 일을 하면서 나이를 먹고 점차 인생에 지쳐가는 사이에 그쪽의 나는 미혼인 상태로 책을 쓰고 영화를 찍어가면서 여러 여자와 연애를 하고 같이 잤던 것이리라.

……거기까지 생각한 뒤에 나는 웃었다. 먹은 그릇을 치우자마자 가져온 커피를 마시면서 나는 소리도 없이 내 자신을 비웃으며 망상을 매듭지었다.

그리고 손목시계로 시간을 확인하고는 자리에서 일어나 계산대 옆 공중전화까지 걸어갔다.

기타가와 다케시라는 사람이 실제로 존재한다. 그 사실이 그의 이야기 전부가 진실임을 증명하는 것은 아니다. 18년을 두 번이나 거듭 산 사람이 실재한다는 증명이 되는 것은 아니다. 공중전화 앞에 서서 내 자신에게 그렇게 타이르면서 열 자리 번호를 눌렀다.

월요일, 화요일, 그리고 오늘 오전과 오후에 몇 번이나 눌렀기 때문에 가토 유리의 휴대폰 번호는 이미 외우고 있었다.

그러나 역시 그녀의 목소리는 들을 수 없었다. 자동응답으로 연결될 뿐이었다. 날짜와 시간과 이름을 남기고는 수화기를 내려놓았다.

가토 주임은 휴가 중이었다. 월요일에 사무실 쪽으로 전화를 걸었던 나는 그 사실을 알고 있었다. 여느 때와 마찬가지로 아주 정중하게 대응하는 여자가 받아서 "좀 늦게 여름휴가를 갔습니다."라고 가르쳐주었던 것이다.

나에게 디스크에 담긴 것을 읽으라고 하고 기타가와 다케시는 행방을 감추었고, 그것을 다 읽으면 만나고 싶다는 말을 남겼던 가토 유리도 모습을 감추었다. 호흡이 척척 맞는 콤비다. 나는 고개를 설레설레 흔들며 창가 테이블로 되돌아갔다.

마시다 만 커피로라도 좀 더 시간을 때우려고 통로로 들어서다가 문득 발길을 멈추었다.

내 테이블은 왼편이었고 통로를 사이에 둔 오른쪽 자리는 빈 테이블이었다. 그 빈자리와 낮은 칸막이를 사이에 둔 또 다른 오른편 테이블에 여자만 셋이 앉아 있었다.

너무 오래 쳐다봤는지, 셋 중 한 명이 내 시선을 알아차렸다. 팔꿈치로 옆에 앉은 친구를 쿡쿡 찌르자 그 여자는 피우던 담배를 입에 댄 채 나를 돌아봤고, 나는 내 테이블로 돌아갔다.

엎친 데 덮친다더니.

마시다 만 커피는 불과 두 모금 만에 비워졌다. 지나가던 웨이터에게 리필을 해 달라고 부탁할 생각으로 돌아보았지만 아무도 지나가지 않았다. 나는 담배를 꺼내 불을 붙였다. 불을 붙인 것은 좋은데 재떨이가 눈에 띄지 않는 것을 알아챘을 때, 딸이 맞은편 의자에 앉았다.

등받이에 등을 비비듯 하면서 창가 쪽으로 들어가 내 정면에 앉더니 미안한 기색도 없이 빤히 보면서 먼저 말했다.

"화내지 말아요."

내가 질색인 것은 이런 상황에서 아버지 행세를 하려 드는 모습 그 자체가 아니라, 내가 아버지 행세를 하려는 것을 견제라도 하려는 듯 늘 선수를 치는 딸의 한 마디 한 마디였다.

"같이 있는 둘은 누구냐?" 나는 물었다.

"이 동네 사는 친구요."

"고등학교 친구니?"

"한 명은요."

"다른 한 명은?"

"아빠, 이런 데서 뭐하는 거에요?"

주위를 둘러봤지만 웨이터는 보이지 않았다. 나는 담뱃재를 커피잔 받침 끝에 털어냈다.

"이런 데서, 이런 시간에 고등학생이 담배를 피워도 괜찮다고 생각하니?"

"여름방학인걸요."

"벌써 9월이다."

"학교는 다음 주 월요일 개학이에요." 딸은 새침하게 대답했다. "매일 여기서 밥 먹는 거에요?"

"2학기가 시작되면 바로 시험이지?"

"여기서 아빠를 봤다고 하면 엄마가 이해해줄지도 몰라요."

"니네 엄만 네가 여기에 온 거 알고 있니?"

"니네 엄마요?" 딸이 나의 부주의한 말을 나무랐다. "아직 법적으로는 아내잖아요."

"묻는 말에 제대로 대답해라."

"괜찮아요. 엄마는 내가 여기 온 걸 알더라도 아빠를 만나러 갔다고 는 절대 생각하지 않을 테니까요."

"그런 걸 걱정하는 게 아냐. 이런 시간에 네가 집에 없다는 걸 엄마 도 알고 있냔 말이다."

"이런 시간이라고 해봤자 11시 반이잖아요."

"왜 이 테이블에는 재떨이도 안 놔둔 거야?"

나는 다시 담배 끝을 잔받침 끝에 대고 털었다.

"걱정하지 않아도 된다니까요. 난 이혼 직전인 부모 때문에 비뚤어 지지 않을 거고, 여름방학 숙제도 제대로 하고 있어요. 저쪽에 있는 애 들도 평범한 고등학생이에요."

"평범한 고등학생이라면" 나는 말꼬리를 잡았다. "2학기를 앞두고 머리를 염색하거나 하지 않아. 여름방학이라고 담배를 피우거나 하지 도 않고."

"진심으로 하는 말예요?" 딸이 말했다. "담배쯤은 아무것도 아녜요. 공부 잘하는 애들도 다 피우는 걸요. 아빠 때하고는 시대가 달라요. 게 다가 난 엄마 젊었을 때와는 달리 발레에 열중하고 있는 것도 아니 까 머리에 신경 쓰지 않아도 되고요. 내 맘대로 하라고 엄마도 그랬거 든요."

"어디 가는 거니?"

"재떨이요."

물 빠진 청바지에 짧은 티셔츠 차림의 여고생이 재떨이를 가지러 일 어서는 것을 지켜보면서 나는 확실히 딸하고 젊은 시절의 아내는 완전 히 모습이 다르다고 느꼈다.

지난 달 17세가 된 아키마 하즈키와 그의 엄마인 아키마 유미코가 20세였을 때(결혼 전에 미즈가키 유미코라는 이름으로 처음 내 앞에 나타났을 때)를 비교하면 무엇보다도 우선 서 있는 모습이 한눈에 보아도 인상부터 다르다.

딸의 몸매에는 엄마에게 있었던 평온함이 없다. 결정적으로 없다. 키도 작고 팔다리의 길이도 두드러져 보일 정도가 아니다. 특히 눈에 띄었던 엄마의 긴 목도 딸에게는 유전되지 않았다.

어릴 적에 엄격하게 키운 탓에 좋은 자세의 흔적 같은 것은 딸의 등에서도 엿보이지만, 그것도 20세 미즈가키 유미코가 보통 가정교육 속에서 달성해낸 것과는 이질적이었다. 언제 어떤 장소에서나 서 있기만 해도 남의 눈을 끌었던 완벽한 자세와는 비교도 되지 않았다.

일류 발레리나가 되겠다는 꿈을 위해 어릴 적부터 연습을 했고, 꿈의 실현을 고작 한 두 걸음 밖에 남겨놓지 않은 수준까지 다가갔던 아내와 초등학생 때 아예 발레를 그만둬버린 딸의 체형을 비교하는 것이 심한 일인지도 모르겠다. 하지만 당사자들이 얼마나 심하다고 느끼든 간에 체형의 차이와는 달리 모녀의 기질에는 별 차이가 없어서 발레를 하기 전이나 그만둔 다음이나 딸은 줄곧 엄마 편에 찰싹 달라붙어 있었다.

그래도 넓은 이마와 눈초리가 자아내는 얼굴 전체의 인상은 아주 닮아서 두 사람은 마치 표지는 같은데 판형은 전혀 다른 책 같았다.

장인이 암으로 죽기 전인 2년 동안 아내는 딸을 데리고 시모키타자와에 있는 친정에 수시로 오갔다. 주말이 아닐 때도 초등학교를 결석시키면서까지 딸을 데리고 가고 싶어 했고, 딸도 아버지와 함께 남아 있기보다는 엄마 차의 옆자리에 앉는 것을 택했다. 그런 탓에 길 때는 일주일이고 열흘이고 간에 어쩔 수 없이 나 혼자 지내야만 했다.

결국 장인이 죽고, 아내는 그때까지 했던 발레 스쿨 강사에 더하여 발레단 경영까지 이어받아 자신의 운을 발휘하기 시작했다. 도쿄 도심의 여자 중학교로 진학시킨 딸과 둘이서 매일 아침 나보다도 먼저 차로 집을 나섰다. 특별한 경우를 제외하고는 저녁 때 집에 돌아올 때에도 둘은 함께였다. 나 혼자 늦게 저녁을 먹으러 돌아오는 게 다반사였다.

그 즈음의 기억인데, 어느 날 오랜만에 셋이서 저녁식탁에 둘러 앉아 있었다. 둘의 대화를 듣다가 (학원의 여름 강습인가 뭔가에 대한 얘기였던 것 같다) 나는 갑자기 딸이 이제는 발레를 하지 않는다는 사실을 알게 되었다. 그 일을 언급하자 두 사람은 서로 마주보기만 하다가 입을 다물어버렸고, 나중에 딸이 없을 때 아내는 불쾌감을 얼굴에 드러내면서,

"이제야 눈치 채고 그런 말을 하다니."

하고 나를 나무랐다.

"모처럼 발레를 포기하고 공부에 전념하려는 참에 그런 말이나 하고. 이번이 처음은 아니지만, 하여간 당신의 무신경에는 정말이지 매번 실망이에요."

딸이 발레를 그만두었다는 것을 이제야 알게 된 사실에 나도 실망이다, 라고 되받아치지는 않았다.

그러니까 딸은 딸 나름대로 (엄마의 경우와는 레벨이 다른 단계에서의) 좌절을 경험했을 테지만, 그 좌절을 떨치고 일어서는 동안에 어떤

사정이 있었는지 모녀간에 어떤 대화가 오갔는지, 장인이 암으로 힘들어 하고 있는 동안 줄곧 마바시의 집에 혼자 남겨져 있던 나는 지금까지도 아는 바가 하나도 없다.

잔받침 끝에 세 번째로 담뱃재를 털어냈을 때, 딸이 재떨이를 가지고 돌아왔다.

만일 자기 담배를 가지고 와 내 눈앞에서 불을 붙이는 따위의 행동을 하면 그때는 정말로 화를 낼 셈으로 벼르고 있었지만, 그런 일은 일어나지 않았다. 아마 아버지의 테이블에 그리 오랫동안 앉아 있을 생각이 없었을 것이다.

건네받은 재떨이에 담배를 눌러 끄면서, 방금 전 저쪽 자리에서 딸이 담배를 손가락 사이에 끼우고 있던 것을 본 순간, 딸을 딸이라고 확인하기까지 걸린 공백 동안에 나도 모르게 옆얼굴에 넋을 잃었던 것은 그때와 마찬가지로 젊고 이마가 예쁜 아가씨가 담배를 입술에 대고 친구에게 미소 지어 보이는 트뤼포의 영화 장면이라도 떠올랐기 때문이었을까 하고 생각해보았다. 원래 트뤼포 영화의 등장인물들에게 담배야 늘 따라다니는 거라고 치고, 인상적인 쇼트헤어의 소녀가 있었던가?

역시 한눈에 알 수 있는 아키마 하즈키와 미즈가키 유미코의 차이는 그 헤어스타일이다. 딸의 머리는 짧은 데다가 갈색이다. 미즈가키 유미코는 발레를 계속하고 있던 까닭에 긴 머리를 해야 했고, 평소에는, 특히 여름에는 뒤로 묶어서 포니테일 스타일로 하는 것이 습관이었다. 더구나 1980년대 젊은 여자들은 아무도 머리를 갈색으로 물들이는 사람이 없었다. 딸이 말한 대로 이제는 시대가 변했으니 어쩌면

1998년의 지금은 쇼트헤어의 갈색 머리 발레리나 지망생도 있을지 모르지만.

"아빠." 딸이 말했다. "그럼 저 이만 갈게요."

"어디 가는 거니?"

"집에 가야죠. 친구랑 같이요."

"전철로 센다기까지 간다고?"

"친구 집에서 잘 거에요."

"친구는 어디 사는데? 니네 엄만……." 하고 말하려다 나는 우물거렸다.

"우리 엄마는 내가 어디에 있는지 알아요." 딸이 뒤를 이었다. "친구의 엄마도 아는 사이구요. 게다가 엄마는 오늘 외할머니 댁에 묵기로 되어 있거든요. 외할머니가 안 좋으시고, 외로워하셔서요."

"너도 같이 안 가 봐도 되겠니?"

"할머니는 암이 아니에요. 그냥 2층에 세든 사람들이 홍콩으로 여행을 갔다고 엄마한테 응석을 부리고 싶어 하실 뿐이에요."

"아버지가 친구 집까지 바래다줄까?"

"진짜?" 하고 딸이 대답해서 나는 끄덕여 보였다.

"차도 없는데, 됐어요."

딸이 일어섰다. 테이블에 양손을 대고 일어선 채 친구가 기다리는 방향을 힐끗 보고는 이렇게 말했다.

"좋은 거 가르쳐줄까요?"

"좋은 거?" 나는 딸이 보는 쪽을 돌아보았다.

"있죠, 아빠는 책을 좀 읽으세요."

딸의 얼굴에서 표정을 읽어낸 나는 아주 한순간 스무 살이었던 미즈가키 유미코의 얼굴을 연상하면서, 옛날로 끌려 돌아가는 자신을 느끼면서 딸이 나를 놀리고 있는 것은 아님을 확인했다.

"엄마랑 처음 만났을 때 아빠는 책을 읽고 있었다면서요? 사실 엄마는 그때 금방 아빠를 좋아하게 됐대요. 책을 읽는 모습이 보통 사람과는 달랐다고요. 멋졌대요. 페이지를 넘기는 손길이라든가 책을 덮는 손길에 빠져서 좋아하게 됐대요. 그러니까 아빠, 책을 좀 읽으세요. 이런 곳에서 멍하니 있을 게 아니라 책이라도 읽고 있으면 또 누군가가 그 모습을 보고 좋아해줄지도 모르잖아요? 엄마랑 이혼하더라도 애인이 생길지도 모르잖아요, 그쵸? 최근에는 책 같은 거 읽지 않죠?"

나는 빈 커피잔을 잔받침 째 옆으로 비켜 놓고 재떨이를 끌어 당겨 담배를 한 개비 더 피웠다.

"엄마가 그렇게 말하든?"

"그랬어요, 아빠 상처가 다리여서 다행이었다고요. 만일 손을 다쳤더라면 하즈키는 이 세상에 태어나지 않았을 거라던데요. 성공한 거죠."

나는 상상할 수 있었다.

사이좋은 모녀가 아파트 한 방에 바싹 붙어 앉아서 머지않아 이혼하게 될 남편, 무신경한 아버지 얘기를 나누고 있는 장면을. 아키마 유미코라면 그 정도 농담은 딸에게 할 수 있으리라. 그리고 그 말 뒤에 "지금 생각하면, 바보 같지." 하고 덧붙이며 유쾌하게 웃어 보였으리라.

나는 떠올릴 수 있었다.

지금으로부터 18년 전의 9월, 사고로 왼쪽 다리를 다친 나와 갑자기 내 병실에 나타난 미즈가키 유미코가 만나는 장면을. 고교 시절 친구이자 신문기자인 오타 아키코가 병문안을 와준 것과 같은 날이었으니 사고 다음 날이 틀림없다. 하지만 그때 나에게 책 읽을 여유 따위가 있었을 리 없다. 분명 아내는 그 뒤로 여러 번 병문안을 왔을 때의 기억과 처음 만났을 때의 기억을 뒤섞고 있는 것이다.

6주 동안이나 되는 입원 기간 중에 두 번의 수술을 받은 나는 목발을 짚고 걸어 다니는 것조차 귀찮아서 침대에 누워 책만 읽었다. 그리고 침대 옆에 보조 의자를 두고 앉은 미즈가키 유미코는 과일칼로 그레이프프루트를 반으로 쪼개면서 내가 읽고 있는 책에, 예를 들면 무라카미 하루키라는 신인의 소설에 관심을 보이면서 이름을 기억했다가 바로 다음 병문안 올 때에는 신작이 실린 잡지를 가지고 오기도 했다.

18년 전 그 시절의 어느 날로, 아니, 좀 더 이전으로 거슬러 올라가 왼쪽 다리의 상처나 실패로 끝날 결혼이 아직 내 기록에 쓰이지 않은 날로 지금부터 거슬러 올라갈 수만 있다면 그렇게 하고 싶다는 생각이 불현듯 나를 사로잡았다.

만일 기타가와 다케시의 이야기처럼 그런 일이 가능하다면, 아니, 기타가와 다케시의 몸에 실제로 일어났던 일이 지금 내 몸에도 일어난다면, 나는 눈앞에 있는 딸을 버리고라도 그곳으로 돌아갈 각오가 되어 있을까?

딸이 테이블을 떠나기 전에 친구인 여고생이 옆으로 와 휴대전화를 내밀었다. 딸과 비슷하게 갈색으로 물들인 짧은 머리를 올백으로 빗어 넘기고 있었다. 청바지 주머니에 엄지를 낀 채 우두커니 서 있기만 했지 내게는 인사 한마디 없었다. 인사를 한들 나 또한 해줄 말이 없기는 하다.

딸의 휴대전화로 전화를 걸어온 것은 엄마인 아키마 유미코였다. 딸의 말투로 보아 금방 알 수 있었다.

할 수만 있다면 지금 바로 휴대전화를 빼앗아 들고 아내에게 묻고 싶은 기분이 들었다. 지금부터 18년 전, 1980년 9월 6일 시모키타자와 역에서 당신을 그 전철에서 내리게 한 사람의 이름이 기타가와 다케시가 아니냐고.

기타가와 다케시의 얼굴을 기억하느냐고, 당신을 그 사고에서 구하기 위해, 오로지 그것만을 위해 아내와 두 아이를 버리고 시간을 거슬러 가버린 남자의 얼굴을 기억하고 있느냐고.

그러면 아키마 유미코는 이렇게 대답할 것이다.

내가 그 사고를 피할 수 있었던 것은 누가 구해줘서가 아니다. 내 타고난 운이 강한 덕분이다라고.

처음에 그녀가 미즈가키 유미코로서 내 앞에 나타나 중얼거렸던 것처럼 말이다.

"난 행운을 타고난 거에요. 잘 모르는 사람이 같이 전철에서 내리자고 말을 걸었는데, 그때 내가 마음을 바꾸었거든요."

그러나 그 말은 틀렸다.

그것은 진실이 아니다. 잘 모르는 사람은 당신을 사고에서 구함과 동시에 나도 구하려고 시도했다. 그때 기타가와 다케시는 플랫폼에 있는 내가 전철을 타지 못하게 막아 말라고 당신에게 부탁했던 것이다.

18년 전 그날로, 1980년 9월 6일까지 시간을 거슬러 올라갈 수 있다면 지금 눈앞에서 휴대전화로 엄마와 이야기하고 있는 딸을 버리고

서라도 그곳으로 돌아가겠다는 결심을 할 수 있을까?

그렇지만 이 질문은 무의미하다. 나는 나 자신을 향해 오히려 이렇게 물어야 마땅하다.

1998년, 이 현실 세계에 속한 나를 버리고 그곳으로 돌아갈 수 있겠는가?

그렇다, 기타가와 다케시는 그렇게 했다. 과거로의 여행이란 현재의 자신을 죽이고 출발하는 여행이다.

그는 저편 현실의 세계에서 과거를 향해 도약함으로써 이쪽 현실 세계로 옮겨왔다. 저쪽의 1998년 9월 6일에 그는 전철 안에서 죽었다. 그 죽음을 옆에서 본 것은 저쪽 세계의 나다.

43세인 지금도 독신으로 책을 쓰며 영화를 찍고 있는 또 한 사람의 나다.

"저기요." 딸이 나를 불렀다.

휴대전화를 얹은 손바닥을 내밀면서 자기 엄마를 연상시키는 웃는 얼굴로, 엄마와 닮은 딸은 엄마 쪽에 설 권리가 있다고 주장하는 듯 어른스러워진 미소로 물었다.

"엄만데요, 바꿔줄까요?"

나는 고개를 저었다.

플로피 디스크_

사고가 난 지 사흘이 지나 의식이 돌아왔을 때, 나는 병원 집중치료실에 있었어.

1980년, 9월 9일 아침 일이지.

맨 처음 눈에 들어온 것은 낯모르는 여자 얼굴로, 그 여자는 마치 아기를 보살피는 것처럼 부드러운 눈으로 나를 내려다보고 있었는데, 그녀가 흰 옷에 흰 모자를 쓴 간호사임을 깨닫는데는 다소 시간이 걸렸어.

잠시 후 또 다른 간호사가 옆에 섰고, 이어 의사를 부르니까 남자 의사 두 사람까지 더해져 모두 넷이 나에게 무슨 처치를 해주었지. 그리고 또 다른 몇 명이 치료실 안으로 들어왔어.

"다케시." 들은 기억이 있는 여자의 목소리가 나를 불렀어.

의사 한 사람이 내 얼굴을 들여다보면서 이름과 생년월일을 물었어.

"기타가와 다케시." 난 대답할 수 있었지. "1955년 7월 11일 생…… 25세."

그렇게 해서 그 전철 맨 앞 칸에서 사고를 당한 피해자 중에서 어떻게 목숨을 건진 사람 중 마지막 한 사람의 신원이 확인된 셈이었어.

하지만 그것은 본인의 입을 통한 것이 그렇다는 의미이고, 실제로 내 신원은 사고 다음 날인가 그 다음 날에 가족에 의해 확인이 되었던 것 같아. 그때 의사와 간호사 말고 치료실로 내 부모님과 누나가 달려와 주었으니까.

나중에 주위에서 들은 이야기로는 내 신원을 증명할 물건은 사고 직후의 화재로 타버렸다고 하더군.

그에 따라서 당연히 내 얼굴 일부와 상반신에도 화재의 흔적이 새겨졌고, 어쩌면 그 때문에 매스컴의 신원 확인 발표가 다른 생존자보다도 늦어진 것인지도 몰라. "남은 승객 한 사람의 신원도 판명"이라는 작은 기사가 조간신문에 실린 것은 내가 의식을 되찾은 다음 날의 일이었지.

그런 기사 따위는 아무래도 좋아. 당시의 자네가 그 기사를 보고 동창이었던 내 이름을 알아챘는지 알아채지 못했는지, 혹은 기사 그 자체를 봤는지 못 봤는지, 그런 얘기를 하려는 것도 아니야.

물론 치료실 침대 옆에서 눈물을 흘리고 있는 어머니와 누나 - 단숨에 18년만큼 젊어진 어머니와 누나를 보는 것은 반가운 동시에 괴롭기도 했어. 특히 1998년에는 이미 이 세상을 떠난 아버지 얼굴을 눈앞에서 다시 보는 것은 말로 표현하기 힘들 정도로 각별한 감개가 있었지.

하지만 그 얘기를 할 생각도 아냐.

난 될 수 있는 한, 1980년으로 돌아간 당시의 내 기분을 정직하게 전하고 싶어.

의식을 되찾은 나의 관심은 공백이었던 사흘 동안에 있지 않았어. 25세인 내 육체가 당한 화상에 있는 것도 아니었어. 그리운 나의 가족들에게 있지도 않았지.

더 말하자면, 난 그때 자네 일조차 염려하고 있지 않았는지도 몰라.

내가 유일하게 알고 싶었던 것은 미즈가키 유미코에 대한 정보였어.

3일 전 사고가 나던 날 밤, 미즈가키 유미코는 시모키타자와 역에서 확실히 그 전철에서 내렸을까? 두 번째인 이번에는 내가 의도한 대로 그녀가 사고를 피할 수 있었을까?

그녀는 정말 무사할까?

솔직히 말해 그 뒤를 자네에게 이야기하는 건 무의미하지.

지금까지 말해온 이야기의 결말에 해당하는 부분을, 마치 서스펜스를 돋우는 것처럼 - 그녀는 정말로 무사할까? 라고 쓰는 건 정말 무의미한 일이야.

왜냐하면 자네는 이미 그 대답을 알고 있을 테니까.

내가 돌아온 1980년 9월 6일은 지금 이것을 읽고 있을 자네가 실제로 존재하던 1980년 9월 6일의 일이야.

그 이후의 사건은 자네도 당연히 알고 있지. 오히려 자네 쪽이 나보다도 많이 알고 있다고 고쳐 말해야 할지도 모르겠군.

그러니까 그 뒤의 일을 자세히 쓸 생각은 없어.

이 이야기를 쓰기 시작하면서, 전반 부분에는 색채가 없다고 내가 말했지. 영화로 말하자면 회상에 해당하는 흑백 장면이라고. 똑같은 비유를 사용하자면 지금부터는 색채가 부활하는 거야. 지금 이것을 읽고 있는 자네에게 있어서도 글자 그대로의 의미로 현실 속 18년간의 요약이 될 테지.

그녀는 정말 무사할까?

물론 미즈가키 유미코는 무사했어.

자네도 알고 있는 것처럼 미즈가키 유미코는 그날 그 시간에 그 전철에서 내렸지. 그럼으로써 사고를 피할 수 있었어.

다만 시모키타자와 역 플랫폼에서 자네를 찾아내 전철을 타지 못하게 해달라는 내 부탁은 실천하지 못했지. 그래서 자네는 그 전철 두 번째 칸에 올라타 사고를 당한 것이 틀림없었어.

그런 사실들을 의식을 회복하고 조금 지나서야 사고 당시의 신문에 발표된 피해자 명단을 보고 추측할 수 있었지.

사망자, 중상자, 경상자로 나뉜 피해자 명단 속에서 먼저 장인 장모의 이름이 보였어. 니시자토 마키의 부모, 니시자토 마사오와 니시자토 요시에는 이번에도 역시 사망했던 거야. 다음 중상자 명단에는 자네 이름이 올라와 있었지만, 그 대신 미즈가키 유미코의 이름은 어디에서도 발견되지 않았어.

미즈가키 유미코의 소식에 대해서는 좀 더 나중에, 스스로 걸을 수 있게 되고 나서 전화로 확인해보았지.

미즈가키라는 성을 가진 사람의 번호를 전화번호부에서 찾아서 - 나로서는 첫 번째 1980년에도 똑같은 일을 했으니까 다시 찾아본 것이라고 해야겠지만 - 시모키타자와의 본가로 전화를 걸어보니 어머니로 여겨지는 나이의 사람이 받아 유미코는 대학교 수업을 받으러 갔다고 알려주었지. 그래서 나는 이름도 밝히지 않고 전화를 끊었어.

같은 무렵, 자네의 부상에 대해서도 확인을 했지. 다니던 출판사에 전화로 상태를 물어보니 자네가 아직 지바의 본가에서 치료 중이라고 알려주더군. 그렇지만 새해가 되면 곧 업무에 복귀할 수 있을 것 같다는 얘기였어. 그것이 1980년 12월 초순 얘기야.

해가 저물어 무렵에도 나는 여전히 입원 중이었어.

그 즈음 날들에 대한 내 기분을 말로 표현한다면 딱 세 마디로 충분해.

향수와 불안과 불안정이지.

1980년에는 우리와 동갑인 에가와 스구루(프로야구선수 - 옮긴이)도 활발히 활약하고 있었고, 로라 보 역시 아직 귀여웠어. 난 예전에 봤던 그들의 젊은 모습을 다시 보면서 확실히 향수 같은 것을 느꼈어. 하지만 같은 시간을 사는 사람으로서 다시 시대를 공유할 수 있다고 하는 행복으로 연결되지는 않았지.

사실, 같은 시간을 살면서도 그들을 18살 더 먹은 사람의 눈으로 바라보고 있는 나를 깨닫자 이 시대에 잠입한 이방인으로서의 나 자신이 몹시 불안하게 느껴졌어. 그리하여 오히려 18년이 흐른 뒤의, 더 이상 젊지 않은 에가와 스구루나 로라 보에 대해 강한 향수를 느낀다고 하는 기묘한 정신 상태에 빠져들게 되었지.

예를 들면 병원 대합실에서 발견한 낡은 주간지 - 은퇴 전의 야마구치 모모에가 미용실에서 막 세팅을 마치고 나온 듯한 느낌으로 까맣고 숱 많은 머리칼을 구름처럼 부풀린 사진이 표지에 실린 '주간 플레이보이'를 펼치자 스타워즈 시리즈의 신작 '제국의 역습' 시사회 초대 페이지가 눈에 띄는 거야. 그러면 난 과거에 본 그 영화를 그리워하기보다는 18년 후의 '타이타닉'이 인기를 모으던 시대에 대한 그리움에 싸였지.

그렇게 시간적으로 뒤집힌 향수에 대해 나는 누군가에게, 아니, 다른 누구보다도 자네에게 이야기하고 싶었어. 하지만 내가 얘기를 하고 싶은 자네란, 이 시대에서 사고를 당한 25세의 아키마 후미오가 아니라 18년 후의 전철 안에서 나의 죽음을 목격한 자네인 거야.

예를 들어 텔레비전에서는 신형차 광고가 나오는데, 어느 메이커의 차나 모두 각이 져 있어. 예를 들어 루빅스 큐브 맞추기에 열중하고 있는 입원 환자가 수없이 많아. 예를 들어 병문안 온 누나 부부가 이번 여름부터 전전공사가 서비스를 시작했다고 얘기한 것이 컬렉트 콜이야. 예를 들어 세븐스타 담배를 자동판매기에서 180엔에 팔아. 히비야의 야외 음악당에서 존 레논의 추모 집회가 열렸다는 뉴스가 크리스마스 이브에 흘러나오기도 하고 말이야.

그런 것들을 보고 들을 때마다 나는 유선형 차체의 자동차가 주류인 시대, '다마고치'나 스티커사진의 시대, 휴대전화가 거리에 넘쳐나고 있는 시대, 세븐스타가 230엔인 시대, 초로의 믹 재거가 현역으로 콘서트를 여는 시대를 떠올리며 향수에 잠겼던 거지.

지바에 있는 자네 본가에 전화를 걸어볼 생각이 든 것은 12월 하순의 어느 날 밤이었어. 난 내 몸에 남은 화상 흉터와 그 화상 흉터를 눈에 띄지 않게 하기 위해 받아야 할 수술이나 수술 뒤에 살아가야 할 두 번째 미래에 대해서 의지할 데 없는 기분에 사로잡혀 상당히 약해져 있었던 것 같아.

처음부터 이름을 밝힐 생각으로 전화를 걸었지.

"갑작스러운 전화라서 놀랄지도 모르지만, 트뤼포의 '녹색의 방'이 상영될 때 만났던……."

그렇게 설명하기 시작해서 가능하면 이 시대에서의 우리 우정을 처음부터 다시 쌓고 싶다는 바람을 가지고서 말이야.

그런데 전화를 받은 사람은 자네의 싹싹하신 어머님이었는데, 자네가 벌써 자기 집에 돌아가서 살고 있다고 알려 주시더군. 그렇다면 그 집 전화번호를, 하고 말을 꺼내기 전에 어머님은 얘기를 덧붙였어.

"근데, 오늘 밤은 크리스마스니까 아마 이 시간이라면 그쪽 집에 갔을 거예요."

"그쪽 집이요?"

"시모키타자와 말예요."

어머님이 대답했어.

한때는 그 사고에 휘말려 어떻게 되는 거 아닌가 하고 걱정했는데, 결국 그 사고가 후미오의 다리에 후유증을 남기기는 했어도 후미오와 유미코의 인연을 맺어주었다. 그렇게 생각하고 긍정적으로 사는 수밖에 없다. 후미오 본인도 그렇게 생각하고 있는 것 같다. 그런 뜻으로 어머님은 얘기했고, 귀를 의심할 수밖에 없었던 나는 도중에 이렇게 물었지.

"아키마가 약혼한 상대는 시모키타자와의 미즈가키 씨 댁 따님이죠?"

"그래요. 미즈가키 유미코 씨, 대학에서 발레를 공부하고 있지요."

그대로 전화를 끊은 나는 목발을 짚고 병실로 돌아왔어.

그 사고가 난 지 얼마 지나지 않아 미즈가키 유미코와 자네 사이의 현실에 어떤 일이 전개되었는지 내가 생각해본 것은 다음과 같았지.

사고가 난지 사흘 째 되던 날, 내가 가까스로 의식을 되찾았을 무렵, 자네는 화재의 영향이 적었던 두 번째 칸 승객을 주로 수용했던 병원 침대에 있었다. 그런데 생각지도 않게 미즈가키 유미코가 찾아와 당황스러워했을 것이다.

아마 그녀는 신문이나 텔레비전에서 보도된 피해자 명단 속에서 아키마 후미오라는 이름을 찾아냈으리라. 그리고 자네가 입원한 병원을 찾아가 자네를 전철에 태우지 말라고 부탁했던 사람 얘기를, 그러니까 내 얘기를 자네한테 물어봤을 것이다.

나로서는 그때 자네가 어떻게 대답했는지 알 길이 없지. 자네와 그녀가 나를 어떤 식으로 상상하고 이야기를 나누었는지 짐작조차 할 수가 없네.

내가 말할 수 있는 것은, 그날을 계기로 해서 자네와 그녀의 교제가 시작되었고 사고가 난 지 석 달쯤 지났을 무렵에는 - 내가 그럭저럭 목발을 짚고 걷기 시작한 시기에 해당하지 - 두 사람의 관계가 결혼을 앞두고 있을 정도로 빠르게 진행되었다는 사실이야.

자네와 그녀, 두 사람 사이에 어떤 사정이 있었던 간에 그 사실은 나에게 커다란 충격이었어.

자네 어머님에게서 그 사실을 들은 날 밤부터 몇 시간, 며칠, 몇 주일까지도 나는 허탈 상태에서 결코 해답이 나오지 않을 의문에 잠겨 있었지. 왜? 왜 미즈가키 유미코와 아키마 후미오가 약혼하는 사태가 일어나고 만 것일까?

난 세계의 모든 역사를 새로 짜기 위해 과거로 돌아온 게 아냐. 극히 개인적인 이유로, 한 여인을 위험한 전철에서 내리게 하기 위해 돌아왔고, 실제로 나는 그 일만 실행했어.

그런데도 나는, 내가 알고 있는 세계가 그로테스크하게 뒤틀려 버렸고, 앞으로도 계속 뒤틀려 가는 것이 아닐까 하는 예감에 사로잡혔어. 어쩌면 이 1980년은 내가 향수를 느끼고 있는 저 1998년으로 똑바로 이어지지 못하는 게 아닐까?

1981년이 밝았어.

무거운 마음으로 정월을 보내고 2월에는 얼굴의 화상 흉터에 대한 첫 번째 수술이 이루어지고, 다음 달에는 두 번째로 얼굴 이외 부분의 수술이 시작되어 여름이 오기 전에 25세의 내 얼굴을 거의 되찾을 수 있었지.

그리고 세상은 있는 그대로의 모습으로 거기에 있었어. 모든 사건이 내가 기억했던 대로의 모습으로 일어났지. 아무래도 뒤틀려버린 건 미즈가키 유미코와 자네, 나의 개인적인 트라이앵글뿐인 것 같았어.

텔레비전은 내가 기억하고 있는 광고와 음악 프로그램, 뉴스를 흘려보냈어. 신문이 전하는 살인, 재해, 정치인의 부정, 스포츠 경기 결과도 내가 기억하고 있는 그대로였지. 그해 그룹 핑크 레이디가 해산했고, 스모 선수 치요노후지는 요코즈나가 되고, 야구의 일본 시리즈는 자이언트가 우승했어. '루비 반지'가 히트하고, '창가의 토토'가 베스트셀러가 되고, '벌침 한방'이라는 말이 유행했지. 이집트의 사다트 대통령이 암살되고, 영국 황태자가 다이애나와 결혼하고, 7년 뒤 올림픽 개최지는 나고야가 아닌 서울로 결정되었어.

여름이 끝나갈 무렵에 난 다시 한 번 자네 본가에 전화를 걸어 여전하신 어머님의 얘기를 통해 정보를 얻었어. 3월에 자네와 그녀가 결혼식을 올린 일. 8월 중순에는 일찌감치 여자아이가 태어난 일…….

가을에 퇴원할 무렵에는 이미 마음의 정리가 되어 있었어.

같은 전철 맨 앞 칸과 두 번째 칸에 타고 있던 두 사람의 운명이 둘로 나뉘는 - 한쪽은 다리 골절에 그쳐 미즈가키 유미코를 얻고, 한쪽은 골절뿐 아니라 화상 흉터까지 떠안고 미즈가키 유미코를 잃었지. 하지만 그것은 운명의 장난이 아니라, 따지자면 내 의지가 불러온 결과야. 누구를 원망할 일도 아니고, 어쩌면 과거로 돌아가기로 마음먹은 내가 당연히 지불해야 할 대가라고 할 수 있을지도 몰라.

더구나 나는 자네의 부상은 비교적 가벼웠다는 따위의 말을 할 생각도 없어. 내 화상 자국과 손에서 놓을 수 없는 지팡이와 마찬가지로 지우려야 지울 수 없는 사고의 후유증이 자네의 왼쪽 다리에도 새겨져 있음을 알고 있으니까 말이야.

나는 자네와 그녀의 결혼을 축복해야 할 터였어.

이번에 미즈가키 유미코는 사고를 피해 살아갈 수 있게 되었어. 아마 스스로 목숨을 끊는 일은 없을 테지. 그것은 내가 바란 그녀의 인생, 아니, 처음부터 내가 우산을 두고 내리는 실수만 하지 않았더라면 틀림없이 그녀가 살아갔을 인생이야. 그녀는 원래의 인생을 되찾았어. 그것을 위해 난 이 시대로 돌아왔고, 내가 해야 할 일을 완수한 거지.

내가 아닌 누군가를 미즈가키 유미코가 사랑하여 결혼한다, 그 사실은 사실로서 뼈에 사무치지만 예전의 내 실패 탓에 젊은 그녀가 세상을 떠났던 불행을 생각하면 단념할 수 있었어. 더구나 그 누군가가 다름 아닌 내 친구 아키마 후미오였으니까.

난 이 두 번째 인생에서의 내 운명, 미즈가키 유미코와 자네와 나로 이루어지는 불가사의한 인연의 트라이앵글을 달게 받아들이기로 했네. 앞으로는 내가 나설 일이 없을 거야.

미즈가키 유미코의 새로운 인생을 위해 난 이미 해야 할 일을 했어. 다음은 내 자신의 두 번째 미래를 걱정할 차례였지. 다행히 세계는 내가 늘 보아서 익숙한 모습 그대로 완만하게 변화하고 있었어.

틀림없이 이 시대는 내가 아는 1998년까지 내 기억을 덧그리는 형태로 나아갈 것이다. 자네와 그녀가 결혼해서 아이를 얻은 정도나, 혹은 내가 지팡이 없이는 걸을 수 없는 몸이 된 정도로 세계의 역사는 크게 뒤틀리거나 하지 않을 것이다.

그 사실을 전제로 깔고 나는 두 번째 미래에 대한 대처 방안을 다시 궁리했어. 20대의 육체를 가진 40대의 남자로서, 내 의지에 따라 이 시대에 들어온 이방인으로서, 무언가 혼자서 살아갈 수단을 생각하기로 했지.

1981년 가을, 사고가 난지 만 1년 뒤에 나는 지팡이를 짚고 병원을 뒤로 했어.

자네들 앞에서 모습을 감추기로 결심하고서.

그 뒤 시대가 어떻게 변해 갔는지는 새삼 자네에게 말할 필요가 없을 거야.

모두 자네가 아는 대로지.

즉, 내가 아는 대로, 예전에 내가 한 번 살아봤던 그대로 시대가 변화했어.

예를 들면 다음 해에는 'ET'가 히트했고, 그 다음 해에는 도쿄 디즈니랜드가 탄생했지. 아카가와 지로의 책이 베스트셀러가 되고, 미니스커트가 다시 유행하고, 드라마 '오싱'이 높은 시청률을 기록하고, 금연파이프 광고가 히트를 치고, 구리코·모리나가 제과 협박 사건이 세상을 떠들썩하게 만들고, 트뤼포가 세상을 떠나고, 애니메이션 '바람의 계곡 나우시카'가 화제가 되고, 야구선수 기요하라 가즈히로가 라이온즈 구단에 지명되고, 일본항공의 747기가 추락하고, '슈퍼마리오' 게임이 폭발적으로 팔리고, 에이즈라는 단어가 신문 제목이 오르고, 체르노빌에서 원전 폭발 사고가 발생하고, 일회용 카메라가 상품화되고, 미하라 산이 분화하고, '슈퍼드라이' 맥주가 판매신장을 이루고, '샐러드 기념일'이란 책이 히트하고, 에가와 스구루가 은퇴하고, '프리타'라는 말이 생기고, '노르웨이의 숲'이 베스트셀러가 되고, 리크루트 사의 미공개 주식 양도 스캔들이 일어나고, 게임소프트 '드래건 퀘스트 Ⅲ'의 발매를 기다리는 긴 행렬이 늘어서고, 사카모토 류이치가 아카데미상을 수상하고, 호크스 구단을 다이에이가 인수하고, '소년 점프'가 500만부를 발행하게 되고, 오구리캡이 아리마기념 경마대회에서 이기면서 일본의 연호도 쇼와에서 헤이세이로 바뀌었지.

천안문 광장이 세계의 이목을 모으고, 요시모토 바나나가 연달아 베스트셀러를 쓰고, 베를린 장벽이 철거되고, 마사코 황태자비 붐이 일어나고, 후지모리가 페루 대통령에 당선되고, 사담 후세인이 쿠웨이트를 침공하고, 노모 히데오가 메이저리그 MVP를 획득하고, NTT가 다이얼 Q2 서비스를 개시하고, 소비에트 연방이 해체되고, 보스니아에서 내전이 계속되고, 거품 경제가 붕괴되고, CD가 레코드를 대신하고, 컴퓨터가 급속하게 보급되고, 폭우가 내리고, 가뭄이 들고, 대지진이 일어나고, 지하철에 사린이 뿌려지고, 로라 보가 알코올 중독으로 입원했다는 기사가 지면을 장식하고, 다저스의 노모 히데오가 노 히트 노런을 달성하고, 원조 교제가 비난을 받고, O-157에 의한 식중독이 발생하고, '뇌내 혁명'과 '실락원'과 스티커 사진과 다마고치와 갖가지 게임소프트가 히트하고, 홍콩이 중국에 반환되고, 다이아나 전 황태자비가 교통사고로 사망하고, 인도와 파키스탄이 핵실험을 강행하고, 프랑스 월드컵에서 일본이 3패하고, 하시모토 류타로 내각은 참패하지.

그리하여 현재에 이르렀어. 나는 겉으로는 43세 남자로서, 즉 자네의 고교 동창 중 한 사람으로서 지금 이 세계에 실재하고 있지.

기타가와 다케시라는 내 이름을 아는 사람의 숫자는 그리 많지 않아. 하지만 지금 내 수중에는 상당한 재산이 있어.

자네가 가르쳐주었던 그 소설에서는 과거로 되돌아간 주인공이 기억에 의지해 경마에서 한밑천을 잡지. 번 그 돈을 밑천으로 사업을 시작하고, 역시 기억에 의지해 주식시장에서 막대한 부를 쌓는 식이었던 걸로 알고 있어.

그렇지만 원래 도박과는 인연이 없던 나로서는 기껏 오구리캡이 이긴 아리마기념 경마 정도였어. 그나마 1981년 기준으로 이야기하자면 훨씬 나중에 생길 일이어서 그 전까지는 위로금과 보상금, 얼마간의 저금을 까먹으면서 혼자 살아갈 수밖에 없었지.

1981년 10월에 난 정식으로 회사를 그만 두고 본가에서 나와 도쿄 모처에 방을 얻었어. 그곳을 사무실 겸 주거로 삼아 통원 치료를 받으면서 슬슬 돈이 될 거리를 찾기 시작했지.

덧붙여 말하자면, 내가 에후쿠초의 본가를 나온 뒤로 발길을 끊은 탓에 아버지가 돌아가신 다음에는 누나네 부부가 아이들과 함께 어머니와 같이 살게 되었지. 그런데 그쪽에 전화를 걸어 나를 찾아보려 해도 소용없는 일이니까 그만두는 게 좋을 거야. 그쪽에서는 나에게 연락을 취할 방법이 없어. 난 그런 식으로 오랜 세월을 남 앞에 얼굴을 드러내지 않고 살아왔거든.

1981년에 내가 착수한 일은, 지금 생각하면 뜬구름을 잡는 듯 막연한 사업이었어.

전에도 말한 것처럼, 미래에 생길 일들은 내가 아는 첫 번째 때와 완전히 똑같은 모습의 전개를 보이고 있다. 그런 사실을 전제로 삼으면 뭔가

돈벌이가 보일지도 모른다. 그런 정도의 계획만 가지고 오피스 K를 시작했던 거야.

예전에 43세까지 광고대리점에 근무했던 사람으로서 내 안테나에 걸렸던 모든 사건, 1982년 이후 시장에 나올 모든 히트상품을 기억할 수 있는 한 모두 나열해보았어. 그런 다음에 특허를 따놓을 수 있을 것들은 특허를 받아두기 위해 움직였지.

그리고 히트했던 광고, 텔레비전 드라마, 영화, 만화, 애니메이션, 완구, 게임소프트, 소설, 소설 이외의 책, 엔카, 팝송, 록뮤직, 일용품, 주방용품, 가전제품, 스포츠용품, 음식, 음료수, 자동차, 의복, 신발, 액세서리, 건축물, 이벤트, 테마파크 등등에 대해서 앞으로 아이디어로 제안할 수 있을 만한 것은 모조리 그것을 쓸 수 있을 곳으로 가지고 들어갔어.

그런 사업에 나 혼자 뛰어 든 것은 아니야.

내 오른팔이 되어 일해줄 사람, 아니, 처음에는 내 불편한 다리를 대신해줄 사람을 고를 셈으로 젊은 여자를 아르바이트로 고용했지. 면접 때, 가까운 장래에 시행될 남녀고용기회 균등법 얘기를 꺼내자 좋은 반응을 보였던 여학생을 첫 사람으로 채용했어. 얼마 지나 그녀의 소개로 다른 학생 한 사람과 소설가를 지망하는 여성 한 사람을 더 뽑았지.

몇 년 동안, 그 세 사람이 나의 광고 아이디어, 나의 만화 아이디어, 나의 영화 아이디어, 기타 나의 모든 것에 관한 아이디어 - 내 머릿속에 기억으로 들어 있는 것들을 제안하러 도쿄를 뛰어다녔어.

그녀들이 움직여 내 아이디어를 문장으로 만들고, 일러스트로 만들고, 혹은 불확실한 멜로디를 정확하게 불러내 내 아이디어를 악보로 만들고, 연주하고, 설계도를 그리는 등, 다시 말해 내 기억에 형태를 부여했지.

예를 들어, 나중에 전 세계에서 히트할 미국을 무대로 한 영화의 모든 줄거리를 내가 얘기하면, 소설가를 지망하던 직원이 살을 붙여 기획서를 만들고 영어 번역을 의뢰해 이런저런 할리우드 영화사에 보낸다는, 조금은 곡예 같아 보이는 일도 시도해봤어.

그런데 그 아이디어에 대해 반응이 있었고, 실제로 거액의 예산을 들인 할리우드 영화가 - 내가 기억하는 제목 그대로 - 제작된 적도 있어. 고백하자면 영화감독이나 출연한 배우 이름은 내 기억과 다른 부분이 좀 있었는데, 할리우드의 역사에 그 정도쯤 손댔다고 해서 세계 전체에 영향을 미치는 일은 없겠지. 덕분에 내 사무실에는 막대한, 일본영화의 경우와 비교하면 두 자리 수나 틀리는 거금이 굴러들어왔어.

물론 그녀들은 백과사전적인 내 아이디어에 늘 깜짝 놀랐지. 시대가 80년대 말로 들어갈 무렵에는 적어도 그녀들 사이에서는 '기타가와 다케시 = 용한 점쟁이'와 같은 느낌의 위치가 확립되었고, 시대의 미래를 꿰뚫어보는 히트 메이커로서의 내 능력에 대해서도, 좀 더 말하자면 내 자신에 대해서도 세 사람은 깊은 호기심의 눈으로 보고 있었어.

그렇지만 그녀들은 결코 나를 의심하지 않았지. 그 시대의 상식 속에서, 사장의 능력을 믿고 끝까지 오피스 K의 표면에 서서 나 대신 일을 해주었어. 미래를 점치는 사람을 신기하게 볼 수는 있어도 미래를 아는 인간의 존재를 인정하는 것은 그녀들의 상식이 허락하지 않았지.

나이로 말하자면 - 물론 내 외모의 나이 얘기지만, 그녀들과 나와의 관계는 오빠 동생이나 다름없었어. 손발이 되어 밖을 뛰어다니는 여동생들과 집 안에서 안락의자에 앉아 지시를 내리는 오빠. 세간의 상식에 비추어본다면 아주 이색적인 지시 내용에도, 사무실 내에서의 관계에도 그녀들은 몰두했어. 어떤 때는 사장 이상으로 빠져 들어가서 오히려 나를 재촉하는 일까지 있었지.

교주님이라는 것이 그녀들이 잘하는 농담이었어. 신의 계시를 들려주십시오. 제게 주어진 다음 임무는 무엇이옵니까?

5년이나 지나자 그녀들은 뛰어다닐 필요가 없어졌어. 의뢰가 차츰 상대편에서 날아 들어오게 되었거든. 그야말로 점쟁이에게 묻듯이, 의뢰인 측에서 상품 개량에 대해 자문을 구하면 자문 자체가 힌트가 되었고, 나아가 그것이 내 기억을 불러일으켰어.

그렇게 오피스 K는 발전했어. 도심에 빌딩을 세우는 따위의 발전 형태는 아니었지만 세간의 이목을 끌지 않을 정도로 사무실 공간을 확장하고 여성 사원을 증원했지. 몇 명을 늘리든 간에 직원은 여성들로만, 그것이 그 세 사람의 방침이었어.

난 주거 전용의 작은 아파트를 구입하여 거기에 혼자 살았지. 그녀들 누구에게도 그 장소는 가르쳐주지 않았어. 이후, 중요한 안건이 있을 때에는 내 쪽에서 연락을 한다는 방식을 고수했지.

그리고 1998년 여름.

내 아이디어는 이제 말라버렸어.

당연한 결과지만, 오피스 K는 올 여름에 사무실을 접게 되었지. 그리고 우리 수중에는 각자가 다 쓰지도 못할 정도로 막대한 돈만 남았어.

오랫동안 내 오른팔로서 일해준 최초의 학생은 불평 한마디 하지 않고 사후 처리를 도맡아 해주었고, 마지막에 전화로 이야기했을 때에도 나한테는 아무것도 묻지 않았어. 그때 들은 말을 믿는다면, 앞으로 그녀는 하와이로 이사해서 느긋하게 살 계획인 것 같아.

또 다른 학생은 아이디어 제안 업무와 동시에 여성만으로 이루어진 인재 파견팀이라는 발상을 실현시켰고, 나중에 회사 조직으로 발전시켜서 지금도 자신이 사장을 맡고 있지. 소설가 지망생 쪽은 어느 출판사, 어느 작가에게 제안해도 상대해주지 않았던 내 소설 아이디어를 부지런히 모으고 있었는지, 아니면 원래 재능이 있어서 그랬던 건지 회사를 나간 후에 본격적인 미스터리 작가가 되었어.

내 자랑은 여기까지야.

내가 내 힘으로 무엇을 이루었는지, 이 이상 자세히 자네에게 말할 생각은 없어.

난 이 두 번째의 18년 동안 내가 어떻게 살아 왔는가가 아니라, 두 번째의 18년간을 살아버린 지금 내가 무엇을 생각하고 있는지, 마지막으로 그 얘기를 자네에게 하고 싶은 거야.

그 전에 니시자토 마키 얘기를 언급해두지.

그 사고가 난 지 정확히 7년째인 9월, 오피스 K의 사업이 확장되어 가던 무렵, 나는 첫 번째 인생에서도 그렇게 했듯이 9월 6일 합동위령제에 출석했어. 단, 이번에는 그녀를 먼 곳에서 바라보았지.

물론 그녀는 나를 알 리가 없었어. 사고 당일 밤, 부모의 죽음에 넋을 잃고 슬퍼한 것은 첫 번째나 두 번째나 마찬가지였음에 틀림없지만, 두 번째인 이번에는 손수건이나 전화 걸 동전을 내밀어야 할 나 자신이 그곳에 있을 수 없었으니까 말이야. 그래서 니시자토 마키에게 있어서 이번의 나는 그저 지나가는 사람에 지나지 않았어.

예전에 우리가 알기 시작했을 때, 니시자토 마키는 친척 하나 없는 20대 후반의 여자로서 착실하고 검소한 삶을 보내고 있었지.

아침 근무와 저녁 근무로 나뉜 회사에서 곧바로 귀가해서 어떤 시간에 퇴근했든 간에 한 사람 몫의 식사를 만들어 먹고, 목욕을 하고, 책을 조금 읽다가 잠이 들었어. 눈을 뜨면 다시 혼자 식사를 하고, 옷을 갈아입고 통근 전철을 탔어. 그저 그뿐인 날들을 되풀이하고 있었다고, 그녀 자신이 그렇게 말하는 것을 들은 적도 있지만 그렇지 않더라도 그녀가 - 마치 그 후의 착실하고 검소한 결혼 생활로의 준비 기간처럼 보이는 - 사는 모습은 수수한 복장과 처음 찾아갔을 때의 방 모습을 보고서도 충분히 상상할 수 있었지.

그런 인상은 이번에도 변함이 없었어.

상복을 입은 니시자토 마키를 보고 나는 결혼 전의 아내를 또렷이 기억해낼 수가 있었어. 그때 모습 그대로였지. 아마도 니시자토 마키는 틀림없이 그 무렵과 비슷한 착실하고 검소한 독신 생활을 하고 있었을 테지.

그리고 내 추측은 거의 적중했어. 다만 한 가지 큰 차이점을 제외한다면 말이야.

남자는 그녀와 같은 호텔에서 근무하는 일식 요리사로, 두 사람은 1987년 가을에 결혼해서 같이 퇴직하여 조촐하고 아담한 일식집을 차렸던 거야. 나는 딱 한 번 신바시 역 뒤쪽에 있는 그 가게를 들여다본 적이 있었어. 내가 아닌 남자와 살림을 꾸리고 카운터 안쪽에서 서서 일하는 니시자토 마키를 보았지만 질투의 감정은 일지 않았지. 이 결혼이 잘 되었으면 좋겠다, 진심으로 그렇게 바라면서 한동안 그녀의 일을 잊을 수가 있었어.

그런데 1년쯤 지나 다시 그 가게를 찾아가 보니 거기에는 생판 다른 간판이 걸려 있었고 다른 주인이 있었지. 여우한테 홀린 심정으로 난 니시자토 마키의 소식을 추적했어. 이전에 그녀의 결혼을 알아내는 일은 흥신소에 의뢰했지만 이번에는 마침 그 시기에 회사에 채용한 새 여성 직원에게 맡기기로 했지.

숨겨봤자 소용없는 일이니 얘기해두네만, 그 새 여성 직원이란 가토 유리를 말하는 거야. 이번 여름에 오피스 K가 해산하기 전까지 가토 유리는 나의 유능한 비서 역할을 해주었어. 내가 사무실 쪽에 얼굴을 내밀지 않게 된 후에도 가토 유리하고는 개인적으로 직접 만났지.

가토 유리의 보고를 통해 니시자토 마키가 전에 근무하던 호텔에 복귀했다는 사실을 알았어. 요리사 남편은 하루 종일 집에만 있지 일하는 기색은 보이지 않더라는 것도. 뿐만 아니라 가토 유리는 호텔 종업원들로부터 더 나쁜 소문도 구해 가지고 왔어.

일식집의 실패로 부부는 빚을 떠안고 있다는 거였지. 남편은 빚 갚을 기력도 능력도 없어서 아내가 일하는 수밖에 없었어. 그렇지만 여자 혼자 아무리 일해 본들 그 큰 빚을 갚을 수가 없지. 게다가 여자는 남편의 술주정으로 애를 먹고 있었어. 얼마 전에는 안대를 하고 다녔는데 남편한테 맞은 것을 가리느라고 그러는 것이 틀림없고, 지난 달부터 계속해서 일을 쉬고 있는 것은 어딘가 다른 곳을 맞거나 차인 탓에 일을 할 수 없을 정도였기 때문이라는 거였어.

난 하룻밤 고민한 끝에 직접 나서기로 했어. 니시자토 마키가 없을 때 고주망태가 되어 있는 남편을 만나 그 인간이 기겁을 할 정도로 많은 돈을 쌓아놓고 우격다짐으로 이혼서류에 도장을 찍게 만들고, 앞으로 니시자토 마키 앞에는 얼씬도 하지 않겠다는 각서까지 받았지. 그 뒤로 말썽은 일어나지 않았어. 그 인간이 기가 죽은 이유가 눈앞에 쌓인 금액이 엄청났기 때문인지, 선글라스에 지팡이를 짚고 나타난 내가 보통내기가 아니라고 느낀 때문인지는 나도 잘 모르겠군.

니시자토 마키는 얼마 지나지 않아 이전의 생활로 돌아갔어.

오자키에 아파트를 얻어 그곳에서 전철로 출퇴근을 하고, 근무가 끝나면 곧바로 집으로 돌아와 한 사람 몫의 식사를 만들어 먹고, 목욕을 하고, 책을 조금 읽다가 잠이 들었지. 다음 날 아침에 눈을 뜨면 다시 혼자 식사를 하고, 옷을 갈아입고, 통근 전철을 탔어. 아마도 그런 일상의 반복이었을 거야.

솔직히 말하자면 내가 경솔한 짓을 했는지도 모른다고 반쯤 후회했어.

남편에게 억지로 이혼 서류에 도장을 찍게 만들어서 내 힘으로 니시자토 마키의 어깨에서 짐을 덜어주려고 한 게 경솔한 판단이었는지도 몰라. 아무리 좋은 쪽으로 생각해봐도 이쪽 세계에서는 그녀와 생판 모르는 남에 지나지 않는 내게 허락된 행동은 아니었어.

폭력을 휘두르는 남편과의 결혼 생활과 견실하고 검소한 독신의 삶, 어느 쪽을 선택할지는 남이 아니라 당연히 니시자토 마키 본인이 해야 할 일이었지. 나는 그녀의 인생에 불필요하게 손을 댄 데 불과할지도 몰라.

마지막으로 딱 한 번만 더 보자고 스스로에게 말하면서 오자키 역 개찰구에서 집으로 돌아오던 니시자토 마키를 몰래 기다리다가 그녀가 예전에 본 기억이 있는 눈을 내리깐 표정으로 내 바로 옆을 지났을 때, 독신의 단단한 껍데기에 틀어박힌 여인의 표정으로 걸어가는 것을 보았을 때, 나는 보다 큰 후회에 시달렸어.

두 번 다시 그녀의 인생에 개입해서는 안 된다고 마음속으로 맹세했지. 이미 개입해버린 것은 후회해본들 소용이 없는 일이다. 그렇지만 더 이상은 남의 인생에 쓸데없이 손대지 말자.

그렇게 생각한 것이 사실이야.

그런데, 그럼에도 불구하고 이쯤에서 고백하지 않을 수가 없군. 그럼에도 불구하고 나는 여전히 마음 어딘가에서 예전의 아내였던 여자에 대한 책임 내지는 속죄라는 단어를 완전히 버릴 수가 없었어.

니시자토 마키의 인생에서 눈을 떼지 않았던 것은 그 때문이야.

그녀가 이혼한 뒤 오늘에 이르기까지, 난 가토 유리를 시켜 정기적으로 상황을 지켜보고 오게 했어.

그래서 '수요 모임' 건도, 회원 명단에 자네 이름이 포함되어 있다는 사실도 가토 유리의 보고를 통해 나는 알고 있었지.

지금의 나는 그 이상의 일까지 파악하고 있어.

마바시에 살며 18년 전과 똑같은 출판사의 영업부원인 아키마 후미오, 발레 스쿨 경영에 놀라운 솜씨를 발휘하고 있는 아키마 유미코, 두 사람 사이에 난 여고생 딸, 다시 말해 자네 집안의 상당히 자세한 사정까지도 파악하고 있지.

좀 더 솔직하게 말해야겠군.

니시자토 마키와 아키마 후미오의 관계도 나는 알고 있어.

자네 부부 사이가 차가운 것도 알고 있네.

아키마, 난 자네가 이번 인생에서 미즈가키 유미코를 아내로 삼아 결혼을 실패로 끝낸 일과 니시자토 마키하고까지 관계를 가지게 된 사실에 대해 이렇다저렇다 말할 생각은 없어.

마지막으로 하고 싶은 얘기는 그런 게 아니야.

지난 18년 동안 자네들 앞에서 모습을 감춘 나는 어떤 한 가지에 소망을 걸고 살아왔어. 오피스 K를 설립했을 때에도, 세 여동생들의 힘을 빌려 사업을 발전시켜갔던 시간에도, 최근 몇 년 동안 아파트에 혼자 틀어박혀 지내게 된 다음에도, 늘 머리 한 귀퉁이에는 그 희망이 자리 잡고 있었어.

아이리스 아웃, 그리고 아이리스 인.

그 현상이 또 다시 날 엄습하지 않을까 하는 희미한 기대야.

이쪽 세계로 온 나는 미즈가키 유미코를 전철 사고에서 구했어. 해야 할 일을 마치고 시작한 두 번째의 새로운 인생에는 또 다른 사람이 자리하지 않을까, 언젠가 그 사람을 찾게 되지 않을까 하는 엷은 기대도 품고 있었지. 다시 말해, 미즈가키 유미코를 대신할 여자, 아키마 후미오를 대신할 남자 말이야.

그러나 그런 사람은 어디에도 없었어. 난 그 사실을 몸소 깨달았지. 소중한 사람을 대신 할 것은 어디에도 존재하지 않았어.

어쩌면 나는 처음부터, 사고 다음 해에 지팡이를 짚고 이쪽 현실에 한 걸음을 내디디면서 자네들은 물론이고 가족과도 떨어져 살 각오를 했을 때부터 진심으로 깨닫고 있었는지도 몰라. 설사 다른 인생을 다시 산다고 해도 자네들을 대신할 사람은 찾을 수 없다는 것, 나 자신도 그것을 바라고 있지 않다는 사실을.

그래서 나는 이때를 기다리고 있었던 거야.

다시 찾아올 1998년 여름.

아이리스 아웃으로 시야가 검게 메워지는 순간. 아이리스 인으로 과거로 되돌아가는 순간. 그로써 나는 세 번째의 인생을 다시 살면서 자네들을 내 손으로 되돌려놓을 수 있을지도 몰라.

그리고 그것은 내가 바라던 대로 찾아왔어.

몇 초 전에 불을 붙였던 담배가 꺼져 있는 것을 이 눈으로 보았고, 몇 분 전에 탔던 엘리베이터인데 다시 같은 층에서 올라타기 직전인 상태가 되어버린 체험도 했어. 모두 그때와 마찬가지야. 파울에 비유했던 짧은 시간의 역행은 앞으로도 계속될 거야. 이렇게 계속되어 9월 6일 밤 7시 15분을 지나면 틀림없이 나는 그 시대의 그 전철 안으로 되돌아가게 될 거라고.

아키마, 어쩌면 나는 18년이라고 하는 시간의 영원한 반복 속에 처박혀버린 건지도 몰라. 어쩌면 나는 다음 18년 동안이라는 세 번째 인생에서는 어느 정도 만족감을 얻고, 그쪽 세계에 머물며 기구한 이야기의 결말을 맞이하게 될지도 모르지.

하지만 지금은 그런 미래의 일은 생각하지 않으려고 해. 어쨌든 난 이대로 이쪽 세계에서 고독하고도 불편한 몸을 가진 노인으로 인생을 마칠 생각은 없어.

내 나이를 정확히 헤아린다면 지금 61세야. 이봐, 아키마, 웃지 말고 들어줘. 조금은 감상적이 되는 걸 허락해주지 않겠나?

지금까지 내가 말해온 이야기는 사실 자네가 썼을지도 모르는 이야기야. 즉 저쪽 세계에서 내 죽음을 감지한 아키마 후미오가 나중에 이 같은 이야기를 썼을 가능성이 있다는 말이지. 내가 말하고 싶은 건 그거야.

그러니까 나는, 아마도 아키마라면 이렇게 썼을지도 모른다, 아키마라면 이런 표현을 썼을지도 모른다, 라고 생각하면서 여기까지 키보드를 쳐왔어.

그리고 이야기를 다 쓴 지금, 나는 이 세계에 기타가와 다케시라고 하는 사람이 살았다는 증거를 남겨놓고 가고 싶어.

물론 내게는 어머니와 누나라는 가족이 지금도 있지. 저쪽에서는 연락을 취할 방법이 없지만, 만일 내가 이 세계에서 사라지면 가족들에게 재산의 일부를 남길 계획도 있으니까 나름대로 장남에 대한 추억은 남을 테지. 하지만 내가 바라는 건 그런 의미에서의 증거가 아니야.

예전에 아키마 후미오의 친구였던 기타가와 다케시로서, 니시자토 마키의 남편이었던 기타가와 다케시로서, 그리고 젊은 시절에 한 번은 미즈가키 유미코의 인생에 얽혔던 기타가와 다케시로서, 나는 그렇게 이쪽에 얼마간의 흔적을 남기고 가고 싶다는 바람을 가지고 있단 말이야.

이 이야기도 그래서야. 가토 유리가 자네에게 건넸을 돈과 니시자토 마키 명의의 예금통장도 그래서야.

현금 500만 엔은 영화감독이었던 아키마 후미오가 원했던 것처럼 만일 자네도 홈시어터로 트뤼포 영화를 실컷 보고 싶다면 거기에 써도 좋아.

통장에 대해서는 자네를 통해 니시자토 마키에게 건네진다면 더할 나위 없이 좋은 일이겠지만, 건네기 위해 덧붙일 설명이 생각나지 않는다면 자네가 가지고 있다가 앞으로 두 사람에게 돈이 필요한 때가 왔을 때 보탬이 돼도 좋아. 어느 쪽을 택하든 그것은 여기까지 이야기를 읽어준 자네의 판단에 맡기겠어.

아키마, 이것으로 나는 하고 싶은 모든 얘기를 다 했어.

자네가 어디까지 내 '트루 스토리'를 믿어줄지 모르겠군. 하지만 이것으로 내가 이쪽 세계에서 해야 할 일은 다 했어.

나머지는 조용히 기다리는 일뿐이야.

그 비 내리는 밤을.

시부야 발 기치조지 행 급행 전철을.

아이리스 아웃, 그리고 아이리스 인을.

1998년 9월 6일 밤이 다시 찾아오기를 기다릴 뿐이야.

1998년 9월 6일_

9월 6일, 일요일.

나는 도쿄 역에 있다.

오사카에서 돌아올 아내를 기다리며 신칸센 노조미 20호의 도착 플
랫폼에서 기다림에 지쳐 있다.

그래도 기다리는 수밖에 없다.

시각은 저녁 6시 20분을 넘긴 무렵이다.

노조미 20호의 도착 예정 시각은 18시 24분.

오늘 여기에 오기 전에 나는 몇 가지 일을 처리했다. 평소보다도 갑
절이나 길게 느껴지는 주말과 잠들 수 없는 밤을 보냈다.

목요일 아침에는 진보초의 사진현상소에서 기타가와 다케시의 사진
을 찾았다. 오타 아키코가 보내준 졸업앨범에서 한 장을 뜯어내고, 거
기에 실려 있는 증명사진 크기의 개인 사진을 잘라서 캐비닛판으로 확
대한 사진이었다.

입자가 거칠어서 선명하다고는 말하기 어려웠지만 교복 칼라를 세
운 18세의 기타가와 다케시가 입술에 엷은 미소를 띠고 있는 정도는
구분할 수 있었다. 허락도 받지 않고 앨범을 뜯은 것에 대해서는 나중

에 천천히 오타 아키코에게 사과해야 할 일이다.

사진을 입수하자마자 나는 즉시 아내에게 연락을 취하려 했다.

시모키타자와에 있는 처가에 전화를 거니 장모가 받았다. 그리고 아내는 대학교에 강의가 있어서 벌써 나갔다고 얘기해 주었다. 그 말을 들은 나는 아내가 무용과 강사로 근무하고 있는 대학 이름을 떠올려보려 했다. 그러자 장모는 오후부터는 나카노 쪽에 있을 테니 그쪽으로 전화해보라고 하면서, 그 쪽에서도 뭔가 아키마 씨에게 할 말이 있는 모양이더라고 알려주었다.

전화를 끊은 뒤에도 장모의 '아키마 씨' 라고 하는 호칭이 귓가에 남았다. 이제까지는 '씨' 같은 존칭을 붙이지 않았던 것 같은데, 그것도 확실하지는 않다. 어쨌든 나는 시모키타자와에 있는 아내의 친정과는 가능한 한 접촉을 피해왔다.

근무처인 출판사 빌딩까지 걸으면서 나는 기억해냈다. 18년 전 처음으로 시모키타자와의 집을 찾아갔던 날 밤, 많은 발레 관계자가 모였던 거북한 크리스마스 날 밤. ……그날 밤에 기타가와 다케시는 입원해 있던 병원에서 나의 본가에 연락을 해보았다고 말했다.

나는 그날 밤에 확실히 어울리지 않는 자리에 있다고 느끼고 있었다. 어울리지 않을 뿐만 아니라 목발을 짚고 그곳에 있던 25세의 자신, 사고 얘기 말고는 누구의 관심도 끌지 못하는 자신이 하잘것없는 존재처럼 여겨졌다. 미국 영화를 즐겨 보는 니시자토 마키라면 '자신이 똥 같이 느껴졌다' 는 표현으로 내 기분을 표현했을지도 모르겠다.

당시 내 편은 유미코 한 사람뿐이었다.

그녀의 부모가 딸의 너무 이른 결혼에 반대할 것은 불 보듯 뻔한 일이었는데, 이제 생각하면 그것이 오히려 유미코의 결심에 기름을 부어 불을 돋우는 식으로 영향을 미쳤던 것 같다. 끝내 부모가 꺾일 수밖에 없었던 까닭은 유미코의 임신 때문이었다. 결국 아직 어머니의 뱃속에 있었던 딸 하즈키가 우리의 결혼을 결정한 셈이다.

유미코의 부모는 그날 밤 느닷없이 목발을 짚고 자기 집에 나타난 청년이 시간이 지나도 결코 보통 사람의 몸으로 돌아갈 수 없다는 생각은 못했던 모양이다. 그것은 다음 해 3월의 결혼식에서 목발은 없었지만 여전히 한쪽 다리를 끌고 있는 나를 보던 그들의 모습을 통해서도 알 수 있었다. 지금의 나는 의심스럽기도 하다. 어쩌면 당시의 유미코조차 내 다리 부상을 가볍게 보았는지도 모른다. 사고로 입은 내 상처가 시간이 지나면 그 사고가 기억에서 엷어져가듯이 언젠가는 완전히 치유될 수 있을 것이라고, 적어도 결혼 전의 유미코는 굳게 믿고 있었던 것인지도 모른다.

목요일 오후, 서점을 돌다가 나카노의 발레 스쿨에 전화를 걸어보니, 선생님은 분교 쪽에 계신 것 같다고 알려주었다. 전화번호를 물어 그쪽으로 다시 걸어보았지만 아내와는 통화할 수 없었다.

밤에 집에서 센다기의 아파트에 전화를 걸어 보니 딸인 하즈키가 받아서 엄마는 저녁 때 비행기로 후쿠오카로 떠났다고 했다. 자매학교 신설 준비로 그쪽에서 하룻밤을 자고, 그러고 나서 오사카로 날아가 역시 자매학교 학생들의 발표회 지도를 마치고 돌아오는 것은 토요일 밤이 되리라는 얘기였다.

그동안 혼자서 괜찮겠느냐고 묻지는 않았다. 틀림없이 딸은 평범한 고교생 친구들이 자러 와 있다고 대답할 터였다. 나는 유미코의 후쿠오카 쪽 숙박처를 물었다. 용건이 있으면 엄마 휴대전화로 걸면 되지 않느냐는 딸의 대답으로 전화를 마친 나는 아내의 번호가 적혀 있을 수첩을 뒤졌다.

그러나 그날 밤은 몇 번을 걸어도 휴대전화가 연결되지 않았다.

내가 거의 2주일 만에 아내의 목소리를 들은 것은 금요일 아침이었다. 당연하게도 후쿠오카에서 업무를 시작하기도 전이어서 유미코의 반응은 쌀쌀맞았다. 내가 토요일 밤에 시간을 내주었으면 좋겠다고 부탁하자 토요일 밤은 무리지만 일요일 오전이라면 비어 있다고 아내는 대답했고, 우리는 전화를 끊었다.

그리하여 오늘 아침, 나는 다시 센다기의 아파트로 전화를 걸었다. 그러자 벨 소리가 열 번이나 울린 끝에 딸이 받더니 잠이 덜 깬 목소리로 엄마는 어젯밤에 돌아오지 않았다고 했다. 예정이 하루 길어져서 도쿄에 도착하는 것이 오늘 저녁인 모양이었다. 나는 아내의 휴대전화로 연락을 취했다. 예정이 하루 길어진 오카사에서 일을 시작하기 전이었던 아내는 역시 쌀쌀맞았지만 나는 끈덕지게 매달렸다. 아내가 타고 돌아올 신칸센의 시각을 캐물어 알아내고서, 도쿄 역에서 기다리고 있을 테니 그렇게 알고 있으라고 다짐을 해두었다.

그런 끝에 지금 나는 여기에 있는 것이다.

방금 막 노조미 20호가 플랫폼에 도착한다는 방송이 들렸다.

오늘 아침 나는 원래 아내와 만나기로 했던 시간을 이용해서 그 충돌 사고가 난 지 정확히 18년째인 오늘, 절에서 열린 합동 위령제에도 출석했다.

아주 약간, 기대를 걸고 있었지만 출석자 가운데에서 기타가와 다케시의 얼굴을 찾아낼 수는 없었다. 검은 지팡이를 짚은 그럴싸한 중년 남자는 없었고, 덧붙이자면 니시자토 마키의 모습도 보이지 않았다.

니시자토 마키가 오늘 위령제에 나오지 않은 이유는 알 수가 없었다. 하지만 니시자토 마키의 부모님이 그 전철에 타고 있다가 사망한 것도, 기타가와 다케시가 그 전철에 타고 있다가 중상을 입은 것도 지금의 나는 분명한 사실로 알고 있다.

금요일 밤부터 나는 기타가와 다케시의 얘기를 다시 읽기 시작했다.

마지막까지 밤을 새서 다시 읽고서는 토요일 아침에 일단 PC통신을 이용해 문제의 신문기사를 찾아보았다. 그러나 어느 신문사도 1985년 이전 기사는 제공하지 않고 있었다. 즉, 컴퓨터로 사고 기사를 검색하는 일은 불가능했던 것이다.

오후부터 나는 마쓰도 시립 도서관까지 가서 1980년도 9월분 아사히신문 축쇄판을 빌려 7일과 8일의 기사를 찾았다.

만원 전철이 철로 건널목에서 선 채 오도가도 못하고 있던 대형차량(가연성 가스를 실은 트럭)에 충돌했다는 기사. 내가 두 번 다시 기억하고 싶지 않은 그 비 내리던 밤의 사고에 대해 신문기자가 냉정하게 펜을 굴려 해설하고 있는 기사였다. 그리고 거기에 기타가와 다케시가 말한 대로 '사망자'라는 제목과 함께 니시자토 마키의 부모인 니시자토 마사오(47), 니시자토 요시에(43)의 이름을 발견할 수 있었다.

플랫폼에 노조미 20호의 도착을 알리는 벨이 울려 퍼지고, 다가오고 있는 차량의 앞부분이 시야에 들어왔다.

다음에 나는 9월 10일 페이지로 옮겨 축쇄된 제목 하나하나를 손가락으로 짚어갔다. 그리고 이야기에 쓰인 대로 아주 작은 제목의 기사를 발견할 수가 있었다. 의식불명이었던 승객의 신원이 판명되었다는 기사로, 승객 이름은 기타가와 다케시(25)라고 분명하게 나와 있었다.

도서관에서 집으로 돌아온 나는 고등학교 졸업앨범을 다시 펼쳐 뒷부분에 수록되어 있는 학생들의 주소와 전화번호를 살펴서 헛수고라고 생각하면서도 고등학교 때 기타가와 다케시가 살았을 집으로 (새로 바뀐 국번을 확인하여) 전화를 걸었다. 그러자 역시 그곳은 부모의 집인 모양으로, 기타가와 다케시의 누나라는 사람이 전화를 받았다. 그 누나에게서, 동생하고는 벌써 오랫동안 만나지 못하고 있어서 동창회 소식을 알려줘야 어쩔 도리가 없다는 대답을 얻었다.

결국 그러했다.

지금까지 내가 알아 낸 사실은 모두 기타가와 다케시의 이야기와 일치하고 있다.

열차의 도착을 알리는 방송이 반복되고, 길게 연결된 차량들이 플랫폼에 자리를 잡았다.

시각은 6시 24분.

나는 정차 위치에 서서 유미코가 내려오기를 기다렸다.

열차의 문이 일제히 열리자 승객들이 내려섰고, 나는 차량의 문들을 살피면서 기다렸다. 다른 칸에서 내린 승객들이 구두 소리를 울리며 내 쪽으로 우르르 몰려왔다가 출구를 향해 내 앞과 뒤를 빠른 걸음으로 걸어 지나갔다.

사람들이 걸어가는 방향과는 반대쪽 문으로 시선을 돌렸을 때, 검고 큰 가방을 든 여자가 눈에 들어왔다.

짙은 황색 정장을 입은 키 큰 여자가 커다란 검은 나일론 가방을 들고 이쪽으로 걸어왔다. 활보한다, 그런 느낌의 힘찬 걸음걸이는 18년 전부터 변함이 없다. 체중도, 그리고 체형도 거의 변함없다는 것이 스스로의 자랑거리로, 변했다고 한다면 옆선을 따라 전체적으로 짧게 정리하여 더 이상은 포니테일로 묶을 수 없게 된 머리 스타일 정도다.

커다란 가방은 물론 18년 전과는 다른 물건이지만, 안에 든 것은 예나 지금이나 크게 다르지 않을 것이다.

당시, 두 번째인가 세 번째로 내 병문안을 왔던 미즈가키 유미코는 가방을 열어 그레이프프루트를 꺼내면서 '요술처럼 뭐든지 나온다' 는 내 유머에 대답 삼아 큰 짐에 대해 설명을 해 주었다. 토슈즈, 레오타드, 여벌의 레오타드, 목욕타올, 여벌의 목욕타올, 물통, 카세트테이프, 워크맨의 예비 건전지, 화장도구, 수업 교과서……. 그래서 나는 그때 처음으로 그녀가 대학의 무용과에 다니는 학생이라는 사실, 아버지가 미즈가키 발레 스쿨 원장이라는 사실을 알게 되었던 것이다.

그렇게 확인을 해두었는데도 유미코는 정말로 내가 도쿄 역으로 마중을 나오리라고는 생각하지 않았던 것인지, 누구를 찾는 몸짓도 없이 그냥 곧바로 앞을 향해 걸어오는 통에 갑자기 옆에서 이름을 부를 수밖에 없었다. 이름을 부르는 남편의 목소리에 가던 길을 멈춘 아내는 예상하지 못했다는 표정을 지었다.

혹 아내는 오늘 아침 전화로 나하고 얘기했다는 일 따위는 벌써 잊어버린 것일까?

"깜짝 놀랐잖아요."

유미코는 나를 알아보고 짧은 숨을 토해냈다.

왼손에는 커다란 검은 가방, 오른쪽 어깨에는 또 다른 자그마한 검정 가죽 가방을 메고 오른손에는 열차표를 쥐고 있었다.

마지막으로 본 것이 내가 출장 가기 전날 밤이었으니 아직 3주도 지나지 않았는데 아내의 모습에서 생소함이 느껴지는 것은 그만큼 내가 이야기 속의 미즈가키 유미코의 이미지에 사로잡혀 있기 때문일까?

"할 얘기가 있어." 나는 웃옷 안주머니에서 사진을 꺼냈다.

"얘기요?" 되묻고는 유미코가 걷기 시작했다. "이런 데서?"

나는 빠른 걸음으로 뒤쫓아가 옆에 나란히 섰다. 유미코가 약간 걸음을 늦추었다.

"이것 좀 봐줘."

눈앞에 내민 사진을 힐끗 본 유미코는 이렇게 말했다.

"마침 잘됐네요. 나도 얘기할 게 하나 있거든요."

"조금 더 자세히 봐."

"우리 이혼 말인데요."

"이 사진의 얼굴을 잘 보라고."

"하즈키도 포함해서 확실히 해둬야 할 건 확실해 해두고 싶어요. 그래서 아는 변호사에게 모든 수속을 부탁하기로 했어요, 상관없죠?"

"상관없어." 나는 말했다. "이혼 건은 당신 뜻대로 진행해도 좋아. 그보다, 부탁이니까 이 사람 사진 좀 잘 봐봐."

유미코가 발길을 멈추었다. 열차표를 쥔 쪽 손으로 사진을 받더니 불과 3초 정도, 고등학교 시절의 기타가와 다케시의 얼굴을 바라보더니 눈을 들어 나를 보았다.

"누구죠?"

"기억 안 나?"

"아는 사람인가요?"

나는 끄덕이며 유미코의 왼손에서 커다란 가방을 받아 들었다.

"18년 전 바로 오늘, 당신은 그 사람을 만났어."

"18년 전?"

중얼거린 유미코는 고개를 저었다.

"저기, 지금은 시간이 없어요. 오사카 쪽 일이 잘 진행되지 않아서 스케줄이 꼬박 하루 밀린 바람에 곧장 진구마에 쪽 교실로 직행해야 돼요. 어떡하든 7시까지는 그쪽에 도착해야 되거든요. 그러니까 18년 이나 지난 옛날 얘기에 한가하게 상대해줄 틈이 없어요."

"같이 가지." 나는 한 손에 가방을 들고 앞서 걷기 시작했다.

"진구마에까지요?"

"택시 안에서 얘기할 수 있잖아."

시간이 없기는 나도 마찬가지였다.

오늘 밤 7시 15분에 시부야를 출발하는 급행 전철에 기타가와 다케 시가 탈 것이다. 틀림없이 탄다. 앞에서부터 두 번째 칸, 왼편 가운데 문 부근에.

기타가와 다케시는 다시 아이리스 아웃으로 18년 전 과거로 도약할 생각일 것이다. 그리고 나는 그 순간을 함께 할 생각이다. 나 자신의 손으로 이야기에 마침표를 찍을 생각이다. 그것이 실제로 일어나든 일어나지 않든 간에, 1998년 9월 6일 일요일인 오늘 기타가와 다케시 의 첫 번째 인생 속의 아키마 후미오가 그렇게 했던 것처럼.

그러나 그 전에 무슨 일이 있어도 아내 유미코에게 물어보고 싶은 것이 있다. 지금부터 18년 전인 1980년 9월 6일 토요일 그날, 문제의 전철이 시모키타자와 역에 도착하기 직전, 그리고 전철이 정차하고 있던 짧은 시간 동안 유미코와 기타가와 다케시와 나 사이에 실제로 무슨 일이 일어났고 무슨 일이 일어나지 않았는지 알아두고 싶다.

택시를 타고 진구마에로 향한 것은 6시 반을 지나서였다. 하늘에는 두터운 구름이 낮게 깔려 있었지만 아직 비는 떨어지지 않았다.

아침부터 회색 구름이 낀 하늘을 몇 번이나 올려다보았는지 모른다. 하늘은 당장에라도 비를 쏟을 듯하면서도 좀처럼 무너지지 않았다.

택시가 히비야 공원을 지났을 무렵, 내 말에 따라 다시 한 번 사진을 꼼꼼하게 보고 있던 유미코가 고개를 들었다. 자동차 시트에 깊숙이 등을 묻고 앉아 턱을 돌려 모자 쓴 운전기사의 뒷머리 부근에 시선을 두고서 물끄러미 바라보았다.

기억을 더듬고 있는 것처럼 보이기도 하는 아내의 옆얼굴은 여행으로 인한 피로 탓이기도 하겠지만 플랫폼에서 내 쪽으로 성큼성큼 걸어왔을 때의 첫인상에 비하면 훨씬 늙은 것처럼 느껴졌다. 38세가 된 미즈가키 유미코를 나는 새삼 생각했다. 스무 살의 유미코를 알고 있는 기타가와 다케시는 지금의 유미코를 어딘가에서 본 적이 있을까?

역 개찰구에서 기다리다가 니시자토 마키를 가까운 곳에서 보았던 것처럼 나이 먹은 미즈가키 유미코의 얼굴을 가까이 다가가서 (지금의 나처럼) 찬찬히 지켜본 적이 있을까? 나이 먹은 유미코의 얼굴을 보면서, 여자의 얼굴은 권투선수처럼 상처입기 쉽다는, 트뤼포의 '여자를 좋아했던 남자'의 주인공이 수기에 적은 문구를 지금의 나처럼 떠올려 봤을까?

"역시 모르겠네요." 사진을 손에 든 채 유미코가 입을 열었다.

"이게 누군데요?"

"내 고등학교 동창이야. 기타가와 다케시가 이 사람 이름이지."

"이름도 들은 적이 없어요." 유미코가 일부러 밉살맞게 말했다. "당신한테 잘 아는 고등학교 동창이 있다는 것도 처음 듣네요."

"그건 고등학교 3학년 때 사진이야. 7년 뒤, 그러니까 기타가와 다케시가 스물다섯 살 때의 얼굴을 당신은 봤어. 본 기억 안 나?"

"안 나요."

"1980년 9월 6일, 18년 전 바로 오늘, 당신은 밤 7시 지나서 시부야 역에 있었어."

"…… 18년 전 바로 오늘?" 유미코가 기억을 해냈다. "아까부터 무슨 얘기를 하나 했더니, 오늘이 바로 그 사고 날이에요?"

나는 끄덕였다.

신호를 기다리며 택시가 멈춰서고, 앞만 바라보며 꿈쩍도 하지 않는 운전기사가 귀를 쫑긋 세우는 듯한 느낌이 들었지만 개의치 않고 말을 이었다.

"그날 당신은 시부야 역에서 7시 15분발 급행 전철을 탔어. 앞에서부터 두 번째 칸에."

"기사 아저씨." 유미코가 손목시계를 흘긋 보고 말했다. "좀 서둘러 주세요."

"시부야를 떠난 급행 전철이 시모키타자와에 도착하기 5분 쯤 전에 젊은 남자가 당신에게 말을 걸었어. 그 남자는 당신에게 시모키타자와에서 같이 내리자고 했지. 기억나?"

"그래요." 유미코가 내던지듯 대꾸했다. "기억나요. 하지만 그 남자는 교복 입은 고등학생이 아니었죠. 그건 그렇다 치고, 이런 얘기를 지금 다시 문제 삼아서 어쩌자는 거죠? 그 사고 얘기를 계속 피해왔던 게 누구였죠?"

"사고 얘기를 하려는 게 아니야. 당신에게 말을 걸었던 사람 얘기를 하고 있는 거라고."

유미코가 어깨를 떨구고 한숨을 쉬고는 창밖으로 시선을 돌렸다. 나는 이야기를 계속했다.

"그런데 시모키타자와에 도착하기 직전에 남자의 태도가 변했지. 마침 당신이 그의 이름을 물은 때였을 거야. ……그 사람은 대답하지 않았어. 부드러웠던 표정이 갑자기 바뀌더니 이상한 말을 했지. 시모키타자와 역 플랫폼에 아키마 후미오라는 남자가 있다, 그 사람이 전철을 타지 못하게 막아달라고, 그렇게 당신한테 부탁했어."

"잠깐만요." 유미코가 가로막았다. "……그랬던가?"

"그랬어."

하지만 이것은 지난 2주일 동안에 기타가와 다케시의 이야기를 읽고 또 읽고, 또 내 자신의 기억을 몇 번이고 다시 더듬어 도달한 사실이다. 유미코의 기억이 좋아가지 못하는 것도 무리는 아니다.

"그랬을지도 모르겠네요." 유미코가 말했다. "하지만 이제 자세한 건 잘 기억나지 않아요."

"사고 다음 날, 나한테 처음으로 병문안 왔을 때 당신은 이런 식으로 말했어. 나는 그 사람에게서 당신을 전철에 태우지 말라는 부탁을 받았다. 그런데 시모키타자와 플랫폼에서 당신을 찾지 못했다. 만일 찾았더라면 당신이 이런 큰 부상을 입지 않았을 거고, 그걸 생각하니 후회스럽다. 그렇지만 나는 당신 친구라고 하는 그 사람을 잘 모른다. 이름도 모르고, 실은 만난 것도 이번이 두 번째여서 어디 사는 누군지도 모른다. 그런 남자한테 느닷없이 그런 부탁을 받아서 당혹스러웠다. 만일 사고가 날 줄 알았더라면 나 역시 더 열심히 당신을 찾아서 타지 못하게 막았을 거다.”

“그래요. 그렇게 말했던 것 같네요.”

“이상한 얘기 같지 않아?” 나는 내 자신에게 물었다. “그 사람은 마치 사고가 일어날 걸 미리 알고 있었던 것 같잖아. 대체 그 사람은 누구고 어디로 사라진 거지?”

물론 이 의문은 지금이 아니라 18년 전에 좀 더 깊이 물어봤어야 할 것이었다.

“그 사람은, 자기는 나중에 내리겠다고 했어요.” 유미코가 기억을 더듬었다. “나중에 플랫폼에서 만나자고요. ……지금 생각해도 이해가 안 가요. 분명히 당신 친구라고 그 남자는 말했거든요. 그런데 그때 당신은 그런 사람은 짚이는 데가 없다고 대답했죠. 내가 아무리 잘 기억해보라고 부탁해도 무언가에 홀린 것 같은 표정으로, 그런 사람은 친구 중에 없다. 고등학교 동창들 하고는 연락도 안 하고 있고, 대학 친구라면 몇 명에게 전화를 걸어서 확인해볼 수도 있겠지만…….”

거기까지 말한 유미코는 자기가 아직도 오른손에 사진을 들고 있다는 데 생각이 미쳤다. 숨을 죽이고 몇 초 응시하더니 나를 돌아보았다.

“정말 이 사람이……? 그렇지만 내가 본 사람은 고등학생이 아니었어요.”

“말했잖아.” 나는 꾹 참고 반복했다. “실제로 당신이 본 것은 그 사진의 나이로부터 7년이 지난 뒤의 얼굴이야."

"아아……." 느닷없이 운전기사가 입을 열더니 혼잣말로 덧붙였다. "결국 오는군."

내가 기다리고 기다리던 비가 내리기 시작했다. 갑작스러운 세찬 비에 인도를 걷던 사람들 대부분이 뛰기 시작했고, 남은 몇 사람은 우산을 꺼내 펼쳤다. 시간은 6시 45분을 지나고 있었다.

"그날은 아침부터 날씨가 잔뜩 흐렸는데 밤을 기다리지 못하고 날씨가 단숨에 무너져서 7시가 되기 전에 억수같이 비가 쏟아졌어."

이로써 기타가와 다케시의 이야기 속에서 또 하나의 사실이 증명되었다.

아니, 이번에는 미래로의 예언 하나가 실증된 것이다. 적어도 그의 첫 번째 인생 속의 이 날 날씨와 두 번째 인생에서의 이 날, 즉 오늘 날씨가 아주 똑같다는 말이다. 그가 첫 번째 인생에서 체험하고 기억해 낸 대로 지금 도쿄에는 비가 내리기 시작하고 있다.

"그래서 기타가와 다케시라고 하는 사람은," 하고 유미코가 물었다. "그 뒤 어디로 사라진 거죠?"

"시모키타자와에서 당신을 내리게 한 뒤 전철 맨 앞 칸으로 옮겨 탔지. 거기에서 사고에 휘말렸어."

"……죽었나요?"

"아니, 죽지는 않았어. 기타가와 다케시가 살아남았으니까 내가 이 얘기를 아는 거지."

"시모키타자와에서 그 전철 맨 앞 칸으로 옮겨 타다니." 유미코는 그 부분에서 단어를 골랐다. "꽤나 운이 없었군요."

"아냐. 그때 전철 맨 앞 칸에는 기타가와가 아는 사람이 둘 타고 있었어."

"그 사람들도 운이 없었네요, 당신처럼요."

"그렇지 않아. 기타가와는 시모키타자와에서 당신을 내리게 하면서 나를 그 전철에 태우지 말라고 당신한테 부탁했지. 그런 다음에 맨 앞 칸에 있는 두 사람을 될 수 있는 한 뒤쪽 칸으로 이동시킬 생각이었어."

"뭐 하려요?"

우리를 사고에서 떼어놓기 위해서, 라고 대답하려던 나는 주저했다.

차 안에 잠시 침묵이 내려앉고, 바깥의 빗소리가 두드러져 왔다.

"말도 안 돼요." 유미코가 신경을 곤두세웠다. "그럼 기타가와라는 사람은 사고가 일어날 걸 미리 알고 있었단 말이잖아요."

나는 아무 대답도 할 수 없었다.

기타가와 다케시의 사진을 내 무릎 위에 내던지고 손목시계를 보며 유미코가 말을 이었다.

"18년 전, 내가 아무리 말해도 당신은 그 기타가와라는 사람 따윈 기억도 못했어요. 그러다가 이제 와서 기타가와가 날 전철에 태우지 말라고 당신한테 부탁했다느니 어쩌고 하면서 정말 중요한 일인 양 말하는군요. 대체 무슨 생각으로 이런 얘기를 다시 문제 삼는 건지 도무지 이해가 안 돼요. 그 사람 얼굴을 내가 기억한다면 어떻게 되는데요? 뭐가 달라지죠? 우리 관계가 18년 전으로 돌아가나요? 새삼 놀랄 일도 아니지만, 당신은 언제나 자기를 최우선으로 해서 생각해요. 그토록 사고 얘기 하는 걸 싫어했던 주제에, 나나 하즈키가 당신 다리에 대해 아무 말도 하지 않으려고 얼마나 신경을 썼는지도 모르는 주제에, 이쪽 사정은 나 몰라라 하고 도쿄 역까지 어슬렁어슬렁 나와서 사진을 들이대면서 사고 났던 날 밤을 기억해내라니. 기타가와라는 사람에게 어떻게 속아 넘어갔는지는 몰라도 말도 안 되는 소리는 그쯤 해둬요. 당신, 방금 기타가와라는 사람이 나를 시모키타자와에서 내리게 했다는 표현을 썼죠? 틀렸어요. 그 전철을 내린 건 내 의지였다고요. 전혀 모르는 남자가 말을 걸어 왔을 때 변덕이 생긴 것도 나고, 그 뒤에 이상한 부탁을 받자 가슴이 두근거려서 일단 전철에서 내리자고 결정한 것도 나 자신이에요. 그 전철을 내려 사고를 피할 수 있었던 것은 내게 운이 따랐기 때문이란 말예요."

유미코는 이제 그날 밤의 사건을 확실히 기억하고 있었다. 18년 전, 지금과 똑같은 의미의 말을 그녀의 입을 통해 들은 적이 있다.

목적지에 가까워지자 유미코가 운전기사에게 자세한 위치를 가르쳐 주었다.

빗줄기는 전혀 약해질 기미가 없었다. 뒷좌석 창문에 마치 스위티의 과육들처럼 보이는 무수한 빗방울이 달라붙어 있었다.

나는 기타가와 다케시의 사진을 양복 주머니에 넣고 준비해 두었던 질문을 했다.

18년 전, 내게 별로 중요하지 않다고 여겼던 수수께끼. 기타가와 다케시의 존재를 안 지금에 와서는 꼭 풀어두고 싶은 한 가지 수수께끼.

내 질문에 유미코는 곧바로 대답했다.

"이제 와서 그런 질문에 대답할 필요는 없죠."

……대답할 필요는 없다. 그렇다면 유미코는 그 대답을 18년이 지난 지금도 기억하고 있다는 말이다. 기타가와 다케시의 얼굴을 잊어버린 대신에.

나 자신도 그때 시모키타자와에서 전철을 타려 했던 이유를 기억해 내지 못한다.

그런데 사고 당일 밤, 시모키타자와 역에서 전철을 내리려 했던 미즈가키 유미코는 "실은요……." 하고 애매한 말을 했다. 첫 번째 1980년 9월 6일, 그러니까 그녀가 우산을 가지러 전철 안으로 돌아갔다가 사고에 휘말렸을 때에 그렇게 말했다고, 기타가와 다케시는 그 사실을 잊지 않고 적어놓았다.

나는 머릿속을 정리하면서 유미코에게 물었다.

"당시, 당신의 집은 시모키타자와였어. 다시 말해 시모키타자와는 어차피 당신이 내릴 역이었지. 그렇다면 왜, 당연히 내릴 역에서 내린 것을 가지고 운이 좋았기 때문이라고 하는 거지? ……사고가 일어났던 밤, 당신은 처음엔 그 역에 내릴 생각이 없었던 거야. 전철 안에서 기타가와 다케시가 말을 걸어오기 전까지는 시모키타자와 역을 그냥 지나칠 생각이었어. 그렇지?"

유미코의 대답은 없었다. 나는 방금 전과 똑같은 질문을 반복했다.

"그날 밤, 당신은 어딜 가려고 했던 거지?"

"그 얘기는 들어서 뭐하려고요?" 유미코가 신경질을 냈다.

"나한테 무슨 말을 듣고 싶은 거죠?"

"당신이 자기 운이 세다고 믿었던 첫째 이유를 알고 싶은 거야."

"그래요. 나는 그날 밤에 시모키타자와 역에 내릴 생각이 없었어요. 그런데 변덕이 나서 내리고 말았죠. 이제 됐나요?"

"시모키타자와에서 내릴 생각이 없었다는 그 이유를 알고 싶단 거야. 사소한 일일지도 모르지만, 당신은 그 사실을 18년 동안이나 기억하고 있어. 다시 말해 중요한 이유였다는 말이지. 게다가……."

게다가, 라는 말은 입 밖으로 내지 않고 나는 생각했다. 게다가 그 이유는 기타가와 다케시가 첫 번째 삶에서도, 두 번째 삶에서도 유일하게 알지 못했던 그녀의 작은 비밀이기도 하다.

아마도 기타가와 다케시는 첫 번째 시간 속의 1980년 9월 6일, 미즈가키 유미코는 시모키타자와 역에서 당연히 내릴 거라고 생각했고, 바로 그렇기 때문에 (자신도) 같이 내려서 어딘가에서 이야기를 나누고 싶다고 그녀에게 말을 걸었다. 그리고 그때 자기가 전철 안에 두고 내린 우산 때문에 그녀가 불행한 사고에 휘말리고 말았던 사실을 훗날까지 두고두고 후회했다.

그러나 만일 그런 것이 아니라면, 그가 생각한 사실과 다르다면, 설사 그날 밤 기타가와 다케시가 미즈가키 유미코에게 말을 걸지 않았더라도 어차피 그녀는 그 전철에 타고 계속 가다가 사고를 만날 운명에 처할 것이었다면, 기타가와 다케시의 후회는 얄궂은 의미를 지니게 된다.

그녀의 운명을 엉망으로 만든 것이 자신이라고 기타가와 다케시는 쓰고 있다. 자신의 실수가 없었더라면 그녀가 원래 살아갔을, 불행과는 인연이 먼 인생을 되찾아주기 위해 과거로 되돌아가기를 원했던 것이라고.

그런데 이제 이야기는 뒤집혔다. 원래 그녀가 살아갔을 불운한 인생을 운이 강한 인생으로 바꿔놓기 위해 기타가와 다케시가 과거로 되돌아간 셈이다. 그녀의 작은 비밀은 그의 운명을 크게 바꾸어버린 것이 된다.

나는 망설인 끝에 그 자리에서 문득 떠오른 의문을 입에 담았다.

"……남자였나?"

진짜 못 들은 건지 못 들은 체 하는 건지, 유미코는 몸을 앞으로 내밀어 운전기사에게 앞에서 꺾어져야 할 모퉁이 표시를 가르쳐주었다.

"그날 밤, 어딘가에서 다른 남자와 만날 약속이 있었던 건가?"

"말도 안 되는 소리 하지 말아요."

유미코가 작은 소리로 나를 질책하고, 아오야마 가쿠인대학 옆에서 두 번쯤 모퉁이를 돌아 택시가 멈춰 섰다.

왼쪽에 인도를 끼고 새 빌딩이 서 있다. 진구마에에 새로 세운 발레 스쿨은 아마도 그 흰 빌딩 안에 있을 것이다.

7시 5분 전. 이 택시를 그냥 타고 시부야 역으로 서둘러 달려가면 기타가와 다케시가 탈 급행 전철을 붙잡을 수 있다.

그러나 나는 아내의 18년 전의 작은 비밀에 더욱 매달렸다.

뒷좌석 문이 열려 내가 먼저 내렸다. 세찬 비는 그칠 기미가 없었다.

운전석에서 트렁크를 열어주었다.

검은 가방을 꺼내고 있자니 유미코가 곁에 섰다. 틀림없이 이렇게 말하리라. 당신 무신경한 데는 정말이지 정나미 떨어져요.

"그렇게 알고 싶다면 가르쳐주죠." 유미코가 말했다.

나는 가방을 들고 비를 맞으면서 빌딩 쪽으로 걸어갔다.

"그날 밤, 기치조지 역까지 갈 생각이었어요." 유미코가 뒤쫓아 오며 얘기를 시작했다.

"거기에 좋아하는 남자가 있었으니까요."

1층 입구의, 앞으로 쑥 뻗어나온 아치형 차양 밑으로 들어가 가방을 놓고는 손수건을 꺼내 젖은 머리를 닦았다. 유리 문 너머 안쪽으로 엘리베이터 두 대가 보였다. 그 앞쪽 벽에 설치된 스테인리스 우편함을 얼핏 보았지만 미즈가키 발레 스쿨이라는 이름을 분간해낼 수는 없다.

"내 말 들었어요?"

"기타가와가 말을 걸었을 때 왜 시모키타자와에서 내릴 생각이 든 거지?"

"그러니까 몇 번이나 말했잖아요? 내 운이 좋았던 거라고요. 그 전철에 우연히 같이 탄 당신도, 그 기타가와 다케시라고 하는 사람도 안됐다고 생각해요. 당신들이 18년 전 사고의 기억에 아직도 시달리고 있단 것도 알아요. 그 전철에 탔던 사람들 모두 거기서부터 운명이 엉망이 되고 말았으니까요. 하지만……."

"그런 말을 듣고 싶은 게 아니야. 알지도 못하는 남자가 말을 걸었다고 해서 왜 기치조지에 가는 걸 그만뒀느냔 말이야."

"하지만 내 운명도 거기에서 바뀐 거에요. 그 사람을 좋아는 했지만 망설이고 있었죠. 이대로 계속 만나는 게 좋은 일인지 어떤지, 그 당시 난 판단을 내리지 못하고 있었어요. 그날 밤 전철 안에서 갑자기 어떤 사람이 어깨를 건드리며 같이 내리자는 말을 들었을 때, 왜 함께 내릴 생각이 들었는지는 나도 뭐라 설명할 수가 없어요. 다만, 내린 걸로 인해 뭔가가 확실히 변했죠. 그때는 깨닫지 못했지만 다음 날 병원에서 당신과 만났을 때에도 나는 어제까지의 나 자신과는 이제 다르다는 생각이 들었어요.

이상한 부탁을 하고 그대로 사라져버린 친구를 당신은 전혀 모른다고 했어요. 처음 한동안 당신은 이 여자가 무슨 꿈이라도 꾼 게 아닐까, 머리가 이상해진 게 아닐까 하고 의심하는 것 같았죠. 나도 그런 큰 사고가 일어나 혼란스럽기도 했고요. 정말로 내가 꿈이라도 꾼 게 아닌지, 그때까지는 잘 모르는 남자가 말을 건 거라고 굳게 믿고 있었는데 당신 말을 들으니 그런 사람이 세상에 실제로 존재했는지조차 의심스러웠어요. 지난밤에 시모키타자와 역을 떠난 전철이 트럭과 충돌한 건 사실이지만, 그 직전의 일은 모두 전철에서 내린 뒤에 내가 꾼 꿈이었는지도 모른다고 생각했죠. 그 이후에 당신은 사고 얘기 하기를 꺼렸고, 그래서 나는 나 나름대로 생각하다가 결국에는 당신과의 만남이나 결혼이나 모두 신기한 인연 같은 거라고 믿기로 했어요. 분명 그 전철에 탄 사람들에게 있어선 최악의 사고였지만 직전에 어떤 이상한 사람이 나타난 덕분에 난 불행을 피했고, 게다가 당신과 알게 됐죠. 그 이상한 남자는 실재로 존재하지 않는지도 모른다. 나중에 내가 꾼 꿈속에서나 있었던 건지도 모른다. 그래도 어쨌거나 아키마 후미오라는 사람은 현실로서 내 앞에 있다. 그래서 기치조지에 살던 사람하고는 얼마 후에 깨끗하게 헤어졌죠. 그것이 내 운명이라고 여기기로 했던 거에요."

그리고 18년의 세월이 흘러 지금 우리는 여기에 있다. 신기한 인연으로 맺어진 결혼은 실패였다. 그러나 이렇게 되어버린 것 또한 유미코는 운명이라 믿고 체념하고 있는지도 모른다.

"그런데, 기타가와라는 사람이 실제로 있었다는 거군요. 이제 와서, 내가 원한 것도 아닌데 느닷없이 이런 얘기 듣게 되다니. …… 무슨 꿈을 꾸고 있는 중인데 누가 억지로 흔들어 깨운 것처럼 불쾌한 기분이에요. 그때 생각과는 반대로 지금까지 살아온 18년이, 당신 인생이 몽땅 꿈이었다고 선고받은 듯한 기분이 들어요. 아마도 오늘이 내 인생 최악의 날일 거에요. 말해두지만, 난 당신과의 결혼이 좋은 추억이었다고 스스로를 속일 생각은 없어요. 난 지난 18년 동안 함께 살아오면서 당신에게 감사히 여길 거라고는 하나도 없어요. 전혀 미련도 없고, 빨리 이혼서류에 도장을 찍어버리면 후련할 것 같아요. 딱 하나, 기치조지 쪽 사람과 헤어진 건 당신 덕분이었다고 생각해요. 그 무렵 만일 당신을 만나지 않았더라면 나중까지 구질구질한 관계가 계속됐을지도 모르죠. 그걸 단호하게 끊을 수 있었던 건 역시 당신이 옆에 있어주었기 때문이라고 생각해요. 그러니까 그 일만은 당신에게 감사해야겠군요. 그 외에는 아무것도 없지만요. …… 얘기인 즉 이래요, 됐어요? 이만큼 들었으니 성이 차요?"

비에 젖은 앞머리를 털어내고 유미코가 가방을 들기 위해 허리를 굽혔다. 정차 중인 택시가 경적을 울렸다.

"…… 불륜이었나?" 나는 무심코 힘없는 말을 토해냈다.

"듣지 않아도 될 말을 듣고 싶어 한 건 당신이에요."

나를 재촉하기 위한 경적이 두 번째로 울려퍼졌다.

손목시계는 7시를 1, 2분 지나고 있다. 시부야 역에서 기타가와 다케시가 탈 급행 전철을 잡기에는 아슬아슬한 시각이다.

"가까운 시일 내에 변호사 쪽에서 연락이 갈 테니 그렇게 알고 있어요. 그리고……."

엘리베이터 홀로 가는 문에 손을 대고 유미코가 돌아보았다.

"기타가와라는 사람과 다시 만나게 되면 전해줘요. 그날 밤 나에게 말을 걸어 변덕을 불러 일으켜 준 거 감사하다고요. 전철을 내린 뒤에도 부탁을 무시한 건 아니라고요."

나는 세찬 빗속으로 걸어가기 시작했다.

"난 할 만큼 했어요. 시모키타자와 역 플랫폼에서 아키마 후미오라는 이름을 몇 번이나 불렀다고요."

그렇다, 분명 나는 그 목소리를 기억해낼 수 있다.

18년 전 9월 6일, 토요일 비 내리던 밤. 시모키타자와 역 플랫폼에서 전철에 올라타기 직전에 나는 내 이름을 부르는 여자의 목소리를 들었다.

전철 안에 탄 뒤돌아본 나와 플랫폼에 남은 여자 사이를 그때 전철문이 차단했다. 나로서는 상대편 얼굴조차 제대로 볼 수가 없었다. 전철은 달리기 시작했다. 다음 역이 아니라 건널목에서 오도 가도 못하고 있었던 트럭을 향해.

그 순간, 나는 울려퍼지는 경적 소리를 듣고 있었다.

창밖 어둠으로 날아 흩어지는 하얀 불꽃을 보았다. 가득 찬 승객들이 동시에 지르는 의미 없는 소리를 듣고, 전철 바퀴가 격렬하게 레일을 긁는 소리, 긁힌 레일이 우는 소리를 들었다. 땅이 부풀어 오르는 듯한 진동과 함께 지면이 갈라지는 굉음이 귀청을 찢는 것 같더니, 그 직후에 갈라진 지면을 산산조각으로 날려버리는 분화 소리가 다른 모든 소리를 제압했다. 한 손으로 손잡이를 꼭 쥐고 있었을 터인 몸은 의지와는 반대로 공중으로 날아오르고, 의식이 짧게 짧게 끊어지고, 머리 위로 창유리 조각이 후드득 쏟아져 내리더니, 이어 엄청난 비가 쏟아져 내렸다. 정신을 차리고 보니 몸 밑에 전철의 반대편 창이 있었다. 머리 위로 창문이 없어진 공간으로는 바깥의 암흑보다도 더 짙은 검은 연기가 엿보였다. 그 순간 검은 연기 냄새가 내 코에 느껴지고, 깨지고 남은 유리가 비에 젖어 불길의 색깔을 깜빡깜빡 반사하고 있는 것이 보였다. 바로 옆에서 누군가가 울며 소리치고 있었다. 누군가가 누군가를 부르는 소리가 들렸다. 나는 움직일 수가 없었다. 내가 할 수 있는 것이라고는 흠뻑 젖은 머리를 쳐들어 떨리는 손으로 유리 조각을 하나 집어 보는 정도였다.

나는 그저 기다리고 있었다. 하반신의 통증을 참으면서, 불길한 검은 구름처럼 머리 위를 흘러가는 연기를 시야의 한 구석에 두고, 활활 타는 불길의 기세가 계속해서 다가오는 것을 느끼면서도 꼼짝 못하고 누워서 구출을 기다리는 것밖에는 달리 할 수 있는 일이 없었다……. 그것은 내 인생에서 최악의 밤이었다.

그러나 나를 위해 유미코는 할 수 있는 만큼의 일을 했다.

잘 알지도 못하는 남자에게서 이상한 부탁을 받아 가능한 한 들어주려고 했다. 시모키타자와 역 플랫폼에서 내 이름을 몇 번이나 불렀다. 그 말은 진실임에 틀림없다. 그 목소리가 나에게 닿지 않았던 것은 당연히 그녀 책임이 아니라 바로 나에게 운이 없었을 따름이라는 얘기가 된다.

택시가 시부야 역에 도착한 것은 유미코와 헤어진 뒤 약 5분 뒤로, 나는 손목시계도 제대로 보지 않고 급히 달려갔다.

비는 계속 내리고 있었다. 그렇지 않아도 역 구내는 일요일의 인파로 붐비고 있었는데, 젖은 우산을 든 사람이 끊임없이 앞을 막아 거치적거렸다. 게다가 나는 (25세 이전의 내가 할 수 있었던 것처럼) 전력으로 달리는 것이 불가능했다.

그래도 지금은 달리지 않으면 안 된다. 달리지 않으면 기타가와 다케시가 탈 급행 전철을 놓치고 만다.

역의 북쪽 출입구를 향해 달려간 나는 이노카시라 선으로 이어지는 연결 통로를 따라 계속 달렸다.

평소에 달린 적이 없는 사람이 달린 탓에 이내 숨이 차오르고 등은 땀으로 젖었다. 자동발매기 앞의 제일 짧은 줄 뒤에 서서 표를 사려고 동전을 꺼내기 전에 양 무릎에 손을 대고 헐떡거리는 틈은 낼 수 있었지만 웃옷을 벗을 여유까지는 없었다.

개찰구를 빠져나가자마자 발차를 알리는 벨이 울렸다. 플랫폼 표시판에서 19시 15분발 기치조지 행 급행 전철임을 확인할 수 있었다. 그러나 그 전철의 앞에서 두 번째 칸의 문까지는 아직 다다르지 못했다. 설령 그것이 마지막 칸이라고 해도 문이 열리면 우선은 뛰어 들어가는 수밖에 없다. 그렇게 했다. 내가 급히 뛰어들자마자 문이 닫혔다.

문 옆 기둥을 한 손으로 잡고 헐떡거리면서 나는 생각했다.

기타가와 다케시는 이 전철의 앞에서 두 번째 칸에 타고 있다. 틀림없이 진행 방향을 향해 왼쪽, 가운데 문 부근에 서 있을 것이다. 상대가 있는 곳은 알고 있다. 이제 서두를 필요는 없다.

시부야 역에서 시모키타자와 역까지 이 급행은 약 5분에 걸쳐 달린다. 전철 안에는 우산을 손에 든 승객들의 모습이 눈에 띄었다. 콩나물 시루라고 할 정도로 혼잡한 것은 아니었지만 빈 손잡이가 거의 없을 정도로 붐볐다. 손잡이를 잡고 서 있는 승객 사이를 헤치고 두 번째 칸까지 가려면 시간이 좀 걸릴 터였다. 그건 그렇고, 지금 나는 몇 번째 칸에 타고 있는 걸까?

전철이 달리기 시작했다. 나는 전철이 달리는 방향을 향해 급한 걸음으로 걸었다. 서 있는 승객의 등이나 우산이 내 팔이나 바지 무릎에 닿는 것은 어쩔 수 없는 일이다. 성질 급한 누군가가 내 등에 비난의 소리를 퍼부어도 어쩔 수가 없다. 그런 것에 일일이 신경 쓰고 있을 때가 아니다.

맨 처음에 올라탄 차량 연결부의 문을 열고, 한 칸 앞 차량의 또 다른 문을 열고, 그렇게 똑같은 일을 반복하는 동안에 몇 칸이나 앞으로 왔는지 알 수 없게 되어버렸다. 알 수가 없었지만 나는 개의치 않고 헤치고 나아갔다. 앞으로 가다가 연결부 문에 난 창문을 통해 운전석 문이 보이면 나는 두 번째 차량에 있는 것이 된다.

우산을 손에 든 승객들을 헤집고 다시 앞으로 나아가면서, 그러나 나는 점차로 목적을 잃어가고 있었다.

기묘한 생각에 사로잡히기 시작했다. 18년 전 바로 오늘, 거의 같은 시각에 기타가와 다케시도 (두 번째 칸에서 맨 앞 칸으로 한 칸밖에 움직이지 않았지만) 지금의 나와 마찬가지로 문을 열며 앞으로 갔다. 가장 피해가 컸던 첫 번째 차량에 타고 있는 니시자토 마키의 부모를 어떻게든 사고에서 떼어놓기 위해……

다시 되살아나기 시작하는 사고 순간의 기억을 억누르며 나는 생각했다. 그러나 나는 무엇 때문에 문들을 열며 앞으로 나아가고 있는 것일까?

기타가와 다케시는 오늘 밤 아이리스 아웃을 일으켜 18년 전 과거로 도약하려 하고 있다. 그 전에 그를 붙잡는다면 무슨 말을 하면 좋을까? 나는 그를 어떤 불행에서 구하기 위해 문들을 열어가면서 앞 칸으로 나아가고 있다는 말인가.

미즈가키 유미코는 자네가 생각하고 있던 그런 아가씨가 아니다. 자네가 지금 돌아가려는 1980년 9월 6일 밤, 미즈가키·유미코는 기치조지에서 다른 남자와 만날 약속을 했다. 그 남자와 전형적인 불륜 관계에 빠져 있었다. 그러니까 그녀는 애초에 시모키타자와 역에서 내릴 생각이 없었다. 자네가 뒤에서 어깨를 쳐 돌아보았던 돌아보지 않았던 간에 그녀는 원래부터 그 전철을 타고 가다가 사고를 만날 운명이었다. 그녀의 상처나 화상, 훗날의 자살에 대해서까지 자네가 책임을 느낄 이유가 없는 것이다.

더구나 그녀는 이미 그 시점에서 프로 발레리나가 될 꿈을 버려가는 중이었다. 불과 몇 달 뒤에 임신을 알게 되자 그녀는 내 눈 앞에서 이렇게 말했던 것이다.

발레리나로서의 재능에 대해서는 스스로 포기한 상태다. ……발레는 아키마 씨보다 내가 잘 알고 있는 일이니 안타까워할 필요 없다. 누가 뭐라 반대하든 아이를 갖게 된 것을 운명이라 여기고 그에 따르는 수밖에 없다고.

그러니까 자네가 몇 번이나 과거로 되돌아가 본들 그녀는 결국 발레리나가 될 수 없는 것이다.

그렇게 말해줄 수는 있다. 애초에 첫 번째 삶의 1998년 9월 6일에서 아이리스 아웃 / 아이리스 인을 통해 두 번째 삶의 1980년 9월 6일로 도약했던 일 자체가 무의미하다고. 기타가와 다케시에게 내 입으로, 예전의 친구 아키마 후미오의 입으로 들려줄 수는 있다.

그러나 그런 내가 입에 담을 첫 번째 삶의 1998년 9월 6일이나 두 번째 삶의 1980년 9월 6일이란 것이 대체 무슨 의미가 있단 말인가? 아이리스 아웃 / 아이리스 인이니, 예전의 친구 아키마 후미오라는 말에 과연 무슨 의미가 있는 걸까? 대체 나는 언제부터, 무엇을 근거로 기타가와 다케시가 18년이라는 시간을 두 번 산 사람이라고 진짜로 믿게 되었단 말인가?

이야기를 아무리 다시 읽고 아무리 골몰해봤자 그것이 현실이냐 아니냐는 판단은 결국 애매한 상태로 남는다. 설사 오늘 저녁부터 내린 비를 기타가와 다케시가 예언하고 적중시켰다고 하더라도 일기예보를 한 번 맞혔다는 정도로는 아무 증명도 되지 않는다.

그보다도 지금 나로서는 더 마음에 걸리는 일이 있어야 할 터이다. 차례로 문을 열어 앞으로 나아가면서, 마치 과거로 연결되는 문짝들을 여는 양 걸어가면서, 아내가 20세의 미즈가키 유미코였던 시절의 비밀에 대하여 좀 더 깊이 손을 뻗치고 싶어 해야 마땅하다.

불과 몇 달 뒤에 임신을 알게 되고, 결국은 그것을 이유로 결혼을 결정했을 때 유미코는 내 앞에서 이렇게도 말했다.

"아키마 씨는 책벌레라서 세상 물정에는 어두울지도 몰라요. 하지만 난 이래뵈도 활동적이어서 문제없어요. 집안일이나 육아에도 자신

있어요."

그로부터 18년 후, 지금 내 귀에 그녀의 말은 전혀 다른 울림으로 들리고 있다. 마치 트뤼포의 영화 '줄 앤 짐' 속의 쟌느 모로의 대사처럼.

"당신은 숫총각이지만 난 남자를 알아요. 균형이 맞아 좋은 부부가 될 거에요."

물론 지나친 생각일지도 모른다.

그러나 유미코는 불과 15분 쯤 전에 실제로 이렇게 말했다.

"그래서 기치조지에 살던 사람과는 얼마 후에 깨끗하게 헤어졌죠."

얼마 후에라니, 대체 어느 정도의 기간을 뜻하는 것일까?

1980년 9월 6일 시점에서 유미코가 그 남자와 사귀고 있었다는 것은 본인의 입을 통해 확인된 사실이다.

우리가 우연히 만난 것이 그 다음 날. 결혼을 결정한 것은 이듬해 연말. 결혼식이 그 다음 해 3월이고 딸 하즈키는 8월 중순에 태어났다……. 빠듯하지만 계산은 맞는다. 딸의 아버지가 나라고 해도, 그 '기치조지의 남자'라고 해도, 양쪽 모두 말이 된다.

나는 목적을 상실해가고 있었다. 다음 칸으로 옮겨 타기 위해 문을 두 번 열고서 나는 생각했다. 이것이 현실이다. 외동딸인 하즈키가 진짜 내 딸인지 어떤지조차 확신을 가질 수가 없다.

딸의 아버지가 다른 사람일지도 모른다. 적어도 그럴 가능성은 있다. 더구나 그러한 가능성을 18년이나 지나서 이혼하기 직전까지 와서야 떠올렸다. 이것이 내 현실인 것이다.

봐라, 기타가와 다케시 따위는 어디에도 없지 않은가. 선글라스를 쓰고 검은 지팡이를 짚은 그럴싸한 중년 따위는 한 사람도 없지 않은가. 나는 다시 승객과 승객 틈을 스쳐 나아가면서 다음 문에 손을 대는 순간 깨달았다. 운전석 문이 보였다. 이 앞은 제일 앞 칸이다. 다시 말해 나는 지금 두 번째 칸까지 걸어온 것이다.

발길을 돌려 가운데 문 부근까지 돌아갔다.

차량 진행으로 따지면 왼쪽. 몸을 뒤로 돌린 내 위치에서 보면 오른쪽. 승객들 틈으로 보였다가 안 보였다 하는 차창 너머로는 정차하지 않고 통과하는 역의 표시판이 지나갔다. 고마바 도다이마에 역인지 아니면 이케노우에 역인지, 아무튼 간에 시간은 이제 얼마 남아 있지 않다. 곧 시모키타자와에 도착한다.

나는 거기에 선 승객들의 얼굴을 둘러보았다.

그러나 기타가와 다케시는 없다. 사진을 꺼내 확인할 것도 없었다. 요 며칠 구멍이 날 정도로 보았기 때문에 지금은 아무것도 보지 않아도 초상화를 그릴 수 있을 정도다. 아니, 초상화를 그릴 수 있을 정도로 이목구비에 특징이 있는 얼굴은 아니다. 실물을 보아야, '아, 이런 얼굴이었구나' 하고 떠올릴 수 있을 법한 흔한 얼굴이다. 그러나 나는 그 얼굴을 보면 알 수 있다. 틀림없이 구별할 수 있다. 하지만 선글라스로 얼굴을 숨기고 지팡이를 짚은 그럴싸한 중년조차 없다. 안내 방송이 다음 정차할 역이 시모키타자와라는 것과 내리는 문이 오른쪽임을 알려주었다.

헛수고다. 여기에서는 아무 일도 일어나지 않는다. 아이리스 아웃도 아이리스 인도, 기타가와 다케시의 예전의 친구 아키마 후미오도 모두 새빨간 거짓말이다. 이대로 아무 일도 없이 전철은 시모키타자와 역에 도착할 것이다. 그리고 내 앞에는 새빨간 거짓말이 아닌 현실만이 남을 것이다.

18년 전 겨울, 유미코가 뱃속에 갖고 있던 아이의 아버지는 내가 아닐지도 모른다. 적어도 그럴 가능성은 현실로서 남는다. 오늘부터 나는 그 가능성에 시달리면서 하루하루를 보내야 한다. 아마도 오늘 이 순간의 무력감을 잊지 못할 것이다. 듣지 않아도 될 말을 듣고 만 쪽은 나다. 어쩌면 오늘이 인생에서 최악의 날이 될지도 모른다.

창 너머로 시모키타자와의 가로등이 보였다.

역으로 다가가면서 브레이크가 작동된 전철이 크게 좌우로 흔들리며 삐걱거렸다.

다시 머리 한 귀퉁이에 18년 전 사고 직후의 기억이 되살아나기 시작했다.

……나는 그저 기다리고 있었다. 하반신의 통증을 참으면서, 불길한 검은 구름처럼 머리 위를 흘러가는 연기를 시야의 한 구석에 두고, 활활 타는 불길의 기세가 계속해서 다가오는 것을 느끼면서도 꼼짝 못하고 누워서 구출을 기다리는 것밖에는 달리 할 수 있는 일이 없었다. 유리 파편을 신발 바닥으로 짓밟으면서 누군가가 옆에 서고, 누군가가 내 옆에 웅크리고 앉아 내 몸 어딘가를 만지며 "이봐, 들리나?" 하고 말을 걸고, 내 팔을 붙잡아 일으키려 했다……

내 팔을 누군가가 붙잡았다.

내 오른팔을 잡은 남자의 목소리가 귓가에서 속삭였다.

"……아키마."

이름을 들은 나는 가까스로 정신을 차렸다.

검은 양복으로 몸을 두른 남자가 내 오른쪽에 바싹 다가 서 있었다.

남자는 왼손으로 내 오른팔을 꼭 붙잡았다. 오른팔에 가해지는 이 손아귀 힘은 기억에 있었다.

그렇다. 나는 이 오른팔에 가해지는 힘을 이야기를 통해 기억하고 있다.

시작된다.

나는 순간 깨달았다. 본 기억이 있는 남자의 얼굴을 새삼스럽게 다시 쳐다볼 것도 없었고 남자의 오른손에 쥐어져 있는 검은 지팡이를 돌아볼 것도 없었다.

남자의 얼굴은 미소 짓고 있었다.

이야기와 똑같은 일이 시작된다. 나는 그 웃는 얼굴을 선명하게 기억해낼 수 있었다. 양복 안주머니 속의 사진을 꺼낼 것도 없고, 1980년 3월 이와나미 홀 입구 앞에서 스쳐지나갔을 때의 기억을 불러일으킬 것도 없다.

남자는 왼손으로 내 오른팔을 꼭 잡은 채 미소 짓고 있었다.

이 남자에게 뭐라 말해주어야 한다. 그럴 생각으로 여기까지 숨 쉴 새도 없이 걸어왔던 것이다. 아니, 그렇지 않다. 저쪽에서의 친구 아키마 후미오로서 무어라 타일러주어야 하는 것이다. 그런데 머릿속 생각이 좀처럼 말로 되어주지 않았다. 말이 소리로 되어 나와 줄 것 같지 않다.

시작된다.

곧 내 팔을 붙잡은 남자의 손에 힘이 들어갈 것이다. 오른팔을 꼭 쥐는 남자의 손아귀를 나는 다시 경험할 것이다. 나는 그때를 기다리는 수밖에 없다.

"아키마."

남자가 들은 기억이 있는 저음의 목소리로 다시 한 번 내 이름을 불렀다. 나는 남자의 눈을 응시했고, 내 오른팔에 조이는 듯한 힘이 가해졌다.

그 순간에 나는 보았다.

영화 스크린에서가 아니라 인간의 눈 속에서 생기는 아이리스 아웃을.

남자의 다갈색 눈동자가 희미하게 흔들리면서 단숨에 수축해 들어가는 모습을.

전철이 시모키타자와 역 플랫폼으로 미끄러져 들어갔다.

남자의 손아귀 힘이 갑자기 약해지고, 내 오른팔에서 오른손목을 더듬으며 흘러내려가던 남자의 왼손이 내 오른손 손끝을 붙잡으려다 놓쳐 멀어지고, 남자의 오른손에 쥐어져 있던 검은 지팡이가 바닥에 떨어져 소리를 내고, 남자의 몸이 무너져 내렸다.

승객 한 사람이 비명을 질렀다.

전철이 시모키타자와 역 플랫폼에 멈춰 섰다. 승객들이 이상을 눈치챘다. 소동은 내가 서 있는 장소에서 일어나 주위로 전염되었다. 그저 우두커니 서 있는 나를 사람들이 밀어내고 기타가와 다케시의 사체를 에워쌌다.

전철 문이 열리고, 역무원을 불러 오라고 어떤 남자가 말하고, 전철 기관사에게 알리라고 다른 목소리가 말하고, 플랫폼으로 뛰쳐나가는 승객과 새로 차에 타려는 승객이 있었다.

그때 등 뒤에서 다시 누군가의 손이 내 팔을 붙잡더니 사람들로 만들어진 원 안에서 나를 빼냈다.

"아키마 씨." 그 여자는 말했다. "기타가와 씨의 육체는 죽었습니다. 이쪽 세계에서 기타가와 씨는 이제 사라진 겁니다."

남겨진 것_

그리고 나는 시모키타자와 역 밖으로 이끌려 나왔다.

밖으로 나와 여자가 재촉하는 대로 운전석 옆자리에 올라탔다.

여자가 차를 모는 동안에 우리는 입을 다물고 있었다. 앞으로 어디로 무엇을 하러 갈 생각인지 그녀는 한마디의 설명도 없었고 나도 그것을 요구하지 않았다.

요 일주일 동안 휴대전화로 몇 번이나 연락을 취하려고 했는지 모른다는 불평도 입에 올리지 않았다. 뭐라 불평하는 것도 귀찮았다. 그녀 쪽에서 무슨 얘기를 꺼내지 않는 한 나는 말할 기분이 아니었다.

내가 글을 다 읽은 후에 다시 한 번 개인적으로 만나고 싶다고 지난주에 그녀는 말했다. 확실한 것은 그뿐이었다. 언제 만나자는 구체적인 약속은 하지 않았는데, 아마도 오늘 밤이 그때였을 것이다.

차는 그녀만이 아는 목적지를 향해 비 내리는 고속도로를 달리다가 일반도로로 빠지더니 다시 밤길을 달려 이윽고 어느 샛길 가장자리에 차를 바짝 붙여 세웠다.

가토 유리가 사이드 브레이크를 당기고 엔진을 끄고 문을 열어 밖으로 내렸다.

나는 조수석에서 내려서서 바로 앞에 선 빌딩 지하에 있을 듯한 술집 간판을 바라보았다. 본 적도 들은 적도 없는 가게 간판이었다. 하지만 7층짜리 건물의 모양은 어렴풋한 기억이 있었다.

우리는 1층에서 엘리베이터를 타고 5층까지 올라갔다. 가토 유리가 먼저 엘리베이터에서 내려 복도를 걸어갔고, 두 개의 문 중 안쪽 문 앞에서 멈춰 섰다. 가토 유리가 열쇠를 꺼내 그 문을 열었다.

문을 열고 손잡이에 손을 댄 채 내가 오기를 기다렸다가 먼저 안으로 들어가라고 눈으로 재촉했다. 나는 그에 따랐다. 엘리베이터에서 내려 오른쪽으로 이어지는 좁은 복도도, 이 문도, 어렴풋한 기억이 있었다.

현관에는 불이 켜져 있었다. 신을 벗는 곳은 깨끗하게 치워져 있어서 한 켤레의 신발도 보이지 않았다. 방 안쪽에 단 하나, 그쪽에도 불이 켜져 있었다.

나는 안으로 걸어갔다. 그 실내의 모습을 보니 기억이 선명하게 되살아났다.

나는 이 방을 읽어서 알고 있다.

실평수로 따지면 6평 정도쯤 되는 나무바닥 방의 맞은편 창가, 왼쪽 벽에 붙여 양쪽에 서랍이 달린 큰 책상이 놓여 있다. 반대쪽 벽에는 길이가 2미터 반쯤이나 되는 가죽 소파 겸 침대, 그 앞에 32인치 텔레비전이 바닥에 놓여 있다. 텔레비전 옆에는 검정 일색인 상자형 장식장에 수십 장의 레이저디스크가 꽂혀 있다. 물론 레이저디스크는 크라이테리언 버전임에 틀림없다.

가토 유리가 옆에 서서 내 반응을 엿보고 있는 것이 느껴졌다. 여기에서 내가 어떤 얼굴을 하면 이 여자가 만족할까? 책상 위 컴퓨터로 눈을 돌리고 나는 물었다.

"여기에서 기타가와 다케시가 그 이야기를 쓴 거요?"

"그렇습니다. 하지만 여기는 기타가와 씨의 방이라기보다는 기타가와 씨가 아키마 씨를 위해 준비한 방입니다."

"날 위해?"

"여기는 예전에 기타가와 씨가 알고 있는 또 한 사람의 아키마 후미오 씨가 살았던 방입니다. 그렇게 말하면 아시겠죠?"

"기타가와 다케시의 친구였던 아키마 후미오." 중얼거려보다가 나는 한숨을 쉬었다.

"예, 게다가 영화감독이기도 했던 아키마 후미오 씨 말입니다."

"당신도 그 얘기를 읽었나?"

"읽었습니다." 가토 유리는 기죽지 않고 대답했다. "그 건으로 몇 가지 드릴 말씀이 있습니다."

"개인적으로, 말이겠군."

"그쪽에 앉으시지요." 가토 유리가 손으로 가리킨 것은 책상 앞의 의자였다.

나는 가토 유리가 가리키는 방향으로 걸어가, 그러나 팔걸이가 있는 그 회전의자에는 앉지 않고 쓸데없이 큰 소파 끝을 골라 앉았다.

방 입구에 선 가토 유리가 나를 보더니 어딘가 불만스런 표정을 지었다. 그리고 아랫배 앞으로 두 손을 모아 깍지를 끼고 이렇게 말했다.

"무슨 말부터 하면 좋을지 망설이고 있었습니다."

"망설일 것 없어요." 나는 되받아쳤다. "기타가와 다케시의 육체의 죽음을 애도하는 것부터 시작하지. 목도 좀 마르니 캔맥주를 준비해 주지 않겠소? 둘이서 마시면서 얘기하면 그게 상갓집 밤샘 아니겠나."

가까스로 억누르고 있던 것이 흘러나오는, 그런 느낌으로 가토 유리의 표정이 순식간에 변했다.

나는 초조함을 그대로 말에 담아 던진 경솔함을 후회했다.

소리 내지 않고 우는 여자를 보는 것도, 서서 우는 여자를 보는 것도, 흘러나오는 눈물을 손바닥으로 닦는 여자를 보는 것도 처음이었다. 우는 여자에게 손수건을 꺼내는 따위의 행동은 할 수 없었기에 잠자코 그 모습을 지켜보는 수밖에 없었다.

긴 침묵의 시간이 흐른 끝에 가토 유리는 다시 진정했다. 완벽하게 원래의 자신으로 돌아온 것처럼 보였다. 코도 훌쩍거리지 않았다. 왜 갑작스럽게 울었는가 하는 이유에 대한 설명도 없었다. 그런 것은 내가 상상해야 할 몫이다.

마치 시계 바늘이 5분 전으로 되돌아갔나 싶게, 그리고 거기에서부터 오늘 밤 인생을 다시 살고 싶어 하는 것처럼 가토 유리는 다시 한번 두 손을 앞으로 하여 깍지를 끼더니 이렇게 말했다.

"무슨 말부터 하면 좋을지 망설이고 있었습니다."

"망설일 것 없어요." 나는 되받아쳤다. "기타가와 다케시의 글을 읽고 어떤 생각을 했는지, 서로의 감상을 나누는 것부터 시작합시다. 우선 당신부터 짧게 해줘요."

"아직도 그것 때문에 화내고 계시는 건가요?"

"그것?"

"무신경에 관한 문제요."

"난 화난 게 아니오. 당신들의 철두철미한 연극 같은 방식에 질린 거요. 당신에게 별 감상이 없다면 내가 질문하지. 요 몇 년, 당신은 니시자토 마키의 사생활을 살피고 있었어요. 얘기에 그렇게 쓰여 있었지. 그렇다면……."

가토 유리가 깍지를 풀더니 무어라 말하려고 했다. 아마도 나의 무신경한 말투에 대해 수정하고 싶은 것이 있었으리라. 나는 그럴 틈을 주지 않았다.

"당신은 니시자토 마키가 '수요 모임'에 들어오게 된 계기도 당연히 알고 있을 거요. 가르쳐주지 않겠소? 그녀가 '수요 모임'에 들어온 건 기타가와 다케시의 조종이었던 건가?"

"아뇨, 그렇지 않습니다. 그건 우연이었습니다. 그분과 아키마 씨의 인연이라고 전 생각합니다."

"기타가와 다케시의 얘기를 어디까지 믿는 거요?"

"전부 믿습니다."

"오늘 밤 그 전철 안에서 기타가와는 죽었다. 하지만 그건 육체가 죽은 것일 뿐, 기타가와의 의식은 다시 18년 전으로 시간을 거슬러 올라간 것이다. 그걸 믿는단 말이오?"

"의심할 여지가 없습니다." 가토 유리는 대답했다.

"미안하지만." 나는 부탁했다. "거기에 우뚝 서서 얘기하지 말아 줘요. 눈에 거슬려서 안 되겠군."

가토 유리가 소파로 다가와 불과 30센티 정도 간격을 두고 내 왼쪽 옆에 앉았다.

"얘기해 주시오." 나는 담배를 꺼내 불을 붙였다. "의심할 여지가 없다는 이유를 얘기해봐요.”

“첫째로 나 자신이 그 이야기에 등장합니다.”

“그건 알고 있소. 당신은 기타가와의 비서지.”

“아뇨, 그런 말이 아닙니다. 아키마 씨와 똑같은 입장으로 저도 등장한다는 의미입니다.”

내가 되묻기도 전에 가토 유리가 자리에서 일어나 주방에서 재떨이를 가지고 돌아왔다. 그 재떨이가 눈앞의 작은 테이블 위에 놓였다. 깨끗하게 닦은 크리스털 재떨이였다.

“우선 기타가와 씨가 이쪽으로 와서 18년을 다시 살기 이전, 기타가와 씨에게 있어 첫 번째 인생 부분에는 지금의 저와 똑같은 나이의 또 다른 제가 등장합니다. 이야기에 준해 말하자면 1998년 8월 28일. 이 아키마 후미오 씨 방에, 자세히 말하자면 이 방 앞 복도에서요.”

스키야바시 교차로에서 처음 만났을 때의 가토 유리와 오늘 밤의 가토 유리와의 복장 차이가 그제야 비로소 내 주의를 끌었다.

그때는 정장으로 차려입고 있던 여자가 지금은 평상복 차림으로 내 옆에 있었다. 물 빠진 청바지에, 단추도 제대로 잠그지 않고 걸쳐 입은 순면 셔츠. 언뜻 보기에 소탈한 가르마에 짧은 헤어스타일만 변함이 없다. 그러나 오늘 밤의 모습은 아무리 보아도 인재 파견회사의 가토 주임답지 않았다.

“아키마 후미오에게 딸려 있던 스크립터가 당신이라는 건가?”

“그렇습니다.”

“어떻게 그게 자신이었다는 걸 알지?”

“기타가와 씨가 제 얼굴을 기억하고 있었습니다.”

나는 나도 모르게 흥 하고 콧소리를 냈다.

"이야기를 쓴 건 기타가와요. 기타가와가 누구 얼굴을 기억하고 있든 놀랄 일도 아니지. 거꾸로 당신이 기타가와의 얼굴을 기억하고 있었다면 얘기는 다르지만."

"하지만, 그렇게 생각하면 모든 것이 앞뒤가 맞습니다." 가토 유리는 아랑곳하지 않는 얼굴로 계속했다. "왜 기타가와 씨가 니시자토 마키 씨와 아키마 씨의 일을, 다시 말해 자신의 비밀과 관련된 일을 나에게 알아보게 했을까? 그건 나 자신이 기타가와 씨의 첫 번째 인생에 어떤 관련이 있는 사람이기 때문이다. 그렇게 생각하면 납득이 가는 것이죠."

"나로선 납득이 가지 않는군. 이쪽에서의 가토 주임이 왜 저쪽에선 스크립터 같은 걸 하고 있었던 거요? 너무 편리한 해석 아닌가."

"이유는 간단합니다." 가토 유리가 대답했다. "지금으로부터 10년 전 쯤, 대학생이었던 저는 수입이 괜찮은 아르바이트 제의를 받았습니다. 제의한 사람은 제 사촌언니였는데, 기타가와 씨 얘기에는 오피스 K에 참가했던 두 번째 학생으로 실려 있는 사람입니다. 그러나 나는 그때 이미 다른 아르바이트를 시작한 참이어서 처음에는 사촌언니의 제안을 받아들일 생각이 없었습니다. 그런데 어쨌거나 사장을 만나 봐 달라고 해서 한번 만나보기로 했습니다."

"그 면접 때 기타가와가 당신 얼굴을 기억하고 있었다는 건가?"

"아뇨, 그렇지 않습니다."

"그럼 언제?"

가토 유리는 질문에 대답하지 않고 이야기를 이었다.

"당시 제가 하고 있던 아르바이트라는 건 영화사 일이었습니다. 사촌언니의 어머니, 그러니까 제 숙모는 오랫동안 영화 스크립터를 해온 분이었습니다. 저는 숙모 곁에서 어깨 너머로 일을 배우기 시작한 무렵이었죠. 제가 말하기는 뭐하지만, 이해가 빨라서 앞으로도 잘 해갈 수 있을 것 같은 예감이 들었습니다. 많은 스태프와 함께 영화 촬영 현장에 있다 보면 대학 수업 같은 데에서는 얻을 수 없는 보람도 느꼈고, 하찮은 작업이라도 전혀 힘들지 않았던 것입니다. 그러니까 그때 만일 사촌언니의 제의가 없었더라면, 다시 말해 오피스 K의 사장인 기타가와 씨를 만나지 않았다면 저는 지금쯤 어엿한 스크립터로 월급을 받고 있을지도 모릅니다. 저쪽에서의 저와 마찬가지로 이쪽에서도 그렇게 되어 있을 가능성이 있다는 말입니다. 물론 아키마 씨는 이쪽에선 영화를 찍고 있지 않으니까 누군가 다른 감독을 돕고 있을 테지만요."

"만일 기타가와에게 그 얘기를 했다면……."

"하지 않았습니다."

"직접 하지 않았더라도 사촌언니를 통해 당신의 아르바이트 얘기가 기타가와에게 전해졌다면 그것이 그 글을 쓸 때 앞뒤를 맞추기 위한 재료로 쓰였겠지."

꽁초가 된 담배를 크리스털 재떨이 바닥에 눌러 껐다. 그리고 나는 왼쪽 옆에 앉은 여자의 얼굴을 쳐다보았다.

"그렇게 생각되지 않는 거요?"

"아까 면접 얘기입니다만." 가토 유리가 얘기를 다시 돌렸다. "그때 기타가와 씨는 제 얼굴을 기억하고 있다는 말은 한 마디도 하지 않았습니다. 실은 그 후에도 본인에게서 들은 적이 없습니다. 그렇지만 기타가와 씨의 마음은 비서로서 줄곧 함께 있던 저에게 전해져 왔습니다. 제 쪽에서도 마찬가지로 기타가와 씨의 얼굴에서 그리움을 느끼고 있었기 때문입니다. 기타가와 씨는 그것을 알고 있었기에 저를 곁에 두었던 거라고 생각합니다."

어처구니가 없다, 라고 나는 굳이 입에 담지 않았다. 그저 상대가 얼마나 진심으로 그런 말을 하는 것인지 확인하고 싶은 마음으로 왼쪽 옆에 있는 얼굴을 계속 쳐다보았다.

"왜 제가 기타가와 씨의 얼굴에서 그리움을 느꼈는지……."

말을 하다 말고 가토 유리가 갑자기 일어서서 책상 앞 의자로 자리를 옮겼다.

"그 이유도 간단합니다. 얘기에 씌어져 있는 그대로가 제 과거였기 때문입니다. 그러니까 저는 현실에서 딱 한 번 기타가와 씨의 얼굴을 봤던 것입니다."

"이 방 앞 복도에서?"

"아닙니다. 그거라면 현실에서 본 게 아니죠. 이 복도에서 스쳐 지나갔던 것은 기타가와 씨만의 첫 번째 현실에 불과하니까요. 제 말은 그게 아니라 그 전철 안에서의 일입니다. 지금으로부터 18년 전 9월 6일, 시모키타자와에 그 전철이 정차해 있을 때 저는 기타가와 씨를 만났던 것입니다."

나는 담배 한 개비를 더 꺼내 입에 물었다. …… 18년 전, 가토 유리는 아직 열 살이 되었을까 말까 하는 어린애였을 것임에 틀림없다.

담배에 불을 붙이기 전에 나는 생각해냈다. 그날 밤, 시모키타자와 역을 전철이 출발하기 직전, 문이 닫히는 찰나에 기타가와의 말을 듣고 플랫폼에 내린 초등학생이 있었다는 것을.

담배를 문 내가 눈을 들자 가토 유리가 바로 고개를 끄덕여보였다.

"네, 그때 노란 모자를 쓰고 있던 여자애가 저입니다. 18년이나 된 옛날 일이지만 또렷하게 기억하고 있습니다. 모르는 어른이 내리라고 해서 저는 전철에서 내렸습니다. 틀림없습니다. 이야기에 씌어진 그대로입니다. 그래서 기타가와 씨가 첫 번째 인생 속의 제 얼굴을 기억하고 있었던 것이 사실임과 동시에 그 반대 또한 분명한 사실인 것입니다."

"……초등학생 때 본 기타가와의 얼굴을 기억하고 있었다고?"

그렇게 물어본 것이 고작이었다.

가토 유리는 회심의 미소로 대답했다.

"제 인생에서 가장 신기한 체험이었습니다. 언젠가 다시 한 번 만나고 싶다고 진심으로 바라고 있던 사람의 얼굴이었습니다. 잘못 봤을 리가 없지요. 면접을 보기 위해 만났을 때 단번에 이 사람이라는 걸 알았습니다. 그래서 전 스크립터 일을 내던질 결심을 했던 겁니다."

"아키마 씨께 디스켓을 전해드리기 전에 내용을 읽고, 저는 제 나름대로 생각해봤습니다."

가토 유리는 말을 이었다.

도중에 그녀는 주방에 가더니 그제야 냉장고에서 맥주를 가져다주었다. 그래서 마침 이야기 속의 기타가와와 나의 대화 장면처럼 작은 테이블 위에 은색 캔맥주 두 개가 나란히 놓이게 되었다.

"저쪽, 그러니까 기타가와 씨의 첫 번째 인생에서의 사고 때, 두고 내린 우산을 발견하고 전철 안에서 소리친 것도 아마 저일 겁니다. 이야기에 따르면 그렇게 되죠. 덕분에 미즈가키 유미코 씨는 우산을 가지러 전철 안으로 되돌아갔다가 내리지 못하게 되었습니다. 하지만 그것은 그녀와 함께 저도 충돌사고에 휘말렸다는 얘기겠죠? 아마도 저는 사고 순간에 그녀와 같은 칸, 거의 같은 위치에 있었을 것입니다. 그녀가 우산을 가지러 제 옆으로 왔고 그 직후에 전철이 달리기 시작했을 테니까요. 내리지 못하게 돼서 미안하다고 제가 사과했을지도 모르죠. 내가 고맙다고 해야지, 하고 유미코 씨가 웃으면서 대답했을지도 모릅니다.

당시 저는 토요일마다 시부야로 수영 강습을 다니고 있었습니다. 연습이 끝나면 오가는 길에 있던 포장마차에서 핫도그 한 개를 사 먹고는 늘 간신히 급행 전철 시간에 맞춰 와서 시부야 역에서는 제일 뒤쪽 칸에 탔던 겁니다. 타고나서 조금씩 앞 칸으로 걸어왔죠. 시모키타자와에 도착할 즈음에는 대략 앞에서 두 번째 칸까지 오고, 전철이 시모키타자와 역을 출발한 뒤에도 맨 앞 칸까지 걸어가는 게 평소 습관이었습니다. 그렇게 하는 게 다음 역에서 내릴 때 편리했으니까요. 그랬던 걸 저는 지금도 잘 기억하고 있습니다.

그로써 사고를 당했을 때 미즈가키 유미코 씨가 두 번째 칸이 아니라 맨 앞 칸에 타고 있었던 것도 설명이 될 것입니다. 초등학생이었던 제가 틀림없이, 또 쓸데없이 돕겠다는 마음으로 그녀를 데리고 갔을 테지요. 다음 역에서 내려서 시모키타자와로 되돌아갈 거면 그렇게 하는 게 편하니까요. 그래서 그녀는 큰 화상을 입고 말았던 것입니다.

물론 저도 그때 옆에 있었겠죠. 그런데 저는 죽을 정도의 상처는 입지 않았던 모양으로, 1998년엔 아키마 감독 밑의 스크립터로 씩씩하게 일도 하고 있었던 것입니다. 어쩌면 어른이 된 제 가슴이나 등에 화상 자국이 남아 있었을지도 모릅니다. 그 사실을 아키마 감독은 알고 있었을지도 모르고, 거기까지 아는 사이는 아니었을지도 모르죠. 어쩌면 사고 때 옆에 있던 미즈가키 씨가 감싸 준 덕분에 제 몸에는 화상 자국 같은 게 남아 있지 않았을지도 모르고요. 그것까지는 모르겠네요, 그저 상상해보는 수밖에는요.

이쪽에서의 사고 당시, 그러니까 제가 기타가와 씨 말에 따라 전철에서 내려 사고를 피할 수 있었을 때, 시모키타자와에서 우리집으로 전화를 건 일은 기억하고 있습니다. 전철이 안 다니게 되었으니까 마중 나와 달라고 하려고 했죠. 그랬더니 벌써 사고 소식을 알고 있던 부모님은 당장에라도 병원으로 달려가야 하나 어쩌나 하며 허둥대던 참이었습니다. 연유야 잘 모르겠지만 어쨌거나 딸은 시모키타자와 역에 있고 무사하다, 그 사실을 안 부모님은 진심으로 눈물을 흘리며 기뻐하셨습니다. 기뻐하다가 수영 강습을 그만 다니게 해야겠다는 생각이 들었고, 그래서 저는 토요일의 은밀한 즐거움인 핫도그 사 먹기 하고도 안녕하게 되었죠. 그 점에서 조금 기타가와 씨를 원망하지 않은 것은 아니지만, 만일 그때 전철에서 내리지 못했다면 저 또한 사고를 당해 부모님이 병원으로 달려와 울며 슬퍼하셨을 거고, 결국 핫도그와의 인연도 끝났을 테니 마찬가지였을 테죠. 저는 기타가와 씨의 일은 부모님께 얘기하지 않았습니다. 시모키타자와 역에서 전철에서 내리라고 말해 준 이상한 어른이 있었다. 그런 얘기는 어떤 식으로 말하든

간에 내가 믿고 있는 것을 부모님은 이해하지 못할 거다, 어린 마음에
도 그렇게 포기했던 것 같습니다.

초등학생인 저는 이렇게 믿었습니다. 이상한 어른이 불행한 사고를
당할 전철에서 나를 내리게 했다. 그 사람은 내 목숨을 구해주었다. 틀
림없이 그 사람은 사고가 일어나리라는 걸 미리 알고 있었던 것이다.
그 사람은 미래를 알고 있었다.

초등학생인 제가 진심으로 믿고 있던 사실을, 물론 지금의 저도 믿
고 있습니다. 기타가와 씨의 얘기를 읽고 더욱 그런 믿음이 강해졌습
니다. 그 얘기 전체가 실화임을 전 믿을 수 있습니다. 결국, 상식적인
생각으로 아무리 의심해 봐도 제게는 과거의 사실이 하나 남는 것입니
다. 기타가와 씨가 초등학생이었던 나를 그 전철에서 내리게 했다. 그
사실은 움직일 수 없습니다. 기타가와 씨는 사고가 일어날 걸 미리 알
고 있었던 겁니다. 그 글에 쓰여 있는 대로 기타가와 씨는 그 시점에서
미래를 알고 있었다, 그리고 그 시점에서 두 번째의 18년을 다시 살았
다, 그렇게 생각하지 않을 수 없습니다. 의심할 여지가 없다고 처음에
말씀드린 것은 그런 의미입니다."

거기까지 말한 가토 유리는 작은 테이블 위의 손대지 않은 캔맥주를
내게 권했다.

권하는 대로 은색 캔 하나를 들어 마개를 딴 나는 차가운 맥주를 목
구멍으로 흘려 넣었다.

"더구나 오늘 밤" 가토 유리는 말을 이었다. "전 기타가와 씨의 죽음
을 끝까지 보고 확인했습니다. 마치 그 순간을 예측하고 있던 것처럼,
아키마 씨의 팔을 잡고 의식을 잃어가는 기타가와 씨의 육체를 끝까지

지켜보았습니다. 결국 우리는 글에 쓰여 있는 그대로 기타가와 씨가 자신의 의지로써 과거로 도약하는 순간을 목격한 셈이죠."

마시다 만 캔맥주를 테이블에 다시 놓았다. 그리고 나는 고개를 숙여 눈을 감고 캔의 물방울이 묻은 손끝으로 좌우의 관자놀이를 눌렀다.

회전의자 위에서 가토 유리가 몸을 조금 움직이며 이렇게 말했다.

"아키마 씨, 이제 충분하시죠? 이제 믿지 않는 척은 그만 하셔도 되지 않나요?"

그녀가 말한 대로 이제 충분할지도 모른다. 나는 그저 고개를 끄덕여 보이기만 하면 그것으로 끝인지도 모른다.

"당신의 경우에는" 하고 나는 말했다. "그걸로 충분할지도 모르지. 어쨌든 기타가와가 위험한 상황에서 도와준 셈이니까. 하지만 나에겐 나 나름대로의 사정도 있고 사고방식도 있어요. 기타가와가 18년간을 두 번 산 사람이라고 인정한다고 해도 나의 이 불편한 다리는 사실로 남아요. 이걸 없었던 사실로 칠 수는 없단 말이오. 없었던 일이라고 돌려 버릴 수 없는 사실은 그것 말고도 또 있어요. 43년이나 살았으니 그런 건 태산만큼 많단 말이오. 그걸 전부 기타가와와 관계된 운명의 결과라고 인정하고 끝낼 수는 없소. 아직 젊은 당신의 경우와는 다르단 얘기요."

"없었던 일로 칠 수 있다고는 아무도 말하지 않았습니다. 사실은 사실대로 솔직하게 인정해야 한다는 말입니다. 가령 눈앞에 있는 게 기적이라고 해도 그것을 있는 그대로 인정해야 합니다. 더구나 아키마 씨의 옛날 꿈은 어떻게 되는 거죠? 그걸 없었던 걸로 돌리려는 쪽은 오히려 아키마 씨 아닐까요?"

"옛날의 꿈?"

"적어도 그 사고를 당할 때까지 아키마 씨에겐 영화를 찍겠다는 꿈이 있었죠? 이쪽의 제게 스크립터가 될 가능성이 있었던 것처럼 아키마 씨에게도 영화감독이 될 가능성이 있었던 거 아닌가요?"

"……아니, 그렇지 않아. 그런 꿈은 꾼 적 없어."

"그렇지 않다는 것과 꿈을 꾼 기억이 없다는 건 같은 뜻인가요?"

고개를 끄덕인 나는 다시 눈을 감고 오른손 엄지와 중지로 관자놀이를 비볐다.

자기 자신에게 거짓말을 한다는, 멜로드라마 속에서조차 지겨워진 말이 전에 없이 신선한 울림으로 마음에 다가오는 것을 느끼면서.

어쩌면 나는 예전에 꾸었던 꿈을 (저쪽의 내가 이루어낸 꿈을) 잊어버렸는지도 모른다. 불운한 사고나 미즈가키 유미코와의 만남, 너무 이른 결혼, 딸의 탄생, 전 직장으로의 복귀, 25세의 인생을 덮친 여러 사건에 뒤섞여 언젠가 소설을 써서 그것을 영화로 찍겠다는 꿈을 그 시대에 놔두고 떠나버렸던 것인지도 모른다.

가토 유리의 목소리가 이어졌다.

"실은 기타가와 씨의 일은 사촌언니와도 얘기를 나눠보았습니다. 언니는 저보다도 현실적인 사고방식의 소유자였는데도 기타가와 씨의 불가사의한 측면에 대해서는 인정하고 있었죠. 함께 비즈니스를 해가면서 미래를 읽는 능력이나 센스뿐만이 아니라 기타가와 씨에게는 뭔가 다른 성공 비결이 있는 것 같다고 느끼고 있었습니다. 사촌 언니는 이렇게 말했죠.

설사 미래를 알고 있는 사람을 찾아냈다고 해도 네가 당황하거나 심각하게 고민할 필요는 없다. 미래를 아는 사람이 옆에 있다면 솔직하게 그 혜택을 받으면 된다. 세상이란 솔직한 사람에게 이익이 돌아가게 되어 있다.

예를 들어, 책을 읽다가 어느새 같은 페이지를 반복해서 읽고 있는 자신을 깨닫는다. 그런 경험은 누구에게나 있을 것이다. 어쩌면 그때 시간이 겹쳐져 흘렀는지도 모른다. 아주 짧은 사이지만, 마치 박음질 같은 시간의 흐름이 생긴 건지도 모른다.

박음질이란 게 한 번 앞으로 나갔던 바늘을 뒤로 돌려 다시 박는 방식 맞지요?

그러니까 그 시간의 박음질이 작은 폭이 아니고 좀 더 큰 폭으로 이루어진다면, 그때 넌 책을 읽기 시작하기 전으로, 아니 그보다 훨씬 전인 과거로 시간을 거슬러 올라가버릴 거다. 그런 불가사의한 일은 있을 수 없다고 단정할 순 없다. 그리고 일단 시간을 거슬러 올라가는 요령을 터득하면 다음에는 보다 멀리, 훨씬 먼 옛날로 되돌아가는 것이 가능해질지도 모른다. 한 번 읽은 책의 페이지를 다시 읽는 정도가 아니라, 그 시간에서부터 반복될 몇 십 년이나 앞선 미래의 사건을 모두 아는 상태에 놓일지도 모른다. 그런 기적이 네게 일어나지 않는다고 잘라 말할 수 없는 거다.

하지만, 하고 사촌 언니는 웃으며 덧붙였습니다. 이 얘기는 우리 내부의 비밀이니까 누구에게도 말해서는 안 된다, 성공의 비결을 모두가 알아버리면 은혜를 저버리는 꼴이 되지 않겠느냐고요. 우리 내부라는 건 오피스 K에 처음에 입사했던 스태프로, 지금은 하와이로 이

사 간 여성과 미스터리 작가로 성공한 여성. 그리고 제 판단으로 아키마 씨도 그중에 포함될 것입니다. 결국, 사촌언니가 말하고자 한 얘기는 방금 전 제가 말한 것과 마찬가지입니다. 눈앞에 있는 것을 믿는 수밖에 없다. 눈앞에서 기적이 일어나는 것을 봤다면 우리는 그저 그것을 믿으면 된다. 그런 말이죠.

틀림없이 이 세계와는 다른 시간의 흐름 속에서 나와 아키마 씨는 지금도 콤비를 이루어 영화 일을 하고 있을 것입니다. 그쪽의 저에게도 어쩌면 등에 화상 자국이 남아 있을지도 모르죠. 동시에 어쩌면 난 아키마 씨의 애인일지도 모릅니다. 그리고 오늘 밤, 기타가와 씨가 되돌아간 또 다른 시간의 흐름 속에서는 아키마 씨가 영화감독도 출판사 직원도 아닌 다른 직업을 가지고 있을지 모르죠. 나 역시 거기에선 뭘 하고 있을지 모르고요.

하지만, 그렇다고 해도 우리는 또 어딘가에서 무슨 관계를 갖게 되지 않을까요? 누군가를 대신할 사람은 달리 없다는 식으로 기타가와 씨도 썼죠? 그건 니시자토 마키 씨와 아키마 씨와의 관계에 대해서도 마찬가지라고 생각합니다. 아키마 씨는 그녀를 '수요 모임'에 관련시킨 게 기타가와 씨가 아닐까 하고 의심하는 모양입니다만, 그건 그렇지 않습니다. 두 사람이 거기에서 만나게 된 건 정말 우연입니다. 무엇보다도, 그 이후 두 사람의 관계가 발전되는 데까지 기타가와 씨가 컨트롤할 수 있을 리 없지 않나요? 기타가와 씨는 그저 지켜보고 있었을 뿐입니다.

다만, 굳이 말씀드린다면 그 만남은 우연의 산물이라기보다는 보다 더 자연스러운 느낌이 드네요. '인연'이라는 단어에 보다 가까운 그 무엇 말입니다. 제가 기타가와 씨에게 다가가게 되었던 것처럼, 혹은 제가 기타가와 씨를 다가오게 했던 것처럼, 그렇게 니시자토 씨와 아키마 씨는 만난 거라고 저는 생각합니다. 애초에 아키마 씨는 기타가와 씨의 친한 친구였고 그녀는 친구의 아내였으니까, 두 사람이 만난 적이 없지는 않았을 테지요. 전 거의 진심으로 그렇게 생각하고 있었습니다. '인연'이라는 말이 어울리지 않는다면, 뭔가 좀 더 미묘한, 사람과 사람과의 연결 같은 거 말입니다.

실은 처음 아키마 씨를 뵈었을 때, 저는 그걸 느꼈습니다. 처음 본 순간에 이 사람이라고 알아챈 거죠. 그래서 이 말은 꼭 해두고 싶었습니다. 횡단보도 앞에서 얼굴도 보지 않고 불렀던 것은 분명히 아키마 씨의 다리 때문이 아니었습니다. 그 느낌이 제게 알게 해줬던 겁니다. 등을 돌리고 계셨든 다른 쪽을 보고 계셨든 간에 저는 알아볼 수 있었을 것입니다.

너무 일방적이라고 느끼실지도 모르지만 지금도 그런 느낌은 변함이 없습니다. 적어도 저는 그걸 느끼고 있습니다. 아키마 씨에게서 이제까지 여러 싫은 소리를 들었으면서도 참을 수 있었던 건 그 때문입니다."

나는 눈을 감은 채 가토 유리의 얘기를 끝까지 들었다.

가토 유리의 얘기가 끝났다고 알아챈 것은 내 주의를 끌기 위해 작은 유리 테이블 위에 딱딱한 소리를 내며 뭔가가 놓였기 때문이다.

나는 눈을 뜨고 그것을 보았다.

"이 방 열쇠입니다."

그렇게 말하고 가토 유리가 일어섰다.

"아키마 씨 맘대로 쓰십시오. 기타가와 씨가 얘기하신 거니까 사양하실 것 없습니다. 수속은 모두 마쳐 놓았습니다. 이 방은 아키마 씨 거에요. ……만일, 언젠가 이 방에서 영화 시나리오를 쓰시게 된다면 제게도 도울 기회를 주시고요."

나는 아무 대답도 하지 않고 테이블 위의 열쇠를 보고 있었다.

가토 유리가 일어나 현관에서 신을 신고, 문을 열고, 또 그 문이 닫혔다.

그리고 나는 혼자가 되었다. 기타가와가 나를 위해 남겨준 방에, 또 다른 시간의 흐름 속에서는 영화감독인 내가 친구인 기타가와 다케시와 애인인 가토 유리를 맞아들였던 방에.

불 붙이는 것을 잊고 재떨이 끝에 그냥 놓아두었던 두 개비째의 담배를 집어들고 빌딩 밖 기척에 귀를 기울였다. 가토 유리의 차가 나가는 소리를 들은 듯한 기분도 드는데, 잘못 들은 건지도 모른다.

물론 가토 유리가 돌아갈 때 한 마지막 말은 농담임에 틀림없다. 나는 담배에 불을 붙이고 책상 앞으로 갔다.

책상에 놓인 컴퓨터는 내가 늘 써서 손에 익은 매킨토시였다. 키보드의 전원스위치를 눌러 컴퓨터가 작동하기까지의 시간에 나는 텔레비전 쪽으로 걸어가 장식장에 꽂혀 있는 레이저디스크들을 보았다. '400번의 구타'를 비롯한 트뤼포의 작품이 갖춰져 있다. 그 모두가 크라이테리언 버전이었다.

책상 앞으로 돌아가 회전의자에 앉았다. 컴퓨터의 16인치 모니터 안에 눈에 띄는 아이콘 하나가 떠 있었다. 물빛 배경의 화면 오른쪽 위에 '아키마'라고 제목이 붙은 문서 파일이 오도카니 떠올라 있었다.

마우스에 오른손을 댄 나는 오른손 손가락에 끼웠던 담배의 불이 꺼져 있음을 깨달았다.

그러나 붙인 줄로 알았던 담뱃불이 꺼지는 것은 흔히 있는 일이다. 이것은 불을 붙이기 이전의 상태로 내가 돌아간 것이 아니다. 시간의 박음질이 내게 일어난 것이 아니다. 불이 붙은 흔적을 확인한 나는 더블클릭으로 '아키마' 파일을 열었다.

화면 가득 하얀 배경이 펼쳐지며 가로로 쓴 글자들이 나타났다. 그러나 그것은 불과 몇 줄짜리 문장에 지나지 않았다.

더구나 그 문장에는 중요하다고 여겨지는 메시지가 한마디도 들어 있지 않았다. 이야기의 맨 마지막에 붙여진 후기치고는 정말이지 하찮은 내용이었다. 마치 긴 이야기에서 떨어진 메모 조각을 주워 거기에 붙여 놓은 것처럼 어색한 인상마저 있었다.

나는 상당히 맥이 빠졌다.

담배에 불을 다시 붙이고, 나도 모르게 쓴웃음을 띠고 만 것은 분명히 그 탓이다.

기타가와 다케시는 쓰고 있었다.

"아키마, 자네에게 한두 가지 깜빡 잊고 말하지 않은 게 있어.

전철 안에서 내 죽음을 알아차린 뒤 저쪽에서 아키마 후미오가 썼을 이야기 말이네만, 제목은 'Y'야. 작가·영화감독으로서의 자네 취향으로 추측해볼 때 틀림없이 그렇게 붙일 거라는 걸 이제야 깨달았어.

아키마라면 이렇게 썼을 거라고 상상하면서 써왔던 이 이야기를 마칠 즈음, 실은 플로피 디스크에 붙일 제목을 정하지 못하고 망설였어. 다른 디스크하고 헷갈리지 않으려면 제목은 꼭 붙여놓을 필요가 있지. 그때 'Y'를 생각해내지 못해서 이름을 써놓고 얼버무린 게 후회막급이야.

그리고 또 하나, 예전의 내 아내였던 마키, 다시 말해 니시자토 마키는 자네가 찍은 영화의 팬이었어.

주간지에 자네가 연재하고 있던 영화평도 빼놓지 않고 읽었고, 언젠가 자네 작품이 크라이테리언 버전으로 수록되기를 고대하기도 했지.

저쪽에서 자네의 재능을 가장 높이 평가했던 건 틀림없이 내 아내였다고 생각하네."

에필로그_

9월 9일, 수요일.

샹젤리제 거리에서 "뉴욕 헤럴드 트리뷴!"이라고 소리치면서 신문을 팔고 있는 진 세버그를 발견하고 마침 장 폴 벨몽도가 다가가려는 찰나에 자리에서 일어나 버렸기 때문에, 나는 '수요 모임'의 오늘 밤 상영물인 '네 멋대로 해라'를 앞부분 10분 정도밖에 보지 않은 게 되었다.

혼자서 파르코 파트 3의 1층으로 내려가 보니 바깥은 가랑비가 내리기 시작하고 있었다.

시각은 7시 20분을 지난 무렵이었다.

이런 비라면 시부야 역까지 걸어도 흠뻑 젖을 염려는 없다.

그렇게 생각하고 걷기 시작했을 때, 대각선 맞은편 빌딩 앞에 이쪽으로 등을 돌리고 서 있는 여자가 눈에 들어왔다.

영화관 상영안내판을 비교해보고 있는 것인지 여자는 두 번 정도 손목시계를 보고는 내가 있는 빌딩 쪽을 돌아보았다.

상대가 내 얼굴을 알아채기를 기다렸다가 나는 가볍게 손을 들어 보였다.

평소대로 중간색의, 허리에 벨트가 달린 원피스를 입고 있었다. 니시자토 마키가 내 옆까지 걸어왔다.

"뭐 하고 있었어?" 내가 물었다.

"아키마 씨한테 할 얘기가 있어요." 니시자토 마키가 대답했다.

"그렇다면 들어갈 건물을 착각했군."

그러자 니시자토 마키는 내 야유에 맞서 손바닥을 아래로 하고 오른손을 수평으로 뻗더니 엄지와 검지 말고 다른 세 손가락은 안쪽으로 구부리고는 나를 찔러 보였다.

"……뭐 한 거지?"

"쏜 거에요, 권총으로."

"권총이라면 보통 손바닥을 세워서 겨누잖아."

"수평으로 쏘는 자세가 유행이에요. 당신은 모를지 몰라도 그건 이제 상식이에요. 타란티노도 이렇게 쏘고 있단 말예요. 세워서 쏘는 자세는 시대에 뒤떨어진다. 지난주 봤던 영화에서도 그랬어요."

"기억 안 나는데."

"저기서 다른 영화라도 보면서 시간을 때울 생각이었어요. 역에서 막 달려왔는데도 벌써 7시는 지났고, '수요 모임' 사람들은 상영 도중에 안으로 들어가면 화낼 거 아녜요?"

"저런 영화를 두 번이나 돈 내고 본다고?"

"시간 때우려는 것뿐인데요 뭐. 저쪽 영화가 끝날 무렵에 여기서 기다리려고요."

"난 늘 가던 가게에서 기다리고 있었어, 6시 15분에."

"미안해요. 수요일인데 갑자기 일 때문에 나갈 일이 생겨서 저녁때부터 마음 졸이고 있었어요."

"마음 졸일 정도면 전화 한통 하면 되잖아."

"그러려고 했는데……."

우산을 접으며 건물로 들어오려는 두 사람을 위해 니시자토 마키가 길을 비켜주면서 내 오른쪽에서 왼쪽으로, 선 위치를 바꿨다.

"하지만 어디에 전화를 걸면 되죠? 회사 전화번호도 모르는데."

"회사가 아니라도 늘 가는 가게 전화번호를 찾아서……."

대답을 하고서야 나는 깨달았다. 한 달에 두 번, 수요일 모임 때마다 가던 가게. 그곳 이름이 뭐였는지 나도 기억이 나질 않았다.

그 자리에서 나는 통근용 가방 안에서 다이어리를 꺼내 빈 페이지를 펼쳤다. 가방을 겨드랑이에 끼고 볼펜으로 전화번호 두 개를 적고 페이지를 찢어냈다.

"우리집하고 회사 번호야."

"집?" 니시자토 마키가 되물었다.

"앞으로는 수요일이 아니라도 연락을 할 수 있게 해두고 싶어. 괜찮으면 나중에 당신 것도 가르쳐주겠어?"

"그렇지만……."

"망설일 거 없어. 거기서 혼자 살고 있거든. 다음에 갑작스런 일이 생기면 화요일 밤에라도 전화 걸어."

나는 빗속을 향해 걷기 시작했다.

니시자토 마키가 바로 뒤쫓아 오더니 오른쪽 옆에 나란히 서서 전화번호를 적은 메모지를 핸드백에 넣고는 대신에 접는 우산을 꺼냈다.

"어디 가는 거에요?"

"어디서 조용히 얘기를 하고 싶어."

"저도 아키마 씨한테 몇 가지 얘기하고 싶은 게 있어요."

"왜 일요일 위령제에 참석하지 않았어?" 내가 먼저 물었다.

그렇게 물은 것만으로도 18년 전 부모님의 사고사를 내가 알고 있다는 사실이 니시자토 마키에게 전해진 모양이었다. 우산을 뽑아 하이비스커스 꽃 그림의 우산을 쫙 펼치고서 그녀는 대답했다.

"요전에도 말했듯이 이젠 먼 옛날 얘기에요. 그 사고도 포함해서요. 먼 옛날의 사건 때문에 꽤 많은 시간을 헛되이 쓴 것 같아요. 지금은 좀 더 지금의 생활을 소중히 하고 싶고, 과거를 완전히 잊어버린 건 아니지만, 아무래도 일을 쉴 수 없을 땐 날짜를 미뤄서 다른 날에 가는 정도는 아버지나 어머니도 허락해주실 거예요. ……저기, 우산은 당신이 드는 게 낫지 않아요?"

"얘기라는 건?"

"네?"

"몇 가지 얘기할 게 있다고 했잖아?"

"이제 두 가지 남았어요."

"이혼 경위라면 이제 얘기하지 않아도 돼." 나는 우산을 받아들고 말했다.

"근데, 한 가지 생각난 게 있어요. 별로 기억하고 싶진 않지만 옛날 남편 일 말인데요, 헤어진 뒤에 일하는 데로 전화를 걸어 와서는 이상한 얘기를 한 적이 있어요."

"그건 나중에 천천히 듣지."

"그럼, 하나 남았네요."

"사촌 도로시 얘긴가?"

"아뇨."

"내 질투 얘기?"

"아니에요. 그런 얘기가 아니에요."

"그럼 뭐?"

"영화관에서의 섹스 얘기."

"……."

"좀 괜찮은 방법을 생각해냈어요. 나중에 가르쳐줄게요."

평소처럼 우리는 세이부백화점 B관과 A관 앞을 지나 시부야 역 앞의 횡단보도까지 걸었다.

내리기 시작한 비 때문에 검정, 남색, 기타 여러 가지 화려한 색상의 우산을 든 많은 사람들로 횡단보도는 평소 이상으로 몹시 혼잡했다.

시부야 역을 향해 멈춰 선 내게 다시 한 번 니시자토 마키가 물었다.

"어디로 가는 거에요?"

"아무데나." 내가 대답했다. "지하철 지요다 선에 마바시라는 역이 있어. 우리집은 그 역에서 버스로 10분 정도 걸리지. 지금부터 같이 가볼까?"

"장난치지 말아요."

"말했잖아? 거기서 혼자 살고 있다고. 곧 이혼할 거야."

"아키마 씨 얘기란 건 그거?"

"아니, 당신한테 하고 싶은 건 그 얘기가 아니야."

나는 양복 안주머니에 넣어 둔 기타가와의 사진과 니시자토 마키 명의의 통장을 떠올렸다.

"당신이 들으면 더 놀랄 얘기지."

"무슨 말을 들어도 안 놀래요."

"놀랄걸."

"이혼 얘기보다도 더?" 니시자토 마키가 물었다.

"응."

횡단보도의 신호가 파랑으로 바뀌고, 니시자토 마키의 손이 내 오른 팔에 닿았다.

"믿게 되려면 시간이 한참 걸릴 거야."

나는 우산을 바꿔들고 오른손으로 그녀의 손을 꼭 쥐었다.

무수한 우산의 꽃들에 섞여 우리는 걷기 시작했다.

Y _와이

초판 1쇄 발행 2006년 4월 15일

지은이 사토 쇼고
옮긴이 윤덕주
디자인 조희정
편집 윤남희
발행 (주)엔북

(주)엔북

우)121-829 서울 마포구 상수동 341-9 보림빌딩 B동 4층
http://www.nbook.seoul.kr
전화 02-334-6721~2
팩스 02-332-6720
메일 goodbook@nbook.seoul.kr

신고 제300-2003-161
ISBN 89-89683-38-6 03830
      978-89-89683-38-4 03830

값 9,000원

1791,
모차르트의 마지막 나날
H. C. 로빈스 랜던

과연 모차르트는 영화 속에서 나오는 것처럼 경박한 천재였을까?
공연예술을 위한 저서를 대상으로 하는 로저 메첼 상(Roger Machell prize)을 수상한 로빈슨 랜던이 객관적 자료를 바탕으로 재조명해 낸, 어떤 픽션보다 매혹적인 진실의 모차르트.

주먹이 운다
하레루야 아키라

살기 위해 싸운다. 아니, 살기 위해 맞는다.
길거리에서 만원을 받고 맞아주는 '인간 샌드백'. 영화 '주먹이 운다'에서 최민식이 열연한 실존 인물이 존재한다. 영화의 모델이 된 밑바닥 중 밑바닥 인생인 '인간 샌드백'의 감동과 유머의 휴먼 스토리.

자라지 않는 아이를 보듬고
– 다운증 아이를 기르며
마사무라 기미히로

스무 살이 되도록 여전히 '아이'일 수밖에 없는 자식과 함께 해 온 아버지와 어머니의 삶의 기록은 그러나 힘겹지만은 않습니다. 그저 열심히, 열심히 살아갈 뿐.
다운증 아이의 아버지가 20년 동안 모은 감동의 기록.

가혹한 시간
피터 마스

차갑고 깊은 바다에 가라앉은 잠수함, 생존자는 33명….
엄청난 수압과 제한된 공기 속에서 구조를 기다리는 승조원들, 최악의 조건에서 사력을 다해 동료를 구해내려는 또 다른 바다 사나이들의 긴박한 모습을 그린 뉴욕타임즈 선정 논픽션 부문 베스트셀러.

인간 역도산
구리타 노보루

조작과 허구로 뒤범벅된 역도산.
항상 자신을 일본인이라고 밝혔던 조선인. 엄청난 돈을 쥐고서도 남에게 술 한잔 사주는 일이 없었던 구두쇠. 학교를 다닌 적도 없으면서 앞을 꿰뚫어 보는 투자전략으로 거대한 부를 쌓은 사업가. 과연 링 밖의 역도산은 어떤 인간이었는가?